徳間文庫

警視庁浅草東署Strio《エストリオ》
トイル

鈴峯紅也

徳間書店

序

「新海《しんかい》っていう男は詰まるところ、底抜けのお節介なんだ。面倒臭いときもあるけど、特に情が絡めば、あの男は絶対に嫌だって言わないんだ」

坂崎和馬《さかざきかずま》は新海悟《さとる》のことを、人に聞かれれば必ずそう評価した。

坂崎は父・浩一《こういち》と妻・公子《きみこ》の間に出来た一人息子で、父の浩一は、国家公安委員会委員長・内閣府特命防災担当大臣を務める、政権与党所属の衆議院議員だった。

一昨年秋の総選挙で五期に入り足掛け十五年目で、次期党幹事長の最右翼と噂《うわさ》される人物でもあった。

人望も貫禄《かんろく》も十分だという。

対して、今年二十九歳になる息子の和馬には、若さはあってもまだまだ父ほどの胆力《たんりょく》はなく、運動神経などはもう、もしかして公子のお腹の中に置き忘れて来たのでは、と本気で周囲に噂されるほど欠落している。

ただし天の配剤《はいざい》、天秤の均衡として、勉強だけは昔から抜群《ばつぐん》に出来た。

その結果、坂崎は現役で東京大学に合格し、勢いづいて在学中に国家公務員Ⅰ種試験にもパスした。

そうして卒業時、坂崎が選んだ進路は、国土交通省だった。

ただし、坂崎和馬にとって国交省は、別段人生の終着駅ではなかった。

いずれ父の後を継ぐべく、入庁五年目で職を辞し、坂崎は現在、衆議院第二議員会館の父の執務室で、公設第二秘書として修業中だった。

端《はた》から見ればまず、順風満帆、といえるだろう。

出世魚にたとえて、〈ワカシ〉と呼んだ人もいる。

ブリの一番小っちゃいやつだ。

だが、そんな坂崎も幼い頃、生きるという意味において一度、大いに躓《つまず》いた時期があった。

躓きはいわゆる〈イジメ〉という名の、得体《えたい》の知れない暴力だった。

坂崎和馬と新海悟の出会いは平成十三年、小学五年生の終わりの頃だった。三学期の始業日だ。

場所は坂崎が通う、千葉県鎌ケ谷《かまがや》市の公立小学校でのことだった。

新海は正月明けのその日、東京・八王子からの転校生としてやってきた。

「初めまして。あの、新海悟です。よろしくお願いします」

少し俯《うつむ》き加減で自己紹介する転校生など、坂崎には当初、どうでもよかった。

強《し》いて言うなら、〈敵が一人増えた〉という感じだったか。

もっとも、敵の総勢がクラス四十人から四十一人に、学年百六十人から百六十一人に増えただけの話ではあったが。

坂崎はもう何年も、俗にいう〈イジメ〉にあっていた。

坂崎本人がどうのということではなく、これには家族と、おそらく家族を取り巻く地域の感情までが絡んでいた。

元凶は母・公子の父、祖父の剛造《ごうぞう》だと、坂崎は幼いながらもそう理解していた。

逆に言えば、そう理解しながらも心身の幼さによって、坂崎には解決する気も手段も、初めから持ち合わせはなかった。

諦《あきら》めていたと言っていい。

鎌ケ谷の地に暮らす以上、諦めて一人、坂崎は隠れて泣くだけだった。

坂崎の祖父・剛造は、旧東葛飾郡鎌ケ谷町くぬぎ山の地主にして農家だった。

その昔、所有する土地の一部が、新京成電鉄の敷設と駅舎の計画によって、かなりの金額で売れたという。

土地売買の旨味《うまみ》を知った剛造は、すぐに不動産業に転身したらしい。

〈株式会社　坂崎開発興業〉

昭和二十年代のことだった。

商才もあったようで、三十年代には所有地に近隣の土地を巻き込み、ゴルフ場の誘致《ゆうち》に成功した。

強引な土地買収は、地上げの走りだったようだ。

以降も剛造は、北総《ほくそう》地域に新駅の計画が発表されるたびに、周辺の土地を買い漁《あさ》ってはテナントビルを展開し、倍々ゲームで会社の業績を伸ばしていった。

鎌ケ谷を代表する企業。

地元の名士。

表向きに実業家としての名声を得る半面、陰《かげ》では強欲な地上げ屋として、ずいぶん非難も浴びたらしい。

が、

「ふん。貧乏人は馬鹿を見る世の中だ。騒《さわ》いでるなぁ、みんな馬鹿ってことだ」

と、剛造は歯牙《しが》にも掛けなかった。

そんな金の亡者《もうじゃ》の家に生まれた一人娘が、坂崎の母・公子だった。

大人しい、内向的な娘だったらしい。

剛造は、自分の妻・竹子《たけこ》にそっくりだと公言してはばからなかった。

坂崎の父・浩一はつまり、坂崎家の婿養子《むこようし》ということになる。

運輸省の役人だったところを剛造に見初《みそ》められて、公子を紹介されたという。

このとき公子は、母の竹子と二人で坂崎開発興業の経理を見ていた。

金銭の出納《すいとう》がどれほど煩雑《はんざつ》になろうと、剛造はそれを赤の他人の手に委《ゆだ》ねることを許さなかった。

生まれてこの方、公子が剛造に逆らうことは一度もなかったらしい。

それはこの、浩一を紹介されたときも同じだった。

「大人しいのと大人しいの。これ以上あるかい。お前ら、似合いだよ」

剛造にしてみれば、当初は運輸省とのパイプ作りが目的だったようだ。

新駅の開設に当たりがつけられれば、先行投資が限りなくゼロに近くなるのは簡単な道理だ。

政略結婚、と口さがない陰口はあったが、浩一にも公子にも、そんなことを気にする素振りすらなかった。

後に、

「愛は育《はぐく》むもので、切り花を求めるように、簡単に売り買いできるものではありません。私は生涯を掛け、この愛をどこまでも育んでゆくと誓いましょう」

これは浩一が選挙事務所で後援会向けに言った言葉だが、満場の拍手に公子も頬を染め微笑《ほほえ》みながら、浩一に寄り添って頭を下げたという。

とにかく、そんな二人がまず新婚時代に暮らし始めたのが、同千葉県内の浦安《うらやす》だった。浦安は、浩一が生まれて中学までを過ごしたところだった。

二人はそこからそれぞれ、霞が関の運輸省、鎌ケ谷の坂崎開発興業に通った。

そうして、結婚から三年後に生まれたのが和馬だった。

祖父・剛造は孫にして男子の誕生に驚喜したが、それ以上に剛造を喜ばせたのは、浩一だった。

父親の自覚と責任感によって、ひと皮もふた皮も剝《む》けた、いや、化けたのだ。

そうなってみると浩一は、剛造が思っていたよりさらに優秀な男だった。

「俺は、見誤ってたなあ。どうやら、お前という男でひと儲《もう》けできそうだ。いずれ国政まで届いてくれりゃ目っけ物だ。政治家ってのは儲かる商売だ。いや、政治家の周りは、だな。上手く立ち回りゃ、会社なんかよりよっぽど儲かるってもんだ」

和馬が生まれて二年後、浩一は義父・剛造の勧めによって運輸省を辞し、居を鎌ケ谷に移した。

義父の後押しで県議会選挙に出る、その準備のためだった。

翌年、浩一は三十二歳の若さで県議会議員に当選した。

議席を金で買ったと揶揄《やゆ》されたが、これは、このときは、たしかに紛《まぎ》れもない事実だったろう。

それでも、浩一は議員として与えられた職務を全うした。

誠実に務め続ければ、能力にも人格にも最初から疑いはなかったから、当然の帰結として次第に人も評価も集まったという。

最初は無所属からスタートした浩一に、当時から長く政権与党だった新進自由党が食指を伸ばしてくるのに、さまで時間は掛からなかった。

浩一は新自党会派に所属し、やがて県内の高い知名度を以《もっ》て、千葉十三区から衆議院議員選挙に出馬し、見事四十二歳の若さで当選を勝ち得ることになる。

そうして、立場が人を育てる理屈を見事に体現し、あるいは水を得た魚の道理として、浩一は政治家然とした貫禄を驚くほどに増してゆくことになるのだが――。

それより少し前、坂崎和馬と新海悟という、十一歳の少年達が出会った新春は、まだそうではなかった。

県議会議員の仕事は全県を広域に扱うが、地盤は飽《あ》くまで住居を有する選挙区となる。

浩一の場合は鎌ケ谷市だ。

有権者数約八万五千、総投票約三万六千の内、このときの選挙で浩一が獲得《かくとく》したのは一万票余りだった。

それがイコール、坂崎開発興業の影響力の及《およ》ぶ人数であり、坂崎開発興業が衰退《すいたい》しない限り、坂崎浩一という県会議員のベースとなる票数だ。

残る二万六千票、というより有権者数の残り約七万五千人が、剛造に言わせれば敵であり、騒ぐ馬鹿ということになる。

恨み辛《つら》みも、妬《ねた》み嫉《そね》みも、水が低きに流れるように下に、弱い方に流れるのは人の世の常というものか。

坂崎開発興業や剛造と違い、浩一本人は無力だった。

この県議会議員の頃は特に、何も持たなかった。

——余所者《よそもの》がよ。いい気になってんじゃねえぞっ。

——娘を誑《たら》し込んで、それで議員様かよ。偉そうな顔しやがって。

無力な議員は、そんな声にも笑顔で対応しなければならなかった。

「お前の親父、なんなんだ。とんだ腰抜《こしぬ》けだって、うちの父ちゃんが言ってたぜ」

「あ、そう言えばあたしんとこの爺《じい》ちゃん、坂崎君のお父さんが挨拶《あいさつ》に来た後でさ。婆《ばあ》ちゃんに塩撒《ま》いとけって言ってたけど、あれって、なんで？」

「あ、俺なんか、坂崎の子供に関わるなって言われてるんだけどさ」

頑是《がんぜ》なさはときに惨《むご》く、無邪気は常に非情で、坂崎に対する〈イジメ〉は、こんな数人の会話から芽を吹いた。

それでも、低学年のうちはまだ微妙だった。

親の環境や感情が直接子供に反映されることは少なく、当時はまだ、友達と呼べる範《はん》疇《ちゅう》の者達が何人かはいた。

それが、得体の知れない暴力として次第にエスカレートし始めたのは高学年、五年生になってからだった。

坂崎のクラスの担任は事《こと》なかれというか、見て見ぬフリの若い先生だった。

この担任の姿勢も、間違いなく〈イジメ〉をエスカレートさせる原因だったろう。

坂崎の席は指定席のように一番後ろの窓際で、常に少し離れて孤立していた。

クラスでの無視はやがて学年での無視になり、上履きやロッカーの私物が隠されたりするのは日常茶飯事になった。

失《う》せ物はたいがい後になって発見されるが、失《な》くしたときのままで返ってくることはまず有り得なかった。

返される靴に画鋲《がびょう》が入っていたり、筆箱にカッターの刃が剝き出しで入っていることも何度かあった。そのせいで怪我をしたこともあった。

けれど、坂崎は黙っていた。

黙って一人、歯を食いしばった。

それでも駄目なときは、一人で泣いた。

声を上げれば祖父が出てくることは目に見えていた。

それは絶対に嫌だった。

剛造は会社の人達を怒鳴り散らし、祖母や公子を夜中まで働かせ、浩一を顎で使い、そして坂崎の耳元で、一番以外は屑《くず》だ、と何度も繰り返した。

坂崎は他の誰よりも、どんなイジメよりも、そんな祖父が大嫌いだった。


新海という転校生がやってきたのは、留《とど》まることを知らない坂崎への〈イジメ〉が、さらにレベルアップし始める頃と時を同じくした。

新海は不況の煽《あお》りを受けて倒産した、看板屋の息子だった。

父・久志《ひさし》が伝手《つて》を辿《たど》り、再就職口に見つけたのが鎌ケ谷の同業らしい。それで八王子から引っ越してきたのだ。

といって、これらは本人が転校の挨拶などで語ったことではない。

新海の一家が引っ越してきた理由を吹聴《ふいちょう》するのは、戸は立てられないと噂の、卑しい人の口というやつだ。

転校生の常で、新海の席はクラスの一番後ろだった。つまり、坂崎の隣だ。

新海は常にうつむき加減でほぼ黙り、坂崎は常に一人で、窓の外ばかりを眺《なが》めていた。

この頃レベルアップし始めた坂崎へのイジメは、直接的な暴力を伴った。

人数的にはほんの数人だったが、全員がそれまでもしつこく悪戯《いたずら》を仕掛けてきた奴らだった。

そいつらはそもそもが札付きに近い連中で、坂崎とは真反対の意味で学校では浮いていた。

中心にいるのは隣のクラスの、柏井《かしわい》という四角い顔の、背のでかい奴だった。

「おい、坂崎。なんか喉《のど》が渇いたなぁ」

とある放課後、柏井達の待ち伏せに遇《あ》い、その場凌《しの》ぎのつもりで要求に応じてしまったのがいけなかった。

二回目は断ると、

「あらぁ。いい度胸じゃねえか」

柏井は笑いながら大きな拳骨《げんこつ》を握り、容赦なく坂崎の頭や身体《からだ》に振り下ろした。

硬くて痛い拳骨だった。

それからは待ち伏せのたびに、柏井は坂崎の前で拳骨を握った。

「へへっ。待ってたぜ」

断ることはできなかった。

そんな帰り道を、一度新海に見られた。

けれどそのときは、新海はいつものようにうつむき加減で通り過ぎただけだった。

「ねえ。なんでイジメられてるんだい？」

何日かして、隣の席から新海が聞いてきた。

はっきりと〈イジメ〉と言われたのがむかついた。

いや、恥ずかしかったのかもしれない。

「うるさいっ。お前に関係ないだろうっ」

思わず声が大きくなった。

前の席の連中が全員、何事かと一斉に振り向いた。

「……そうだね。ごめん」

それきり新海はこの学期中、何も話し掛けてはこなかった。

気にはなったが、そのままになった。

三学期が終了したということもあり、坂崎にとってそれどころではなかったということもある。

春休みになっても、柏井達のカツアゲは終わらなかった。

坂崎がいわゆる鍵《かぎ》っ子なのは、誰でも知っていることだった。

父・浩一も母・公子も、何かに急《せ》き立てられるように仕事仕事で、どちらも日中、家にいることなどほとんどなかった。

「へへっ。坂崎くーん。一緒に遊びましょっ、てな」

飲み物は食い物に、食い物は現金にと変わるのに、時間は掛からなかった。

小遣いだけでは到底足りず、柏井に殴られては母が置いてゆく夕飯代も持ち出し、蹴られてはゲームソフトやゲーム機本体まで売った。

やがて部屋に売る物が何もなくなる頃、坂崎は、すべてがどうでもよくなっていた。

やがて坂崎の新学期は、絶望から始まる、はずだった。

だが――。

「やあ。おはよう」

いきなり朝から、見知らぬ少年が坂崎に微笑んだ。

いや、よく見れば、三カ月前から知っている少年だった。

その少年は、俯くことをやめた新海だった。

顔を背けようとすると、新海は身体ごと先回りして、ごめんと言って頭を下げた。

「な、なんだよ。お前」

「俺、本当はお節介なんだ。前の学校でもずっとそう言われてた。それで学級委員長なんかして。でも、色々あってさ。こっちではウジウジしてた。そしたら、父さんに見つかった。見られてた」

新海の声は堂々として、教室中に響いた。

——俺は真っ直ぐに、胸を張って生きてる。悟、お前はどうだい？　父さんの前で胸、張れるかい？

新海の父親は、そんなことを言ったらしい。

「君のこと、見て見ないフリをした。でもそれは、恥ずかしいことだった。だから、ごめん」

新海はもう一度頭を下げた。

周囲の全員が新海を見ていた。

そして、大多数がばつが悪そうに目を逸《そ》らした。

後で思えば、同級生の坂崎に対する対応が変わったのは、間違いなくこのときからだった。

翌日には、おはようと声を掛けてくる者達までいた。

が、坂崎は無視した。

絶望の淵《ふち》に立つ坂崎には、外野の声はただ鬱陶《うっとう》しいだけのものだった。

それでも、どんなに無視しても、新海だけはまつわりついてきた。

「坂崎。一緒に帰ろうぜ」

「寄るな。放っといてくれ」

新海の態度は、柏井達を前にしても変わらなかった。

一歩も引かなかった。

「おい。なんだ手前《てめ》ぇ」

「新海悟。あれ？　俺もう、一月からこの学校にいるんだけど」

「ああ。夜逃げ一家か。父ちゃんから聞いてるぜ」

「夜逃げ？　馬鹿にするな。堂々と昼間に来たぞ」

「へっ。ああ、そうかい。けどよ、んなこたぁ、どうでもいいや。退《と》けよ。俺らぁ、坂崎に用があるんだ」

「やだね。用があるなら、そうだなあ。職員室か、交番がいいかなあ」

「ちっ。邪魔臭《くせ》ぇ奴だ」

苦々しげに唾《つば》を吐きながらも、柏井達は引き揚げた。

「なあ、坂崎。なんで抵抗しないんだ」

新海は不思議がった。

無性に腹が立った。

それを分からない奴には、分かられたくもなかった。

「放っとけよ！　なんだよ偉そうに。頼んだわけじゃないぞっ。勝手に正義のヒーローぶるな！」

新海は悲しげな顔をしたが、何も言わなかった。

この後も新海に救われたり、柏井達に金を払ったりは続いた。

新海が柏井達のすべてを阻止できるわけもなく、柏井達も新海がいるからといって止《や》めなかったということだ。

坂崎にとっては、もうすべてがどうでもよかった。

安心安息などという気休めは、どうやらこの世の中にはないのかも、とも思い始めていた。

この思考は甘い腐臭を放って、坂崎の中で甘美だった。

節目の出来事が起こったのは夏休みに入ってすぐの、宿泊授業のときだった。

この行事は秋の修学旅行の予行演習として、学年全員が体育館で一泊するのが通例だった。

この夜、坂崎は柏井達に呼ばれていた。

一学期の終業式の後、グループの一人に言われていたのだ。

「柏井君がさ、夏休みに入ったら、みんなでどっか行こうってさ。お前も連れてってやるから、十万用意しろって。宿泊授業のときまでにな」

行きたくもなく、実際には誘われるわけもなく、そんなことはどうでもよかった。

ただ、一度に十万は法外だった。とても払える金額ではなかった。

だから、坂崎は決めていた。

本当にもう、どうでもよかった。

夜中に起き出し、校舎の裏に回った。

月の綺麗な夜だった。

坂崎の決意を誘う、白々とした月光が柔らかかかった。

「おっ。持ってきたかい？」

柏井は一人で待っていた。

「うん」

だが、坂崎が持ち出したのは財布ではなかった。

月の光を撥《は》ねる、一本のナイフだった。

「な、なんだ。手前《てめ》ぇ！」

「もういいから。死のうよ。どうでもいいんだから」

自分と他人の区別は、このときの坂崎にはあまりなかった。

自分の生にぞんざいなら、他人も同様にして無価値だ。

坂崎は大きく息を吸い、目を瞑《つむ》って躊躇《ちゅうちょ》なく突っ込んだ。

それですべてが終わると思っていた。

そのとき、横合いから坂崎を追い越す足音がした。

次の瞬間には、ナイフを持つ坂崎の手に別の誰かの力が加わった。

それで、バランスが崩れて足がもつれた。

「う、うわっ！」

柏井の悲鳴が耳元で上がった。

柏井と自分と、たぶんもう一人が絡んで地面に転がった。

「は、放せっ」

ナイフを奪われまいと坂崎は抵抗した。

「坂崎っ」

その声で誰だかはわかった。

怒りが湧《わ》き上がった。

「放せって言ってんだろ！」

夢中でナイフを振り回した。

「あっ」

誰の声かは曖昧《あいまい》だった。

自分の声かも知れない。

それさえ分からなかった。

ただ、ナイフが何かを抉《えぐ》った感触だけは、手にはっきりとしていた。

目を開けると、赤い顔で新海が立っていた。

いや、赤いのは流れる血だった。

新海の額から、とめどなく真っ赤な血が流れていた。

「ひぃぃっ」

柏井は泳ぐように逃げ出した。

新海は間違いなく、痛みを堪《こら》えて坂崎を見下ろしていた。

「――なあ、坂崎。生きたくても生きられない人、死にたくなくても死んじゃう人、一杯いるんだぞ」

このときはなにも答えられなかった。

流れ出る血の惨《むご》さに圧倒されて、ただ泣いた。

思えば、どんな場面でも隠れて泣いていた。

人前で泣くのはこのときが、新海の前が初めてだった。

新海は自分の足で職員室まで歩き、救急車で病院に運ばれた。

怪我の原因については自分でやったの一点張りだったという。

数日後、坂崎はどうしてもと父・浩一にせがみ、見舞いに連れて行ってもらった。

病室には、新海の母親がいた。

坂崎は何も言えなかったが、父・浩一はベッドに寄り、

「義を見てせざるは勇なきなりだが」

そう言いながら、新海の手を取った。

「なあ、新海君。おじさんは、そういう心構えでありたいとは思うんだ。いや、そういう心構えではあるんだ。でも、実践はなかなか難しい」

君は凄《すご》いねと、そんな言葉を新海は最後まで聞いていたかどうか。

口をへの字に結び、向こう向きに寝入ったようにも見えた。

浩一は最後に、治療費はこちらで、と言った。

浩一は息子の様子から、すべてを見抜いていたようだった。

この後、学校での坂崎に対する〈イジメ〉はすっかり止んだ。柏井達は近づいても来なくなった。

その代わり今度は、退院した新海にクラス中の誰もが距離を置いた。

これは、坂崎もだ。

新海の額には、切り裂かれたように斜《なな》めに走る、生々しい向こう傷があった。一生残ると思われる傷だった。

みんなは薄気味悪がって近付かなかったようだが、坂崎は眩《まぶ》しくて、申し訳なくて、近付けなかった。

新海はそれでも、常に真正面を見て揺るがなかった。

なんとはない半年が流れ、小学校の課程が終わった。

(中学に入ったら、普通に言おう。まずはお早う、だな。それから、言うんだ)

友達になってくれないか。


坂崎はそう決めていた。

そう決めて、四月に入ったある朝だった。

門の外に柏井が立っていた。

もう怖くはなかったが、奇異ではあった。

「知ってるかい。知らねえよな」

「え?」

「新海の親父がよ。現場の足場から落ちて死んだんだと。卒業式の日だったたってよ。それで今日、お袋さんの実家に引っ越す——って、おい、坂崎っ」

柏井の言葉を、坂崎は最後まで聞いてはいなかった。足は知らぬ間に動き出していた。

新海の暮らしたアパートの前に、一台のトラックが停まっていた。

新海がいた。

新海の母親も、妹の茜《あかね》もいた。

「あれ。坂崎」

「俺。俺さ。俺、俺」

息が切れていた。

言葉は続かなかった。

代わりに、涙が零《こぼ》れた。

「ははっ。お前はよく泣く奴だなあ」

「で、でも。でもさ」

新海は真っ直ぐに坂崎を見て、笑った。

「泣くな。強くなれ。もう、俺、いないんだぞ」

涙がもう、止まらなかった。

「ごめん」

それで精一杯だった。

悟、と母親の声が掛かった。

新海の乗るトラックが動き出した。

「坂崎っ」

滲《にじ》む坂崎の視界の中で、またなぁ、と新海が手を振っていた。

一

一月中旬の、よく晴れた日曜日だった。

この日、浅草東署《あさくさひがし》の刑事、新海悟は成田山《なりたさん》にいた。

総門を潜り、仁王門に上がる階段下の広場に設《しつら》えられた、ひときわデカい屋台骨《やたいぼね》の下だ。

そこが成田山内のテキ屋を差配する任俠《にんきょう》、武州虎徹《ぶしゅうこてつ》組に許された一番の場所だという。

長テーブルと椅子代わりのビールケースをギッチリと並べた、たしかに広い屋台骨だった。

それでも一番の場所ということで、客の入りはまず、正月も中旬に入ったにしては上々だったろう。

少なくともテーブルに空きはなく、酔客の賑《にぎ》わいも止め処《ど》なかった。

かえって野放図で猥雑《わいざつ》だ。

新海はその一番手前の角に陣取り、忙しく立ち働く屋台主に管《くだ》を巻くようにして、すでに三十分ほどはビールを呑《の》んでいた。

屋台主・武州虎徹組若頭の瀬川藤太《せがわとうた》は、ちょうど昼どきとあって鉄板《てっぱん》の前から離れられないようだった。

なので、新海が十五分前に注文したネギイカ焼きなどは、まだ材料さえ混ぜられてはいない。

酒の肴《さかな》として目の前にあるのはおでんと、成田名物・ウリの鉄砲漬《てっぽうづ》けだけだった。

「おーい。瀬川。まだかあ」

「五月蠅《うるせ》えな。見りゃわかんだろうが。てぇか、わかってるくせに言ってんじゃねえ」

「そっちこそ、わかってるなら早く鉄板に載せろ。載せないことには先に進まない。焼けないだろうが」

この日は、新海と仲間達恒例《こうれい》の〈初詣《はつもう》で〉だった。

新海と瀬川、それに坂崎和馬の腐れ縁トリオの他には、新海の妹の茜と瀬川の姉の静香《しずか》、静香の娘愛莉《あいり》がいて、四人掛け長テーブル二台を優雅に占領していた。

静香も同じ成田山内に屋台を出す身だが、この〈初詣で〉の日だけは、武州虎徹組の若い衆に丸投げが常だった。

みな万障《ばんしょう》を繰り合わせて、この〈初詣で〉は欠かさない面々だ。

新海も署には、隙《すき》のない完璧な休暇願を出していた。

もっとも、浅草東署は自署の案件をほとんど持たない超小規模署だ。

署長の町村《まちむら》の考えもあり、休暇と直行直帰に関してはおそらく、警視庁管轄内で一番ユルユルなのは間違いなかった。

今のところ、屋台で〈初詣で〉らしくペースよく酒を呑むのは新海一人で、あとは好き勝手に、思い思いに自由行動を取っている。

徹頭徹尾の優男《やさおとこ》・坂崎和馬は乾杯でビールの泡を舐《な》めただけで、掛かってきた電話がどうにも終わらないようだった。

その坂崎に、ビールそっちのけでまつわり付いて迷惑がられているのが、瀬川の姉の静香だ。ダウンジャケットを着込んでいるにも拘《かかわ》らず、どういうわけか滲み出るフェロモンが、夏場のタンクトップにホットパンツのときと変わらないのが不思議だ。

坂崎は電話をしながら、迫り来る静香の腕を冷静に振り払いながら、ただ対面に座る茜のことだけはあからさまに終始気にしていた。

器用なものだと、それはそれで新海には面白かった。

「あの、茜さん。おでんが冷めますが」

「冷めてまーす」

「あの、茜さん。酎ハイのお代わり、頼みましょうか」

「大丈夫でーす」

器用な坂崎とは裏腹に、すべてを上の空にして、茜は夢見る乙女の表情でただ一点を見詰めている。おそらく坂崎の問い掛けなどは聞こえてもいない。

一連の返事はなんというか、条件反射に近いか。省庁における職員の処世術だと、いつか茜に聞いたことがあった。

茜は兄の新海よりはるかに頭がよく、国土交通省の都市局に勤めている。

その頭が切れる乙女が正月から夢見るものは、捩《ね》じり鉢巻《はちま》きで粉物を焼く、瀬川というガテン系の背中だった。

いや、正確にはその背中の筋肉だ。

茜はガチに、筋肉フェチというやつだった。

そんな視線の先で、瀬川は噴き出す汗もそのままに鉄板に向かっていた。

瀬川の意識が向かうのは、ただ鉄板だけでなく、鉄板と愛莉だ。

瀬川は、姉によく似て、それでいて似ても似つかない十七歳の姪《めい》っ子を溺愛《できあい》していた。

当の愛莉はと言えば、チェリオの瓶を抱え、瀬川のコテ捌《さば》きを一心不乱に眺めている。

「愛ちゃん、いいか。コテぁ最小限だ。寿司じゃねえがな、二手か三手。あとは返すだけ。コテも手首も使い過ぎるなぁ、下手《へた》っぴぃの誤魔化《ごまか》しだぜ」

「うっす」

総じてなんとも、愛莉の返事は男前だ。

どう見てもあと三年も経たずに母同様の色香を発散させるというか、すでに滲んでいるにも拘らず、中身は叔父の瀬川にそっくりというのが、この愛莉という娘の特徴だった。

だから瀬川も溺愛するのだろう。

フェロモンのガテン。

ギャップが実に興味深い。

新海がそんな、それぞれの好き勝手な自由行動を眺めていると、

「ほいよ」

と、ようやくネギイカ焼きがテーブルに載せられた。

「おっ」

新海は酒をビールからワンカップに変えた。

額の向こう傷が、浮き上がるように感じられたからだ。

向こう傷は熱を生まない。額全体の温度から隔絶されている。

それがいい意味のバロメータで、酔《よ》いの深度、呑むペースをある程度は調整出来た。

「よっこらせ」

瀬川は一升瓶を抱え、新海の向かいに座った。

「愛莉。ここのテーブルの分、任せるぜ。有り物で五枚な」

「あいよっ」

エプロンと三角巾《さんかくきん》をつけた姪っ子が鉄板の前で、軽やかに二丁ゴテを鳴らして応えた。

「いやぁ。働いたぜ」

瀬川は口開けの一升瓶を直《じか》に傾けた。

喉を鳴らして呑む。

実に美味《うま》そうだが、普通の人間がやったらひっくり返る。

日本酒を喉を鳴らして呑むのは、昭和の腕のいい職人の、仕事終わりの裏技だ。

「うーん。美味《うめ》ぇ」

口元をぬぐって膝《ひざ》を叩く。

仕草はどこまでも昭和だが、テーブルに置かれた一升瓶はこのひと呷《あお》りですでに半分もなかった。

腕のいい職人の仕事終わりでも、呑み方のたいがいはワンカップ、一合程度だ。

昭和の裏技というより、ここまで来ると瀬川という男の個人芸だろう。

(ま、このくらいはやるだろうけど)

前年八月初旬、瀬川は蒲田《かまた》のとある倉庫で右腰を負傷した。

大立ち回りの最中に折り畳みナイフで刺されたのだ。

にも拘らず、刺さったままで勝利し、刺さったままにして病院に向かった。

なぜか居合わせた新海のボス、浅草東署署長の町村が運転する車でだ。

それにしても、後が面倒臭ぇとナイフを刺したまま車中でしこたま文句を言い、蒲田の近場ではなく成田の赤十字病院まで送らせた。

刺傷《さしきず》は腎臓を掠《かす》め、小腸にまで達していた。

当然、緊急手術になった。

当たり前のように、ICUにぶち込まれた。

ここまででもたいがい化け物だが、瀬川の場合はそれだけでは終わらなかった。

その後、一般病棟に移ってすぐのことだった。

刺されて一週間余り、盂蘭盆会《うらぼんえ》の頃だ。

「飽きた」

瀬川は抜糸《ばっし》前にも拘らず、そんなことを言って病院を抜け出した。

組の若い衆の屋台に寄り、一升酒を空けたという。

そんなご乱行《らんぎょう》男は、病院に帰ったその足で待ちかまえていた医師に抜糸を敢行《かんこう》され、そのまま追い出されたのは言うまでもない。

「瀬川。今年の正月はどうだった？」

ワンカップを呑みながら聞いてみた。

これも毎年の恒例のようなものだ。

すでに瀬川は、一升瓶を空《から》にしそうな勢いだった。

「へっへっ。今年もこのまま、節分まで一気だぜ」

昔から成田山新勝寺《しんしょうじ》とその参詣道周辺は、初詣でに始まり、大河ドラマの出演陣や大相撲の力士が集まる節分まで、毎日が書き入れ時となる。

売り物の値段も急に跳ね上がり、天井知らずだ。

普段なら八百円のカツ丼が、萎《しな》びた蜜柑《みかん》が一つ増えたセットで二千五百円になるなど、昔はざらだった。

それこそバブル前なら、参道の旅館や土産物《みやげもの》屋の中には、このひと月強で一年分を稼《かせ》ぐと豪語して憚《はばか》らない強者《つわもの》もいたようだ。

そんな成田山のメインイベント時期に、屋台に適度な空きもあって、比較的ゆっくりできるのがこの中旬だった。

束《つか》の間だが、瀬川ファミリーの身体にも少しは余裕が出る。

それで選んで、この時期の成田山を新海らは、〈初詣で〉に設定していた。

新海が大学四年、二十二歳のときからの恒例だから、もう連続で七回目になった。

新海は、警視庁入庁後も異動のたびに上手くやりくりし、途絶えることなく現在に至る。

坂崎も国交省時はもとより、父・坂崎浩一大臣の秘書になってからも不変だ。

もっとも坂崎などは、父の秘書になってからは選挙区というか、地元である鎌ケ谷近辺にいることが増えたようだから、かえって以前より成田山に来るのは楽かもしれない。

国会議員、特に衆議院議員は、〈金帰火来《きんきからい》〉で議事堂と選挙区を往来《おうらい》するという。

金曜夜に選挙区に帰り、火曜朝に国会に出るという意味だ。

坂崎は公設第二秘書で職場は議員会館だが、後継者としての役回りもあるというか、どちらかと言えばそちらの方が比重は大きい。

だからよく鎌ケ谷の、実家という名の後援会事務所に戻り、千葉十三区の中を駆《か》け回っているようだ。

そもそも、思い返せばこの初詣では、坂崎と再会したことから始まったようなものだった。

坂崎と瀬川が、初めて顔を合わせたのもその頃だ。

大学三年の六月、新海が所属するR大学柔道部は、悲願だった大学選手権優勝を果たした。

このときの優勝祝賀会に来賓《らいひん》として呼ばれてやってきたのが、衆議院議員として三期目に入っていた坂崎浩一だった。

浩一自体は東大出身だが、奥方、つまり公子がR大の経営学部出身、というのがだいぶ強引だが、来賓の理由だった。

そこまでして大学が呼ぼうと思うほど、坂崎浩一という議員は、与党新自党内に確固《かっこ》たる地位を築き始めたところだった。

昔からするとたしかに、遠目に見ても存在感は圧倒的だった。

挨拶したものかと迷っていると、

「新海、悟君だね」

寄ってきたのは浩一が先だった。

「ははっ。よくおわかりになりましたね」

「忘れるものか。私は、忘れないよ」

それから少し会話があって、夜には坂崎に連絡が行ったようだ。

——懐かしい男に会ったぞ。遊びに来いと言っておいた。

これは、後で坂崎から聞いた浩一の言葉だ。

翌七月初旬、坂崎が先に、新海のいるR大学の柔道場にやってきた。

顔を合わせるなり、頭を下げた。

「あのときは、すまなかった」

坂崎は、身体の線は細かったが背丈は新海と変わらないほどになり、声がずいぶん低くなっていた。

けれど肩を震わせながらそんな言葉を口にすれば、坂崎は間違いなく坂崎だった。

友情は、あっという間に時を埋めた。

「本当に、有り難《あがと》う」

「なんだ。泣き虫は変わらずか」

「悪いかよ」

細くて優男で泣き虫で、坂崎はいい感じに何も変わらなかった。

それから約二カ月後、今度は鎌ケ谷の坂崎の家に、招待される感じで新海が訪れた。

多少の歓迎、歓待くらいは期待したが、意に反して家の中は静かなものだった。

誰もいない。全員が不在だった。

「あれ？　親父さん達は？　爺《じい》さん婆《ばあ》さんは？」

「ん？　ああ、そうね」

父母は都内の議員宿舎で、祖父は二年半ほど前に身罷《みまか》り、祖母は蓼科《たてしな》の別荘住まいだという説明を受けた。

つまり、鎌ケ谷に住むのは坂崎一人だった。

「それにしても、よ」

一人にしては広く、広いわりにえらく騒がしかった。

坂崎の家というより、現実的にそこは坂崎浩一後援会事務所だった。

坂崎の実家だけならまだしも、そんな変わったオプションがついては落ち着くわけもなかった。

それで、

「ここからなら近いな。坂崎、面白い男がいるんだ」

誘って新海は、坂崎を家から連れ出した。

この年の七月十七日には、地域の念願であった成田スカイアクセス線が開通していた。

成田湯川の駅で降り、タクシーを呼んで宗吾霊堂《そうごれいどう》に向かった。

この日から翌日に掛けては、〈御待夜《おたいや》〉という祭りだった。

新海は坂崎を先導し、祭りの賑わいに突入した。

「おおい」

声を上げ、手を振った。

その境内には、この春出所したばかりの瀬川がいた。

「前に話した、坂崎を連れて来たぞ」

「ああ?」

瀬川は屋台の中で、いつでもどこでもフェロモン振り撒きの静香と、ツインテールを給食帽の中に押し込み、一生懸命に手伝う小学生の愛莉を従え、この今の〈初詣で〉と同じように、一升酒を呑んでいた。

二

瀬川が一升酒を空ける頃、坂崎の電話がようやく終わった。

と言って、瀬川が席に着いてから十分足らずだ。

新海のワンカップには、まだ半分以上が残っている。

「おい坂崎。長《なげ》え」

瀬川はネギイカ焼きを手で千切り、口に放り込んだ。

新海が注文した物だが、文句は言わない。

最後に、

「ゴチでーす」

と坂崎に対し、茜に笑顔で頭を下げさせるのが対処として手っ取り早いが、酔って調子がよくなった瀬川が、

「今日の勘定《かんじょう》はいらねえっ」

とたまに口走ることもある。

なんにしても新海は一円も払わないと、これもまあ、〈初詣で〉の恒例だからだ。

「悪い悪い」

坂崎は泡の抜け切ったビールをひと口呑んだ。

電話も終わり、静香の更なる攻勢ショーが始まるかと思ったが、いや、間違いなく静香は始めようとしたようだが、その前に、

「お母さん」

と、男前な愛娘《まなむすめ》に呼ばれてしまい、フェロモンの母は渋々手伝いに回った。

昼どきのピークは過ぎたはずだが、エプロンと三角巾の女子高生が焼き始めたからか、

屋台の前には瀬川のときとはまた毛並みの違う行列が出来ていた。

静香が鉄板の傍《そば》に向かい、坂崎は大きく息をついた。

少し疲れた表情だった。

瀬川は鼻で笑った。

「成田のお山に来てまで、長《なげ》ぇ電話してっからだよ」

「え。いや。どう見てもさ、それで疲れたわけじゃないってわからないか」

「ん? なんだそりゃ」

瀬川は一升瓶をくわえ、真上に上げた。

なかなかいい感じに、そろそろ見ていて気持ち悪くなるペースだ。

茜は近くで、一升瓶を持ち上げる瀬川の腕の捩《ねじ》れをガン見していた。

そんな茜に対し、

「あっと。茜さん、寒くないですか? おでん、熱いのと替えましょうか? お酒がよければ熱燗《あつかん》でも――」

今度は坂崎自身が、静香の役回りになりそうなオーラを漂《ただよ》わせ始めた。

なんとも面倒なグループだ。

その分、ときとしてどエラく面白いが。

「それにしても長かったな。トラブルか?」

坂崎の茜へのオーラを掻《か》き散らすべく、どうでもいいが聞いてみた。

と同時に、二本目のワンカップを手に取った。

どうでもいい話は、酒でも呑みながら聞くに限る。

「え？　あ、いいや。ああ、今のは、去年お前達に教えて貰《もら》った、稲尾《いなお》議員からだ」

「稲尾？　ああ」

それは去年、成田の祇園《ぎおん》の頃、頼み事のバーターに、瀬川から聞いた情報を坂崎に流してやった新人議員の名だった。

――兄ちゃんが防衛省のお偉《えら》いさんだってな。んで、ちょろちょろしてたらしいぞ。千葉九区には、陸自の高射学校、下志津《しもしづ》駐屯地ってのがある。そこの物品の納入に、な。

武州虎徹組は成田山のテキ屋を束ねるが、差配する連中は成田に根を生やした居職《いじょく》ばかりではない。行事ごとや節季移動の回り職もまだまだ多い。

回り職は当然、各地の寺社や地回りとも繋《つな》がり、土地土地の有力者とも繋がり、噂レベルの話ならいくらでも持っている。

そんな話の中から政治家、特に新自党の議員に繋がりそうな情報があれば、バーターの条件に坂崎に教える。

もちろん、新海もときには警視庁内で得た情報のカードを切る。

それを坂崎の父・浩一は使い、党内と政界を〈切る〉のではなく〈締《し》める〉のだという。

「ああ。ちょっと〈締め〉たらすっかり大人しくなってな。今じゃ、同じ派閥《はばつ》にも所属している」

浩一が所属する派閥の領袖《りょうしゅう》は、現外務大臣の加瀬孝三郎《かせこうざぶろう》だった。

衆参合わせて六十九人閥は二番目に多く、加瀬自体が次の党総裁候補としての呼び声も高い。

「ふうん。擦り寄ってきたってか」

「そう。でもまあ、悪くはない。うちの大臣と同じ、千葉県選出だしな」

父親でも職場が同じなら呼び方は変わる。坂崎は父・浩一を大臣と呼ぶ。

「今度から〈北学会《ほくがく》〉にも参加するからよろしくって、そんな挨拶だった。要約すれば、だけど。ただまあ、話が長い」

〈北学会〉は浩一を中心とした会派だとは新海も知る。

浩一が次期党幹事長候補ということで、先の長そうな若手議員がこぞって参加しているらしい。

「そりゃあ、こういう会派が先々は大事だってのは理解できるが」

坂崎は苦い顔で笑った。

「なんだ。問題ありか？」

「大ありさ。この〈北学会〉の会合もだが、色んなところに呼ばれる機会が増えた。元々、酒は嫌いじゃないとは知っているが、そんなに強くはなくてね。うちの大臣、昔から結構、人と呑むときは調子に乗ってよく泥酔《でいすい》するんだ」

坂崎は瀬川をチラ見した。

二本目の一升瓶の、傾ける角度がすでにずいぶん大きかった。

「まあ、こいつほどは呑めなくてもいいんだがな」

「ああ？　呼んだか」

と、ようやくの酔眼《すいがん》を瀬川が向けたときだった。

「若頭ぁ」

雑踏を掻き分け、走ってくる者達があった。

寒空にお仕着せの法被《はっぴ》を着ていた。〈成田山香具師《やし》会〉と染め抜きがある。

武州虎徹組の山内における表の呼称だった。

「なんでぇ」

瀬川がゆらりと立ち上がった。

百九十を超える身長で分厚い身体で、要するに筋肉の塊《かたまり》だ。

立ち上がるだけで周囲を圧倒する。言い方を換えれば邪魔臭い。

圧倒されずうっとりするのは、おそらく新海茜だけだったろう。

「若頭。境内で喧嘩《けんか》がっ」

「ふん」

特に慌《あわ》てるふうもなく、瀬川は動き出した。

いつものことなのだろう。

そんな風情《ふぜい》だ。

武州虎徹組は山内のテキ屋を差配する代わりに、寺域界隈一切の〈掃除〉を請け負っている。

〈掃除〉には当然、揉《も》め事一切の処理も含まれる。

新勝寺が公認する以上、所轄《しょかつ》の成田警察署も、山内のことに限っては武州虎徹組を黙認だという。

そういう古き良き時代の官憲と任侠の関係が、ここではまだ生きていた。

「おい。大丈夫か」

新海は瀬川に声を掛けた。

大本堂の境内までは、急にもほどがある石段になっている。

間に踊り場のような仁王門があるが、喧嘩の仲裁《ちゅうさい》に向かう途中で休んでもいられないだろう。

酔いが回るんじゃないのかと、そういう意味で聞いたつもりだったが、

「へっ。大丈夫だよ。サツとヒショの、お前《め》えらがいればよ」

答えはおそらく、歯止めが効くかどうかの返答だった。

「あ、来いってことね。ほら、坂崎」

呼んでも返事がなかった。

見れば坂崎はまた、性懲《しょうこ》りもなく電話をしていた。

「行くぞ」

構わず新海は、坂崎の襟首《えりくび》をつかんで引き摺《ず》った。

瀬川がもう、雑踏の中に足を踏み出していたからだ。

人波から頭ひとつ出た瀬川を見失うことはなかったが、少し遅れた。

急にもほどがある石段に、まず坂崎がへこたれた。

へこたれて、当たり前だが電話を切った。いやその前に、そんな状態でまだ通話していたのも驚きだが。

二人で境内に上がったとき、瀬川はもう遠巻きにする人輪のど真ん中に立っていた。

スカジャンのチャラい二人と、五人組のオッサン連中の間だ。

オッサン連中はサラリーマン風だったが、みな赤ら顔だった。

なんとなく浅草でも見覚えのある、喧嘩としてはよく見かけるシチュエーションだった。

新海は間に合ったかと思ったが、瀬川の近くにすでに一人、白目を剥いて大の字のスカジャンがいた。

……。

まあ、間に合ったからといって、何をするわけではない。たいがいは見て見ぬフリになる。

千葉県内で成田山内は、新海にとってはとんでもなく管轄外だ。

「んだってんだ、手前《てめ》ぇっ。なんの手ぇ出してくれてんだコラッ」

スカジャンの一人が肩を揺らして前に出た。

対してスカジャンのオッサン連中はすでに及び腰だ。

瀬川の迫力と腕力に、こちらは少し酒も抜けたか。

「何って、見りゃわかんだろが。手前ぇらこそ、正月から馬鹿やってんじゃねぇよ。正月から馬鹿は、一年中馬鹿だぞ」

「うっせえやっ！」

いきなり突っ掛けてきた。

瀬川は少しだけ目を細めた。

それだけだった。

無造作に掌《てのひら》を前に出せば、スカジャンの拳《こぶし》は吸い込まれるようにその中に収まった。

包まれた。

「ぐあぁ」

拳ごと握り込まれ、スカジャンは呻《うめ》いた。圧倒的な差だった。

「正月を笑う者はよぉ、正月に笑われるんだぜぇ」

「あ。やばい」

新海は襟首をつかんだままの坂崎を盾《たて》にして前に出た。

普段より数段深く、瀬川の言っていることが理解不能になった。

酒にか場にかは知らず、だいぶ酔っているようだった。

「はいはぁい」

まず坂崎を押し込み、次いで手を叩きながら自ら輪《わ》の中に入る。

「警察だよぉ。ほら警察。来たっていうか、かもよぉ。来るよぉ。かもよぉ」

「げっ。ヤベッ」

スカジャンの二人は顔色を変えた。

そそくさと倒れたもう一人を抱えると、人の輪に突進して溶けるように紛れた。

オッサン連中は上手いもので、その前からもういなくなっていた。

一瞬前の騒動も、流れる群衆の前では過ぎた傍から永遠の過去だ。

野次馬の輪は何事もなかったかのようにすぐに閉じた。

瀬川が欲求不満顔で新海達の方に近寄ってきた。

「ま。来いって言ったのは俺だからな」

呑むべ呑むべと、瀬川は頭を掻きながら石段に向かった。

急にもほどがある石段は、途中に仁王橋と仁王門があり、両脇に仁王池という池があった。

この池は放生池として、亀の形をした石にびっしりと甲羅干しする本物の亀で有名だ。

石段は狭く、混雑していた。

先に瀬川が降り、坂崎を間に挟んで新海がしんがりだった。

「なあ坂崎。正月ってのは、どこへ行ってもやっぱり――」

「もしもし。ああ、これはどうも。明けましておめでとう御座います」

また坂崎の電話が始まった。

少し癪《しゃく》に障った。

「初詣でのときくらい」

新海は坂崎の背後から携帯を取り上げた。

「休みだ。休め。――ほら。瀬川」

取り上げた携帯を、新海は先を行く瀬川に放った。

「ああ？」

瀬川はもう、仁王門まで降りていた。

距離にしては五メートルもないが、高低差で五メートルはあり、ただ立っていると揉まれるような雑踏だった。

思ったより勢いがつき、少し逸《そ》れただけで瀬川の手は坂崎の携帯に届かなかった。

「うわぁぁっ」

坂崎だったか新海だったか。

間違いなく瀬川ではない。

坂崎の携帯は欄干で跳ね、仁王池の亀石に落ちた。

あーらら。

これは新海達の周囲にいた群衆の揃《そろ》った声だった。

同情もあるが、大半は面白がっていた。

──わかるけどよ。兄ちゃん達、後ろ詰まってんだ。早く降りてくれねえか。

固まった坂崎をギクシャクと動かし、新海は瀬川の脇を通り過ぎた。

後を頼むと言えば、やがて背後に、

──おう。健太《けんた》ぁ。網持ってこいやぁ。

そんな指示が聞こえた。

屋台に戻ってすぐ、新海はそれとなく妹の茜に目配せした。

なんだかんだ言っても兄妹には兄妹の呼吸というものがある。

しょげる坂崎と空《から》陽気な兄を見れば、何かあったのは一目瞭然だろう。

「仕方ないわね」

溜息《ためいき》と、打って変わった満面の笑みで茜は坂崎の隣に座った。

おお、近さは大サービスのようで、距離にして普段の半分だった。

茜は差しつ差されつっぽく、坂崎にビールを呑ませたりこっそり捨てたりした。

なかなか、チーママ然として堂に入っている。

はて、水商売の経験はないはずだが、ということは、諸官庁の処世術とは水商売の接客術に匹敵《ひってき》するということか。――どういう職場だ。

そんなことを思い感嘆も落胆もしていると、やがてさも楽しげな顔で瀬川が帰ってきた。

坂崎は待ちかねたように立ち上がった。

「あ、瀬川。俺の携帯、は、どう。あれ？」

お手本のような尻すぼみだった。

瀬川は手ぶらだった。

「まったく駄目。ありゃあゴミだ」

「やっぱり。あ、じゃあ、でもせめてＳＩＭカードだけでも」

「ＳＩＭね。そう。ＳＩＭだよな」

瀬川は自分の一升瓶を傾けた。

傾けて、いきなり噴き出した。

「わははは。それがよ、SIMだろ。亀がよ、器用に抜き出してガジガジ噛《か》んでた。わははっ。見物《みもの》だったぜぇっ」

「ぐわぁぁぁっ」

坂崎は頭を抱えた。

面白そうだったが、原因が原因だから見ないでおいた。

見ないでワンカップに口をつけた。

が――。

悲嘆は、それ以上続かなかった。

妙だったので顔を上げ、坂崎の方をチラ見した。

二度見になった。

坂崎は頭を抱えたまま、外の参道の方に目を凝《こ》らしていた。

気になった。

「おい、坂崎。なんだ?」

聞いてみた。

「いや。なんか、うちの大臣が誰かといたような」

「親父さんが？」

「そう、なんだが。選挙区の年始回りは終わったのかな」

参道の方に首を伸ばしながら首を傾《かし》げる。

これもまた、器用なものだ。

「いや、でもそれなら、もうすぐ常会も始まるし、議員宿舎に戻るはずだ。向こうの挨拶回りも途中だったし」

そんな独り言を呟《つぶや》いた。

常会とは通常国会のことだ。毎年一月中の召集を常例とし、総理大臣による施政方針演説から始まる。

坂崎は怪訝《けげん》そうに、なおも参道に浩一の姿を探した。

その視線を新海も追ってみた。

が、途切れることのない人波に一人、坂崎浩一を特定するのは不可能だった。

気のせいか、いや気の迷いだと呟いてから、坂崎は自分の悲惨な現状を思い出したようだ。

「ああっ！」

携帯携帯と呪文めかし、その場に沈《しず》んだ。

慌ただしくも、哀《あわ》れだった。

「茜。呑ませてやれ」

「オッケー」

呑ませて呑ませて、そのまま潰《つぶ》して差し上げた。

となると、この日の分を坂崎に払わせるのはさすがに酷《こく》というものだろう。

かくなる上は――。

「ああ？」

化け物が三本目の一升瓶を、まだラッパにして呑んでいた。

調子よく気前よく乗せるには、後どれくらいの時間と酒が必要だろう。

（仕方ない）

新海は意を決し、自分の財布の中身を確認した。

三

「天気が良くてよかった」

新海は浅草東署の屋上で手摺《てす》りに寄り掛かり、薄青い早春の晴れ空を見上げた。

二月三日の正午過ぎは、時報通りにそろそろ腹が鳴る頃だ。

この日は雑節に言う、季節の始まりの前日、いわゆる節分だった。

近くの浅草寺でもこの日は、節分の行事があった。

浅草寺は、古参の署員などは未《いま》だに〈本署〉と呼ぶ、浅草署の管轄だった。

大きなイベントのときはたいがい要請を受け、新海ら浅草東署の刑事は巡回などに駆り出される。

浅草東署はその昔、近隣に本部を持つ暴力団・松濤会《しょうとうかい》に睨《にら》みを利かせるためだけに、浅草署から分署化して生まれた署だった。

松濤会は関東最大の暴力団・鬼不動組の二次組織だ。

鬼不動組は、北陸の広域指定暴力団・四神明王会の直系にして筆頭《ひっとう》だった。それだけでも、往時の松濤会の威勢は知れるというものだろう。

だから誕生したのだが、それにしてもただ監視のためでは、当初から浅草東署の規模は超がつくほど小さく、予算も人員も少なかった。刑事はみな、刑事生活安全組織犯罪対策課の一係から三係までに振り分けられてひとまとめだ。

それが、暴対法施行によって暇《ひま》になった。

追えば逃げる、見れば隠れるの道理に従って、たいがいのヤクザが地下に潜ったからだ。

松濤会も同様だった。時勢と言うやつだ。

以降、浅草東署はビックリするくらい暇になったと、古参の連中は口をそろえる。

公僕《こうぼく》である警察が暇とはつまり、それはもう限りなく〈お荷物〉だ。

かくて浅草東署は、他署の刑事課だけでなく、生安や組対、交通課も含め、なんなら警務課までも、どんな部署のどんな要請にも対応出来る〈なんでも屋〉であり、〈便利屋〉になった。

そうしてかろうじて、〈完全なお荷物〉の窮地からは脱した。

ただし、そんな境遇を公言すれば、応援要請は各署から引きも切らず来た。

裏を返せばどこも、大規模署であっても時節柄、ギリギリの員数で回しているとも言える。

犯罪は多様化し複雑になり、水面下で進行する場合も多く、加えて東京オリンピックを控え、〈開けた東京〉を標榜《ひょうぼう》してからは外国人による犯罪やトラブルも増発していた。

中でも浅草署は浅草東署に近いというか、そもそも生みの親だ。

管轄内に浅草寺というランドマークを中心とした繁華街を抱え、古くからヤクザの本部もあり、近年は外国人観光客も多く、要請はしょっちゅうだった。

浅草東署にとって、浅草寺節分会《せつぶんえ》の防犯巡邏《じゅんら》は、いわゆる毎年の恒例イベントだった。

他にも恒例としては、同じく浅草寺の初詣で、東京マラソン、三社祭などが年中行事としてあった。

この日も、当然のように要請があって、当然のように駆り出された。

主に刑事生活安全組織犯罪対策課から一係が駆り出され、二係と三係が手伝いだ。他には交通課全体が、浅草署側の防犯計画に組み込まれて実行運用された。

そうなるともう、署内より浅草寺周辺に、浅草東署の署員が多かった。

もし署員全体の集会があったとしたら、今なら浅草寺に集まる方が早いし、妥当なくらいだ。

この日の浅草東署内はだから、早朝から閑散《かんさん》というか、人の気配に乏《とぼ》しかった。

とにかく、人がいない。

そんなわけで、浅草寺節分会の担当ではない三係長の新海は、署の屋上で無聊《ぶりょう》を託《かこ》つことになる、というわけだ。

「千秋万歳《せんしゅうばんぜい》、福は内ってね」

観音の前に鬼はいないということで、浅草寺では「鬼は外」の発声はないらしい。

と言って、特に新海は、へえ、とも、ほお、とも思わない。

瀬川の成田山でも「鬼は外」はなしで、「福は内」だけを繰り返す。

ご本尊・不動明王の大威力《だいいりき》の前では鬼さえひれ伏す、とかなんとか。

トラ柄のパンツを穿《は》き金棒を担いだ鬼には、どこへ行ったら会えるのだろう。

「ああ。鬼ヶ島か」

呟いてから新海は思った。

(どこだ、それ)

まあ、少なくともこの日浅草寺に行けば、鬼には会えなくとも何人かの芸能人には会える。それは確実だ。

〈浅草観音文化芸能人節分会〉と称した、主にお笑いさんによる豆撒《まめま》きが毎年、夕暮れ迫る四時から行われる。

去年はナイツが来たようだが、林家正蔵《はやしやしょうぞう》、松島《まつしま》トモ子、内海桂子《うつみけいこ》辺りはいいとして、甘味《あまみ》けんじ、はやのみこみ、風呂《ふろ》わく三《ぞう》、までいくとなんともはや。

（誰だ、それ）

思って新海は苦笑し、頭を掻いた。

降り注ぐ陽射しが顔に暖かく、その暖かさがかえって額の一部に向こう傷の形を教えた。

少し曲がった月の形。

クレッセントムーン、三日月。

新海は一人でそう思っている。

瀬川はミニバナナなどとほざくが、そんな身も蓋《ふた》もない戯言《ざれごと》は却下だ。

向こう傷は熱を感じることなく、常に冷ややかだった。

知恵というか、理性というか、頭脳のクリアな働きに直結するイメージだ。

幼い日、包帯を取った瞬間から、それを悪くないと新海は思っていた。

陽射しを浴び、目を閉じる。

そよ吹く風の中に、浅草寺の賑わいまで聞こえそうな気がした。

「世は、事もなしだ」

この場合の世は、世の中全体の意味ではない。そんなものに責任は負えない。

飽くまで新海の周り、浅草東署管内の、という限定的な話だ。

署の存在意義、その根本である松濤会もこのところは大人しい。

もっとも、巧妙に隠したフロントや、まったく別建ての商売に関してはわからない。

前年には一度、〈桃花通商〉というチャイニーズ・マフィア絡みのシャブに若頭補佐の朝森《あさもり》良兼《りょうけん》が少なからず関わった。

肩書こそナンバー3だが、朝森は三十代の若さで松濤会を実質的に動かしていた。

新海としては上手く引っ掛け、マフィアとヤクザの一網打尽《いちもうだじん》も一瞬頭をよぎったが、本当に一瞬で立ち消えた。

この案件に関して一緒に動いていた瀬川が、松濤会本部に押し掛け、朝森を殴り倒したからだ。

そのせいで朝森は鎖骨《さこつ》と眼底を骨折し、この一件から遠ざかった。

瀬川は相手が誰であろうと、切れたら後先考えずに向かっていく奴だ。

朝森に関しても同様だったが、その場もその後も瀬川は〈無傷《むきず》〉だった。

この場合の無傷とは、単に怪我という意味ではない。

瀬川は朝森より歳は若いが、武州虎徹組の若頭だ。

武州虎徹組は組員十人ほどの小さな独立系だが、源流に成田の甚蔵《じんぞう》という関八州の大侠客の流れを汲《く》む、由緒《ゆいしょ》正しい任侠だった。

親方の相京《あいきょう》忠治《ちゅうじ》はその直系だ。

そして、鬼不動組の理事長・柚木《ゆのき》達夫《たつお》とは、忠治の方が歳は十も若いが、古くから五分《ごぶ》の盃《さかずき》だった。

つまり瀬川と朝森では、格から言えば瀬川の方が上だった。

鎖骨と眼底の骨折くらいで騒げば、物笑いも叱責《しっせき》も喰らうのは朝森の方だったろう。

なので、瀬川はまったくの〈無傷〉だった。

それでも恨み辛みで深く潜って何かを画策する馬鹿もいる。

新海は念には念を入れて去年中に二度、食後の緑茶を飲みに松濤会に顔を出してみた。

どちらも朝森は不在だった。

新海としては、署の出涸《でが》らしよりはるかに上等な緑茶が飲めるだけでもよかったが、組事務所に居座れば電話も鳴るし来客もある。

若い衆の下手糞《へたくそ》な応対を見聞きするだけでも、そこはかとなく情報は取れるものだ。

どうやらもう、朝森は瀬川にかかずらっている暇はないようだった。

警察も把握《はあく》しているフロント企業のいくつかが、だいぶ業績の悪化で苦しんでいるようだ。

それで朝森も動き回っているらしい。

――へへっ。どうせなら潰して新しく立ち上げりゃあ、所轄の刑事も忙しくなってよ、茶なんざ飲みに来る暇ぁなくなるかって、こないだ若頭補佐が言ってたぜ。

十分な情報だった。

まずなんと言っても朝森が元気で、相《あい》も変わらず下らないことを口走っていることがわかった。

そんなことを思い返しつつ、麗《うら》らかな節分の陽射しに思わず大欠伸《おおあくび》をすると、腹が鳴った。

時刻は十二時六分だった。

(さて、今日は蕎麦《そば》でも食うかな)

腹をさすりながら手摺りを離れる。

普段なら持ち回りで官給備品の洗濯当番があり、屋上の通りに面した前半分は洗濯物がはためく。

それで歩きにくいことこの上ないのだが、この日に限っては一枚も掛かってはいなかった。

署の庁舎内にあまり人がいないことの証《あかし》でもある。

その分、奥半分のスペースに整然と並べられた無数のプランターやポットが見渡せた。

署の屋上は狭いが、そんなことにも活用しようとするほど、一日中いい具合に陽が当たる。

二月の今はまだまだ寒い。プチトマトやナスなどの露地栽培には不向きだ。

が、小松菜やルッコラなどの葉物はいけるようだ。

霜にさえ気をつければ、と担当というか大いに本人の趣味でもある、署のナンバー2、
副署長の深水《ふかみ》守《まもる》警部・五十五歳が今朝方言っていた。

有言実行で実際に今も、野菜達の前にしゃがみ込んで作業中だ。

プランターに、不織布のベタ掛け。

それが一番、保温効果による育成増進が期待できるのだそうで。

「しっかりな。寒さなんかに、負けるんじゃないぞ」

それはさておき――。

(どこの蕎麦にするか)

やぶ系もいいが、極太《ごくぶと》の田舎《いなか》蕎麦もいい。

ちょっと足を延ばして、立ち食いの文殊《もんじゅ》浅草店の味と値段も捨て難い。

今からなら、どこにしても列《なら》ばなくて済むだろう。

さてさて、さてさて。

迷いの袋小路を行き来しつつ、屋上から階段に向かう。

ちなみに、浅草東署は古い庁舎なので、四階建てだがエレベーターはない。

そのとき、

「おーい。係長。新海くーん。上にいるかぁい」

四階から、新海を呼ぶ声が吹き上がってきた。

少し高めだが、よく響く声だった。

「あ、うーっす」

誰かはすぐにわかったから駆け下りた。

「なんすか」

「君をご指名で、外線に電話だよぉ」

常に開けっ放しのドアから署長の町村義之《よしゆき》が見えた。

とても四十過ぎには見えない童顔を斜めに出していた。

柔らかい癖毛《くせげ》の、つるんとした肌の、縦《たて》に伸びたキューピーは見る限り血色がよく、今日もすこぶる元気なようだ。

「ここで取っていいよぉ」

町村は手招きした。

エレベーターがないので、用事があるときにはどの部屋を使ってもいいとは、町村が署長として着任したときからの取り決めだった。

「なんか、大人ぁな感じで話す人だったよ」

大人ぁな感じのまったくしないキューピーが小声で言う。

小声で言う必要の是非はともかく、町村は準キャリアの警視だが、ややもするとそのことを失念してしまう。

容姿言動行動、すべてにおいて町村は曲者《くせもの》感満載だ。

油断すると寝首を掻かれる、ことはないだろうが、寝首に息を吹きかけられてビックリすることはあるかも知れない。

庁内の様々なところに顔が利いて、かつ情報通だ。人によっては出来物とも評するが、情報をネタに融通を強いる裏技も得手のようで、案外な俗物であることは間違いない。

「失礼します」

礼儀として頭を下げ、制服を着たキューピーから出来るだけ離れて室内に入る。

デスクの上で固定電話に保留のランプがついていた。

やはり、町村が小声で話す必要はなかったようだ。

ともあれ、受話器を取って通話にする。

「お待たせしました」

――遅い。

前置きもなにもなく端麗辛口《たんれいからくち》なのはいつものことだ。

電話を掛けてきたのは、坂崎和馬だった。

四

「えーと」

新海は頭を掻いた。

「なんで署の電話なんだ?」

――誰がデータごと、携帯を飛ばしたんだっけ?

「え? あ、ごもっとも」

彼《か》の日、バックアップは当然あると坂崎は言った。

言ったが、この際だ、と血走った目で、たしかに宣言もしていた。

消えた登録データは大臣の秘書という仕事柄、気が遠くなるほど多かったらしい。

――馬鹿みたいに多い登録データを、人並みに多い、くらいにまで減らす。この際だ。目指せ、五十分の一だ。

裏を返せば人並みに多い、の五十倍の保有件数があると言うことになる。

人並みが千件だとするなら、坂崎は五万件か。

なるほど、減らしたいのは納得出来た。

と言うことで、

「よし。政府政党関係をメインとした最重要先と、あの日以降必要があって送受したデータは登録するが、あとは野放しだ」

と誰に向かってかはわからなかったが、とにかく瀬川の屋台骨の中で坂崎は誓っていた。

「あ、なるほど。俺は最重要先じゃなかったってことか」

――瀬川もだ。当たり前だろう。お前達の何が最重要なんだ。人の携帯を亀に齧《かじ》らせるくらいが関の山だろうが。

うーん。まだ根に持っているのが滲み出る言葉だ。

「じゃあ、茜は？　あいつは最重要なのか？」

聞いてみた。

素直な疑問だったが、ズルッと何かを啜《すす》る音が聞こえただけで坂崎は無言だった。

「あれ？　ＮＧ？」

――そうじゃないが、知らない。

「えっ」

――教えて貰ってない。

おっと、このまま進むと虎《とら》の尾を踏みそうだった。

それとなく、そっと引き返す。

「ああ。悪い悪い。そう言えば、こっちからお前に掛けてなかったな。掛ければ登録って言ってたよな」

――そう。頻度から言って、俺が掛けるよりお前から掛かってくる方が遥《はる》かに多い。そう思って放っておいたら、お前らこそ野放しになった。

だからネットで浅草東署を検索した、と坂崎は言った。

前年、瀬川も同じような思考で掛けてきたことを思い出す。

――自慢じゃねえが、暗記してるなぁ、119と110くれえだ。そっから浅草東署を手繰《た》ぐ》ってよ。

たしかに自慢ではないが、瀬川の声はどことなく自慢していた。

さすがに坂崎はそんなことを自慢しないが、違いがあるとすればそれくらいか。

筋肉馬鹿にも頭でっかちにも、等しく発想させる110の威力だ。

また受話器の向こうで、ズルズルッと音がした。

ガラガラした引き戸の音も聞こえ、いらっしゃえ、と元気なおばちゃんの声もした。

「で、坂崎。お前、どこにいるんだ？」

――ん？　蕎麦屋だけど。

「蕎麦屋？」

新海の背後で、我が意を得たりと手を打つ音が聞こえた。

「ああ。蕎麦ねえ。私は新蕎麦より、越冬のヒネ挽《び》きが好きだねえ。通《つう》だから。今が季節だよぉ」

「ええっと」

新海は頭を掻いて振り向いた。

町村がニコニコしながら、ガッツリ聞いていた。

「署長。そういえば、副署長が屋上で呼んでました。ルッコラが大変だそうです」

「え。それは大変だ」

ささやかに可愛い嘘をつけば、意味不明な合点をし、愛らしい署長は軽やかに部屋を飛び出した。

「で、なんだって？　蕎麦屋だって？」

――ああ。鎌ケ谷の蕎麦屋。

「ふむ」

鎌ケ谷の蕎麦屋と言えばおそらく、〈蕎麦楽　信兵衛《しんべえ》〉だろう。

実家という名の坂崎浩一後援会事務所だか、その逆だか知らないが、新海も知る〈5L

DK＋3LDK＋離れ＋でかい車庫＋広い庭〉からは、ギリギリ歩いて行ける圏内《けんない》にある。

新海もその昔、行ったことはあった。

初めは大学三年の九月、宗吾霊堂《そうごれいどう》の御待夜で瀬川も交え、大いに騒いだ翌日だった。それから卒業まで、何度か坂崎に連れていってもらった。

自家栽培の石臼《いしうす》挽きを謳《うた》った極細の平打ちで、昔は知る人ぞ知る名店だったが、一昨年に千葉○ォーカーに掲載されてからは、少なくとも土・日曜日は行列が絶えない表の名店になったようだ。

たしか蕎麦湯が、ドロッとして大いに香ばしかった記憶がある。

――大臣の様子がおかしいんだ。

ズルズル。

「おかしいって、いつから」

――はっきりしたのは今だ。

「今？」

――そうだ。

ズルズル。

「なあ、食うか話すか、どっちかにできないか」

――出来ない。

不味《まず》くなるじゃないか、と坂崎は平然としたものだ。

――大臣の秘書官になってから、そもそも昼食はこんな食い方が多いしな。ずいぶん雑食にもなった。

「ああ。そうですか。で、親父さんの何がおかしいって？」

――咽《む》せたんだ。

「咽せた？　なんだそりゃ。蕎麦食えば咽せもするだろ」

――いや、絶対にない。今までない。蕎麦はこう、箸先でまず山葵《わさび》をつまんで、その箸で蕎麦を軽くつまんで、半付けで一気に啜り上げる。

ズルズル。

「十年一日、これは変わらない大臣のリズムだった」

ズルズル。

こうもしつこく聞かせられると、少し美味そうに聞こえてくるから不思議だ。

ズルズル。

いや、不思議ではない。

新海は腹が減っていたのだ。

それで自分も、今日は蕎麦と決めて食いに出る直前だった。

――新海。聞いてるか。

「聞いてる。早く食え。早く話せ」

――わかった。

ズルズル。

クソ。美味そうだ。

――その十年一日が狂った。咽せて立ち上がって、しばらくそのままでいて大臣は出ていった。内密な電話でも掛かってきて外に行ったのかとも思ったが、すぐにエンジン音がした。

ズルズル。

――ああ、昔は歩いたが、大臣と一緒だと今は車だ。あの、いつものハイヤーな。で、慌てて出てみたけど、もう車ごと見えなかった。すぐに携帯に連絡を入れたが、電源は落ちていた。

ズルズル。

――その他にも、蕎麦を半分残したままなのもおかしい。大臣は腹八分目を基本にして、目の前の物は米粒ひとつ、蕎麦の切れ端一本残さない人だ。普通ならって、ああ、そうだ。おかしいってことは、普通じゃないってことだった。

説明しているうちに、自分の中でも整理整頓される事柄もあるようだ。

――そういえばこっちの、選挙区での動きもこの頃はなんか普通じゃない。気がつくと一人でいなくなる。後援会の人も誰も知らないうちにだ。会長から、そちらにお帰りですかって、そうだそうだ、議員会館の方に何回か電話をもらったこともあった。

「へえ。ちょっと浮ついた感じだな」

まあたしかに秘書なら、息子なら気になるか。

坂崎浩一という男は、党内の綱紀粛正《こうきしゅくせい》に力を発揮し、次期幹事長と目《もく》される男だ。

元々の〈地〉が表出したか、魑魅魍魎《ちみもうりょう》の政界に磨かれたかはさておき、国会議員になってからは威厳《いげん》も胆力も見事に備わった。

新海が抱《いだ》くイメージから言っても、たしかに軽佻浮薄《けいちょうふはく》とは一番縁遠いところにいる男だった。

少し、興味が湧いた。

湧くと、お節介だか世話焼きだかの虫が疼《うず》く。

「他には何か？」

聞いてしまった。

上手く乗せられたかもしれない。

ズルズル。

――こっちに来るたび、気がつくと陶器が増えてる。普段使いだけじゃない。観賞用のもだ。元々、そんな趣味が爺さんにあって色々飾られたりしてるが、その隙間に添える感じで増えてる。それも気になる。大臣が陶芸に趣味があったとは把握していない。

「なるほど」

ズルズル。

続けて、ズッズズッときて、

――お姉さん、蕎麦湯をください。

ようやく蕎麦を食い終わったようだ。ふぅ、とか言っている。

逆に新海の腹はけたたましい。

「直接本人に聞くってのはどうなんだ？」

――出来ない。というか、しない。向こうが言わないことを言わせるのは難しい。結局口を噤《つぐ》まれたら余計わからなくなる。深みに填《はま》るってやつだ。ああ、ちなみに言えば、こっちの選挙区の人間にも聞けない。変な噂が流れて弱みになるとマズい。で、俺もそんなに動けない。わかるか。

「そりゃあ、地元だものな。選挙区内じゃあ、強引に顔も売ってるんだろ」

――強引かどうかは知らないが、その通り。

だから、と坂崎は強調した。

――それとなく調べてくれないか。何かあってからじゃ遅いんだ。新海、お前、どうせ暇だろ。

たしかに暇はある。ありすぎるくらいだ。

だが、本当のことをどうせなどと決めつけられると、本当のことだからこそ却《かえ》って、

「暇じゃない」

とかなんとか、とにかく反駁《はんばく》したくなるのが人間の性《さが》だ。

「自分でやればいいだろうが」

――馬鹿だな。

坂崎は鼻で笑いやがって、そば湯を飲みやがった。

――自慢じゃないが、俺より大臣の方が勘も体力もある。

「……本当に自慢じゃないな」

――ああ。自慢じゃない。が、正当な評価だろ。

間違いない。

新海は頭を掻いた。

「仕方ない。――お好みで三百。交通費込みだ」

天井を見上げ、値決めに入った。

持ちつ持たれつの関係だが、ただでは動かない。

何をしてもどこに行っても、常に経費は掛かるのだ。

交渉はいつも下世話に直截な金額ではなく、瀬川の屋台のお好み焼きの値段でする。

お好み三百は、三百枚分ということだ。一個六百円だから十八万。

——高い。百。

「いきなり半分以下かよ。お前、都内じゃないんだぞ。経費を考えろ。北総線はメチャクチャ高いだろうが。百五十」

——OK。百八十でいい。頼んだ。

じゃあなと言って坂崎は電話を切った。

新海はその場にしばし佇《たたず》んだ。

反省がしきりだ。

「あの野郎。交渉上手だな」

間違いなく、ゴネればもっと吊り上げられたに違いない。

そんなことを考えていると、廊下《ろうか》に真っ赤な何かが転がった。

すぐに制服の手が伸び、素早く回収する。

摩訶《まか》不思議だ。

「ええと。署長。時季はずれって言うか、そのミニトマト、どっから持ってきたんですか?」

秘密だよぉと、町村のやけに得意げな声が聞こえた。

五

笊《ざる》を抱えた町村から秘密のミニトマトを一つもらい、そのまま三階に降りる。

新海が所属する刑事生活安全組織犯罪対策課はこの三階にあった。

浅草東署は一階が受付と交通課で、二階が警務課と警備課、地域課になっている。

三階には残りというか、新海が所属する雑駁《ざっぱく》な〈なんでも課〉と、倉庫や物置が入る。

そうして四階は、お偉いさんたちのフロアだ。

新海のデスクは、三階のほぼど真ん中にあった。

全員が在署なら二十人以上にはなり、狭いフロアは漁港の定食屋のようになるが、今はたいがいの机上までが見渡せた。

それほどに人がいなかった。

二係に三人、新海の三係には二人がいた。

自席で新聞を読む横手幸一《よこてこういち》と、二係の若い巡査の弁当にちょっかいを出している中台信二《なかだいしんじ》の、両巡査部長だ。

と、見渡せば奥の窓際にもう一人いた。

フロアのボス、七三に白髪《しらが》を分けて固めた勅使河原《てしがわら》課長と将棋を指すのが、三係の星川《ほしかわ》健吉《けんきち》巡査部長だった。

三係にはこの他、巡査部長の蜂谷洋子《はちやようこ》と富田信也《とみたしんや》と、巡査の新井雄一《あらいゆういち》と太刀川風太《たちかわふうた》がいる。

二係がどうチョイスされたのかはさて置き、三係で今回署に残っているのは、要するにロートルだ。

浅草寺節分会への応援は、丸一日の立番や巡回と決まっていたからだ。

課長と将棋を指している星川が係では最年長の五十六歳で、次いで横手が五十一歳だった。

中台は四十歳で、本来なら四十一歳の新井が待機番になる。

が、新井の短気で性急な質《たち》は誰もが知るところであり、新井と中台は指示しなくとも自動的に入れ替わりだった。

今頃浅草寺界隈で人混みに揉まれているのはこの新井を筆頭に、富田が三十六歳で蜂谷が三十四歳、太刀川が二十五歳と、まあこの辺は妥当なところだろう。

新海は自分のデスクに向かった。

特段に難しい顔をしていたわけでもないが、

「おっ。係長、またなんか考えてるんかい。そんな顔してるってぇか、小銭の匂いがするぜ」

目がいいというか鼻が利くというか、まず中台がキャスター椅子を器用に操りながら、ゴロゴロと新海の後をついてきた。

中台は女癖の悪さに拠《よ》ってバツイチで、性懲りもない悪さと養育費でいつも汲々《きゅうきゅう》としている。

金の匂いには敏感だ。

「当たりですけど、小銭って言わない。塵《ちり》も積もればなんとやら、なので」

「けっ。なら係長も塵って言うなよ。やる気が失せるぜ」

中台は椅子の背に肘《ひじ》を載せて肩をすくめた。

組織図的な関係は上司と部下で間違いないが、歳がひと回りも違えば実際の会話は、まあこの程度にはフランクになる。

「あれ？　じゃあ、やりませんか？」

中台はブンブンと手を振った。

「やる。なんでもやる」

この遣《や》り取りの間に、横手も新聞を置いて新海を注視していた。

「何かあるのかな」

「ええ。乗りますか？」

「あるなら乗るよ。暇だからね」

いつもこんな感じで、ヌルッとした依頼で始まるのが三係では通常の、報奨金制度だ。

浅草東署は超小規模署で、基本的に自署の案件を持たない。

いや、正確に言うなら持つが、それは〈松濤会本部の監視及び、監視に次ぐ監視〉のみだ。

要するに、あるようでないに等しい。

ただ、だから暇にしていていいかとか、日々は応援で回していればいいかと言えば、そういうことではない。

刑事は公僕であり、中でも新海は世話焼きでありお節介だ。

かくて新海はいつも、気に掛かることがあると個人的案件として部下に、命じるのではなく依頼するのが恒例だった。

基本的に浅草東署は吹き溜まりのような署だ。

流れ流されて本庁だけでなく、あちこちの所轄から、ひと癖もふた癖もある者達がやってくる。

こういう連中は得てして、そのひと癖やふた癖に目を瞑れば、案外使える人間ばかりだった。一芸に秀でるというか、ある意味スペシャリストだ。

ちなみに言えば、現在新海の脇に座る中台は前職が渋谷署の生安で、故買《こばい》に強く顔が広い。

前に座る横手は本庁の組対に引っ張られてから燻《くすぶ》ったようだが、その前は所轄の生安を渡り歩いた男で、少年犯罪に関してはエキスパートと言ってよかった。

課長と将棋で対戦中の星川などはその昔、池袋署刑事課の暴力犯係にいて志村《しむら》組の担当刑事だったらしい。

志村組は浅草東署が管轄する松濤会より組の序列としてさらに上位で、鬼不動組二次の筆頭だ。

星川はそんな志村組の組長、志村善次郎《ぜんじろう》の携帯番号を知り、直電が掛けられる警視庁内で唯一の男、だという。

この三人だけではなく、今はここにいない部下もみな、それぞれに個性的な癖はあるが優秀だ。

そんな連中を暇にさせるのも勿体《もったい》ないので、新海は大いに使うことにしていた。

それが、報奨金制度だった。

指名で個人を動かすときは交渉次第だが、係全体のときは動いた内容次第で、下は五百円から最高三千円までを設定していた。

五百円はしょぼく聞こえるが、依頼した瞬間に、運良く情報を持っていればその段階で五百円が確定なのだから、まあ貰う方には丸儲け感がある、はずだということにしている。

なんにしても、内容が伴っていれば五百円ということはあまりない。

半面、上限が三千円なのは、出所が新海の薄給からだからだ。今回のような坂崎や、ときに瀬川からの依頼は大なり小なりの礼金交渉を伴うから余裕はあるが、そんな上手い話ばかりではない。本当に新海の身銭のときもある。だからこの五百円から三千円の範囲はテコでも動かさないが、部下達もわかってはいるはずだ。

そうでなくて仮にも刑事、捜査のプロと自負もあるだろう連中が動いてくれるわけもない。

報奨金は些少《さしょう》でも〈報奨〉には違いない。褒め称《たた》え、努力に報いることだ。都度ランクによって〈報奨〉があり、かつ暇が埋まるならそれでいいという理屈は、三係全員の共通認識だ。

新海は声を落とし、スマホを操作しながら依頼を簡単に説明した。ながらなのは、この場にいない部下にも等しく、報奨金制度を発令するためだ。

スマホのＬＩＮＥには、三係の〈報奨金〉グループが作られていた。係全体に発令する以上、公平性を保つことは上司であり金主の、せめてもの務めというものだろう。

同時に、声を落とすのは議員に関する案件だからだ。

議員絡みというのは、議員絡みというそれだけでもう、まったく油断出来ない案件になる。

間違って虎の尾を踏んだりしたら簡単に一人二人の首が飛び、程度によってはそれだけで済まない事態も起こり得る。

フロアには人が少ないが、少ないとはイコール、いるということだ。いないわけではない。

課長もいれば、二係の連中もいる。

刑事生活安全組織犯罪対策課で共有するのは、諸刃《もろは》の剣《つるぎ》というものだった。

万が一の飛び火を極力避けるのは、単独で動こうとする公僕の責任だろう。

「ということで、以上がだいたいの内容と、なんとなくの目的です」

新海はＬＩＮＥグループに内容をアップし、口頭での説明も終えた。

リアルに聞く二人の方が説明の端々でＬＩＮＥよりは詳細を知ることになるが、大して違いはない。

周囲に気を使い、会話内の人名や固有名詞は曖昧にした。

ＬＩＮＥメッセージの中には、その辺は逆に明記する。

暈《ぼか》して散らして説明する分、新海から直接聞く中台と横手の方が、かえって全体像を捉えづらいかもしれない。

「何か、質問は？」

聞いてみた。

二人とも特にはなさそうだった。

少し身体を捻り、新海は斜め後ろを向いた。

「星川さん。何かあります？」

さぁて、と答えて星川は、手に持った携帯を振った。

盤上に前のめりになり、食い入るように駒《こま》を見詰める顔は動かさない。

対面に座る勅使河原も同じように前のめりということは、どうやら激戦のようだ。

「老眼鏡がないんでね。後で見ておくさ」

「――もしかして前のめりってことは、二人してよく見えてないんですか」

「そうね」

勅使河原が顔を上げた。

目を瞬《またた》く。

「メールかな？　呼ばれたってことは、私もご相伴《しょうばん》で見た方がいいのかな」

「あ、いえ。結構です」

「ふぅん。そう」

勅使河原はそれだけですぐ、また盤上の人になった。

「なあ、係長。どの辺から始めっかね」

中台が聞いてきた。

珍しいことだが、案件が案件だ。腫《は》れ物に触る用心深さは必要だろう。

「あれだろ。交通費が別ってわけじゃねえんだろ」

「――あ、そっちですか」

そう。

北総線は運賃がべらぼうに高い。

交通費込みだと、往復で二千円の報奨金でも足が出る。

「地元は置いときましょう。まずは本人とその周辺を張るってところからですか」

「だな。じゃあ、来週だ。今は鎌ケ谷にいるんだろ」

「そうみたいですね」

「遠いな。足が向かねえどころじゃねえ。足が出るからな。――お、俺今、上手いこと言ったかな」

中台は一人納得し、そのままフロアから出て行った。

横手は特に動かない。

「後でLINEにも上げときますけど、張り込みは単独だときついですから。横手さんも、今回はタッグありでいきましょう」

「ああ。タッグね」

二人で一情報で、報奨金一・五倍。

言いながらそんなことも、ほぼ同時にLINEに上げてゆく。

「そうだね。じゃあ私も、月曜日から動こうかね」

横手は椅子の背もたれに身体を預け、新聞をまた大きく広げた。

新海の携帯が振動した。

見れば新井と蜂谷から、了解の返信がほぼ同時に届いていた。

六

「いやぁ。今年の節分会はぁ、土曜と重なったんで、凄く大変でしたよぉ。喧嘩も盗難も、多かったですねぇ」

週明けはそんな、現場の緊迫感がまったく伝わらない太刀川の話から始まった。

実際にデカくてのんびりとして、太刀川は口調のままの男だが、同時に悲壮感も欠如しているので見掛けは常に穏やかだ。現場ではそれだけで救われることも多い。

大男、総身に知恵が回りかね、などという嘲《あざけ》りもあるが、太刀川は出来ると、そんなことは当然、今では新海一人が知るわけでもない。

「じゃあ、また行ってきますよぉ」

「ああ。気をつけてな」

太刀川は顔を出しはしたが、席に着くこともなくそのまま浅草署に向かった。

今回の応援要請の趣旨は浅草寺節分会の巡回強化だったが、終わっても太刀川は解放されなかった。

さすがにもう浅草署にも、太刀川をわかっているヤツは何人もいるようだ。

太刀川自身が口にした〈喧嘩も盗難も〉、の調書整理や捜査に、抜け目なく最初から組み込まれていたらしい。

敵もやるものだと感心しつつ敵ではないが、新海はまた、得難い部下をただ送り出した。

送り出すと、この週は帰ってくることはなかった。

まるでレンタル移籍だ、とこれは、よく相棒を務めることが多い富田が呟いたひと言だ。

その間に、坂崎浩一についてはわずかながらに進展があった。

このわずか、は、しかなかったではなく、ながらにもあった、とするのがおそらく、最大正しい。

朝、迎えに来た公用車に乗り込み、〈大臣〉として動く間の浩一は、そもそも近づくことさえままならないのだ。

両院議長・副議長、国務大臣、首相経験者などはSP対象者だが、浩一は自分に関しては、〈税金の無駄遣い〉と断じて、申請すらしていない。

要請に関係なくSPが張り付く法令上の要警護者は、内閣総理大臣、両院議長、国賓《こくひん》のみだ。

にも拘らず三係の面々が近づけないのはやはり、国家公安委員会委員長・内閣府特命防災担当大臣の長々しい肩書が伊達《だて》ではないから、だろう。

議員会館と国会議事堂のセキュリティーが高次に機能しているのは言うまでもないが、加えてというかそれ以上に、肩書が持つ重さが引き寄せる人の目、衆人環視というものが侮《あなど》れなかったようだ。

アポイントもなく取れるわけもない所轄の刑事が、公務中の大臣に近付くのは自ら地雷を踏みに行くようなものだ。

誤爆もある。

「ダメだ。なんか上手い手とかルートとか探せるかと思ったけどよ、やっぱりまったくダメだ」

中台が通常国会中の霞が関周辺を火曜から金曜までうろつき、悲鳴を上げた。

まあ、初めからわかっていたことではあるが、無駄に踏み込んだ勇気に免じて五百円×四日の二千円を進呈した。

この金曜から遡《さかのぼ》ること三日の火曜日には、坂崎から大臣の帰宅のことは聞いた。

土曜の昼に鎌ケ谷の〈蕎麦楽　信兵衛〉を出て行った大臣は、夜の八時過ぎに無事戻ったらしい。

「へえ。ひとまず無事でなにより、だな」

――本当に。まあ、無事でないよりは、だけどな。

「なんだ？　それ。駄洒落《だじゃれ》か」

――どこが。

「いや、いい。続けてくれ」

聞けば、大臣が戻ったのは鎌ケ谷の実家にではなく、青山の議員宿舎の方にだったという。

――日曜は、翌週に控えた市長選挙の告示日で、県内二カ所に顔を出す予定だったんだ。

「ほう」

――どっちも最初から鉄板ムードだったからいいものの、一瞬だけ青くなった。そんな翌日のスケジュールを言ったらな。

お前、代わりに行っといてくれ。

そう、あっさりと言われたらしい。

「おっと。そいつは――」

――なんだ。

「ご愁傷様、かな」

——放っとけ。

坂崎は小学生の頃の酷《ひど》いイジメにより、今でもわかりやすい弱点を持っていた。握られた拳が肩より上に差し上げられたとき、苛《いじ》められた日々のフラッシュバックを発症するのだ。

どうしようもなく硬直し、場合によっては脂汗も出てひっくり返る。

坂崎が国交省を辞め、父の公設秘書になった年のことだった。県議会議員選があり、父浩一が選挙応援で県内各地を飛び回った。坂崎も一緒について歩いた。

そして、とある候補の陣中見舞いに出向いたときだった。

「後援者の皆さん。坂崎先生がお越しくださいました。ここからまた気を引き締めて、頑張りましょう。えいっえいっ」

「おーっ」

お決まりのエールで大勢が一斉に拳を突き上げた瞬間、坂崎は卒倒してその場に倒れた。

この様子は年末のテレビの、『面白映像百選』で顔はぼかされていたが流れた。

新海も茜も見た。

——おい。見たか。

と、瀬川も見たようだ。

以来、坂崎は公設秘書にも拘らず選挙に絡む場面には出ず、やむを得ないとき以外は極力、そういう場所は他の秘書が担当することになっているらしい。

そうしてやむを得ないときは基本、先方にエールの禁止をお願いしているという。

そんな息子のトラウマを知っている浩一に、坂崎は急に陣中見舞いを振られたのだ。

――急も急だ。どうしようもない。仕方なく自分で向かったさ。冷や汗ものだったけどな。

まあ、結果としては大丈夫だった。告示日だし、候補者も少ない田舎の市長選挙だし。静かなものだ。応援というより挨拶で終わった。付き合い程度。ほどほどって、いや、そっちはどうでもいい。だがな、新海。

考えるまでもなく、この全部がやっぱりおかしい、と坂崎は続けた。

――お前もそう思わないか。

「そうだな」

坂崎浩一という大臣のキャラクターを考えればたしかにおかしい、かもしれない。

約束した応援をすっぽかす。

いきなり息子に丸投げする。

有り得ない。

「職質レベルには上がったかもな」

坂崎浩一大臣は間違いなく、挙動不審だ。

息子の思うレベルではなく、刑事の勘に囁《ささや》き掛けるレベルでだ。

情報としては間違いなく三千円クラスだが、依頼主である坂崎からのロハ情報ということで、これはタダだった。助かった。

他にも水曜日には、蜂谷からのメールがあった。青山の議員宿舎での、浩一の私生活についてだ。

内容は、絵に描いたような真面目な話に終始したが、最後に二枚の写真と短いコメントが添えられていた。

写真はどちらも、議員宿舎の三階にある坂崎大臣の自室のようだった。そのバルコニー側だ。

小さくてわかりづらかったが、誰かが洗濯物を干しているると、そのくらいは判別できた。間違いなく、人物は坂崎浩一その人だ。

撮影時刻は、火曜朝の六時四十一分と水曜朝の六時三十九分だった。どちらも日の出直後という頃だ。

〈洗濯物を干す大臣クラスの要人、初めて見た。不思議。奥様、三日間未確認、不思議不思議。追伸。建物汚い。学校みたい〉

いつもながらだが、蜂谷洋子という女性警官のライフスタイルこそ不思議不思議だ。いつ寝ているのか、だいたい月曜は当直だったような気もするが――。

〈疲れた。あとはせっかち君にバトンタッチ。コンビだけど、ひとまずおいくら?〉

とも続けて送られてきたから、それ以上深く考えるのはやめた。蜂谷も疲れるようなので、ひとまず疑問は胸に留めておく。

彼女のライフスタイルはまた、別の話だ。

とにかく、この情報には五百円、と言い掛けて千円を支払った。どこか引っ掛かるものがあったからだ。

刑事の勘を触発するものは、それだけで価値があるというものだろう。

金曜の昼過ぎになって蜂谷の言う、せっかち君、新井から携帯に連絡が入った。

なんだかんだ新井が勝手に張り合っているように見えて、なんだかんだ蜂谷がキッチリと受け流し、この二人は結構いいコンビかもしれない。

――なんか静かだな。あの部屋。いや、敷地内にも入ってねえから、ハッキリとはしねえ。勘だ。けど、本人は俺も見たが、奥さんは見ねえ。なあ係長、あの大臣、一人暮らしか？

それにしても汚くて厳《いか》ついアパートだな。

アパートではないが、この情報に千円、合わせて二千円を一情報にカウントし、当初約束した通り一・五倍の三千円に昇格する。

――おっしゃ。じゃ、引き続きな。

上機嫌で新井は電話を切った。

新海はこの後、自分で坂崎浩一の議員宿舎への入居歴について調べてみた。

初当選の二〇〇二年、浩一はいくつかある議員宿舎の中から、九段宿舎の3LDKに入居した。

息子の和馬は自宅にそのままで、妻の公子は最初、九段と鎌ケ谷を往復する生活だったようだ。

そんな当時の記事が各大手新聞の、主に京葉面の縮刷版に散見された。

その後二〇〇七年に、九段から新築の新赤坂宿舎への移住を打診されたという記述があった。

この頃には妻公子の生活拠点も都内で確定し、夫婦で入居していたようだ。息子の和馬も受験期で、大手予備校への利便性からよく泊まっていたらしい。

それで単身者より先に打診されたのだ。

ところが、浩一はこの厚遇を断って、自ら青山に入ったという。

青山宿舎は、東京メトロ乃木坂駅から徒歩一分のところにある。

ただし、総戸数四十戸と小さく、築も四十年を超えて外壁の汚れや配管の錆《さび》も目立ち始め、議員達にはどうにも不人気だったようだ。空き室率は七割を超える〈不人気物件〉で、入りたいと言えば入居は百パーセント確定だった。

この入居に浩一は、

――どこであっても住めば都であり、いや、都にしなければならない。国民の血税で住まわせて頂くのだから。

とコメントしたらしい。

聞こえは、まったくいい感じだ。

縮刷版の論調も、全紙おおむね好意的だった。

が――。

「ふうん」

新海としては違和感を感じないわけではなかった。

青山の議員宿舎は、なんといっても2DKだ。

坂崎は大学時代、鎌ケ谷の実家兼後援会事務所に独りで住んでいた。

息子が離れたにしても2DKは当時、どう考えても三期当選の議員が夫婦で住むには手狭だった。

さらに深く潜る感じで調べれば、坂崎ファミリーの元凶、剛造が半年を超える入院の果てに病床で亡くなったのがこの翌年、松もとれないうちだった。

もしかしたら公子は、父・剛造の看護や母・竹子のメンタルケアで、結局青山の宿舎に住まわなかったものか。

そんなことを考えながら、ついでに坂崎開発興業についても調べてみた。

良くも悪くも、剛造のワンマン会社だった。

ならさて、そういう社長の死後、会社はどうなるものか。どうなったか。

「ほえ」

結果は、実につまらないものだった。ささやかな話のネタにもならない。部下の誰かが持ってきた情報だったらゼロ円だ。

剛造の次の社長は、新海のまったく知らない人間だった。

妻の竹子に相続された株式は、この年の内にすべて売られていた。

つまり、坂崎剛造という男が手塩に掛けた〈株式会社　坂崎開発興業〉は、会社ごとあっさり売却されていたのだ。

そうなるとその後の社業に、新海の興味は向かなかった。

と同時に机上のＰＣで、わかるのはそこまでだった。

「ふむ」

考え考え、考えてから坂崎に電話を掛けた。

留守電だった。

掛かってきたのは、二時間後だ。

「どこにいるんだ」

——鎌ケ谷。

金帰火来の金曜だ。大臣秘書なら、地元にいてもおかしくはない。

「話を聞きたい。一杯奢《おご》れ。いつなら大丈夫だ？」

間髪容《い》れず、坂崎は今からでも明日でも、と言った。

──特に、呑みたいらら、奢るも奢らいもない。たらし、こっちに来るらら。

多少、呂律《ろれつ》がおかしかった。

らららと煩《うるさ》い。

「だいぶ、呑んでるみたいだな」

──未だに選挙区ってのは、こういうのが仕事らら。

「じゃあ、明日。信兵衛の蕎麦焼酎な」

聞いていられないので、新海はすぐに電話を切った。

七

新海が鎌ケ谷に着いたのは、午前十一時を過ぎた頃だった。

坂崎がいる〈5LDK+3LDK+離れ+でかい車庫+広い庭〉は、新京成線北初富駅の南側三百メートルほどのところだ。

大学三年の秋、久し振りにその豪邸を目にしたときも特に感慨はなかったが、今でも懐かしさはあるようでない。

重厚な正門の構えは変わらないが、〈坂崎浩一後援会事務所〉の立て看板は新海のノスタルジーを撥ね返して、奇妙な異物にも見えた。

常時相当数の人々が集って、大いに賑やかだ。

国会議員の後援会事務所だと思えば納得だが、個人の住宅としては落ち着きがなく騒がしい。

坂崎の実家からは、新海が知る頃の、知る者達の生活は、もうまったく感じられなかった。

坂崎の実家は、そもそもは祖父剛造が建てたものだ。敷地五百坪は、あからさまにさすがに土地成金の家だろう。

当初、この邸宅は〈5LDK＋離れ＋少しでかい車庫＋とても広い庭〉だったようだ。

それを娘夫婦を浦安から強引に呼びつけたときに、〈とても広い庭の池〉を潰して3LDKを新築し、三台分の駐車場を五台分に増築したという。

そんな改築がすべて済んでから、娘夫婦は鎌ケ谷に呼ばれたようだ。

なので、浩一は工学部在学中に一級建築士を取得していたが、この家に意見やアイデアは一切入っていない。

浩一の意志が形として見られるのは後年、と言っても、県議に当選して二年目だというから、この三年後だ。

昭和三十年代、ゴルフ場誘致に成功した記念にと剛造が購入した別荘が蓼科にあった。木造家屋で老朽化が著しいということで、剛造は建て替えを浩一に命じた。

浩一は、二つ返事で図面に向かったようだ。

――本当は、大臣は建築士になりたかったらしい。それが運輸省に入って、現在に至るだ。建設省だったなら、って、いや、まあ、それでも爺さんに取っ捕まったのは同じかな。

どこかで呑んだとき、坂崎が父・浩一の若い頃についてそんなことを言っていたのを新海は思い出した。

「あれ？　おい。新海じゃないか」

正門を潜ると、誰かの声がした。

聞き覚えはあるようで、まるでなかった。

四角い顔の、自分と同年代に見えるスーツ姿の男が、玄関先に集う人の輪から外れて寄ってきた。

近くで見ると面影が輪郭に残っていた。

「おっ」

新海は手を打った。

「柏井か」

そうだと頷き、柏井はチラチラとした視線を新海の額に当ててきた。

気にはなるのだろう。

十数年のときは経たとはいえ、不慮の事故だったとはいえ、新海の向こう傷は、柏井が原因で刻印されたようなものなのだ。

「大丈夫かっていうか、その」

柏井は言葉を探すようだった。

「気にするな。昔のことだ」

新海はひと言で、当時から今日までを総括した。

「そう言ってもらえると、助かる」

聞けば柏井は大学こそ地方に出たが、地元で就職し、鎌ケ谷の地に根を張って生きてきたという。

「全総《ぜんそう》エステートにな。これでも係長なんだぜ」

「全総。ああ」

全総エステートは、坂崎開発興業の売却後の社名だ。

経営は別になったが、千葉県北西部の優良企業としては、地元選出の国会議員と縁を切る必要はないどころか、むしろ交誼《こうぎ》は続けたいところだったろう。

柏井が大臣の倅《せがれ》、和馬と同級生だということは地元にいる限り多くが知る。

子供の頃の関係などは、例えばイジメであっても本人達が事を荒立てない限り、時の流れが事象から現実感を喪失させるものだ。

再会したとき坂崎は、

――あれからな、お前に言われた通り、頑張ったんだ。逃げようにも、親父はここで国会議員に選出された。地盤、地元ってやつだ。もう逃げようもない。諦めたら、しっくり来た。俺も強くなったぞ。

と言いながら泣き、笑った。

坂崎浩一後援会事務所に出入りするのは、柏井にとっては否応に拘らず、社命という名の必然だったろう。是非も無し、というやつだ。

「今じゃ坂崎によ、頭も上がらなけりゃ、手も足も出ない。何をされるわけでも、言われるわけでもないんだけどな。ま、俺は怯えた亀だわ」

肩を竦《すく》め、柏井はうっすらと笑った。

「亀、ね。まあ、亀でもＳＩＭカードは壊せるけど」

「えっ」

「いや」

こっちのことだと言えば、

「おぅい。柏井」

と玄関先から年配の、おそらく上司が呼んだ。

「じゃ。またな」

去る柏井を見送り、新海は庭に向かった。

そちらから回れば、3LDKは近かった。

本来なら塀に沿って屋敷の左側に副門があるが、えらく遠回りになる。

そのくらいの敷地と配置ならもう覚えた。勝手知ったる他人の家だ。

勝手は知っていて、行くとも告げてあるからインターホンも特には押さない。

鍵も恐らく、新海が来るとわかっているから掛かってはいなかった。

広いリビングに坂崎はいた。革張りのソファで珈琲《コーヒー》を飲んでいた。

ゆったり感は満載だったが、きっちりとスーツを着込んでいた。

「ここは家であって家じゃない。事務所だからな。特に昼間は、まったく気が抜けないんだ」

新海の視線を読んでか、坂崎はそう言った。

言い得て妙、な気がした。納得だった。

新海は三十畳はある馬鹿っ広いリビングを見渡した。

壁には何点もの絵画、連なる欧風サイドボードの上には無数の陶磁器。

だいたいは剛造のコレクションで、その一部だ。

大層な名品は銀行預けで、リビングには大した物はないと聞いたことがあった。

順繰りに眺めると、陶磁器の中に明らかに剛造コレクションとは毛色の違う物が見て取れた。

なんというか、色彩と造形の立ち方が新海でもわかるほど、今風というか、鮮やかだった。

「これが例の陶器か」

大きいのは高そうだから万が一を考えて避け、手頃なのをいくつか取り上げる。

どれも高台に切られた銘は一緒だった。

〈mm〉とも、デザインにも見えた。イニシャルか花押的なものか、絵文字の類か。

いちおう、写メを撮る。

「ああ。ちなみに、今俺が使っているこのカップにも同じ銘が切られている。——お前も飲むか？」

坂崎が立ち上がり、聞いてきた。

新海は手に持った陶器を戻した。

「珈琲か」

「そう」

「要らない。行こう。腹も減った」

勝手知ったるはずの家にも拘らず、他人が多すぎる。

新海にとっても少し、久し振りの坂崎の家は尻の据わりが悪かった。

そのまま誰に断ることもなく、副門から二人で出た。

〈蕎麦楽　信兵衛〉には県道五七号を鎌ケ谷大仏に向かい、途中で新京成線を渡って一キロほど行く。

「今日、親父さんは？」

道々で切り出した。

この辺は、あまり他人に聞かせるべき話でもない。

ブラブラ行けば、信兵衛に着くまでに話は終わる。

「ああ。三日前にな、＊＊＊県の首長選挙が告示された。その応援演説だ。それだけじゃなく、近隣の政令指定都市もいくつか同時でね。そっちも回るってことで出掛けた」

「お前はいいのか？」

「地方は主に、第一秘書の西岡《にしおか》さんが受け持ってる」

「なるほど」

「で、なんだって？　なんの話を聞きたい」

「洗濯物だ」

単刀直入に切り出した。

「洗濯物？」

坂崎は眉根を寄せた。まずはわからないようだ。

「そう。大臣自らの洗濯物干し」

切り出した言葉で切り込んでみる。

「えっ」

坂崎の表情が少しだけ変わった。

「青山宿舎の間取り。んでもってお袋さんの未確認。この未確認は、不在、でいいのかな」

新海は思うところを口にした。

「あの宿舎に親父さん、単身赴任か？」

ちょうど、県道五七号の歩道が狭くなり、一列になった。

「いつからだ」

一《いち》か八《ばち》か、断定してみた。

しばらく坂崎からの答えはなかった。

道幅が広くなって、坂崎は顔を空に向けた。

「一回だけ話す。途中で茶々を入れるなよ」

実は、お袋が少し心を病んだ。

そんな言葉で坂崎の話は始まった。

青山宿舎へ引っ越す、少し前のことだったらしい。

衆議院議員の妻として、慣れない宿舎暮らしで夫の心身を支え、日中は坂崎開発興業の経理事務として、老いた母・竹子に代わり金銭出納を一手に預かる。

この生活が四年以上と聞けば気も遠くなるが、実際、公子はこれだけならいい妻で、優秀な経理でいられたようだ。

問題は、距離だった。

都内と千葉の物理的な距離ではない。

ことあるごとに有力な紹介や斡旋、〈金になる情報〉を要求する父・剛造と、はぐらかすように断り続ける夫・浩一。

父と夫の間を、娘と妻という名の媒介として繋ぐ。

その精神的な距離の往復に、公子は疲れ果てたようだった。とうとう精神のバランスを崩した。

そんな折り――。

やはり最後の最後になれば、母は強しということか。

剛造と浩一の間に立ちはだかり、娘の手を取ったのは坂崎の祖母、竹子だった。

「いい加減にしてください。公子は貴方《あなた》の、脆《もろ》い糸電話じゃありません」

竹子の初めてと言っていい反駁に、このときばかりは剛造も意表を突かれ、なんの反論も出来なかったようだ。

公子を連れ、竹子は娘と二人だけで蓼科の別荘に引っ込んだらしい。

このことが引き金ではないだろうが、めっきり老け込んだ剛造が死んだのは、二〇〇八年の正月だった。

それからさらに三年を経て、公子はゆっくりと心を回復したようだ。

待つように、安心してか、竹子がこの世を去った。

「その後で、何度も呼びに行ったんだ。けど、心のことがある。力尽くってわけにもいかないしな」

公子は結局、何を言っても蓼科から戻っては来なかったと坂崎は言った。

ちょうどそんな辺りで、〈蕎麦楽　信兵衛〉が目の前だった。

坂崎が先に立って暖簾《のれん》を潜り、引き戸を開けた。

「おっ。カズちゃん」

大将の声が、出汁のいい香りと一緒に外に零れた。

「ふぅん。カズちゃん、ね。ここは昔のまんまだな。だいたいは」

ただ、違うところもあった。

六五型の４Ｋ有機ＥＬテレビが、大昔は二十一インチのテレビが載っていた釣り棚に、ギリギリの幅で載っていた。

そう言えば家電に道楽がある大将だったか。

約十六年前、三六型のBS内蔵フルフラットハイビジョンテレビが導入されたときには、来る客来る客に自慢していたような気がする。

ブラウン管だったが。

坂崎が板わさと天抜きと生ビールを頼んで席に着く。

新海も続いた。

「そう言えば、あの日もここで食った。この席だ」

何気ない坂崎の言葉に、新海は引っ掛かりを覚えた。

見渡してみた。

見流してみた。

そして、とあることを見定めた。

「坂崎。そっちか」

「いや。そっち」

「誰が」

「俺が」

「じゃ、こっち来い」

「ん？　ああ」

それで大臣の席と入れ替わる。

それだけで、いきなり鄙《ひな》びた日本蕎麦屋らしくない、六五型のサイケな色彩が目に飛び込んできた。

フィギュアスケート団体、とテロップがあった。

おお、平昌《ピョンチャン》オリンピックだった。

それにしても、あの日もこんな感じなら——。

「坂崎。節分のときも当然、あのテレビついてたよな」

「え？　そりゃあ、ついてないことがないテレビのはずだからな。これ見よがしで五月蠅《うるさ》いけど」

大きなお世話だぁと、奥から大将のがなり声が聞こえた。

「なぁるほどね」

新海は改めて顔を上げ、ばかでかいテレビの画面を見た。

生の歓声かと聞き紛ういい音の中、どこかの国の選手が、キス・アンド・クライでコーチと抱き合って泣いていた。

八

明けた週の水曜日、新海は成田に向かった。瀬川に会うためだった。浅草からだと京成線に都営浅草線が乗り入れているので一本で行けた。だいたい一時間の旅程だ。

車内では、三係のグループLINEで部下達の現況を確認した。はかばかしい成果も進展も、特にはなかった。

蜂谷・新井コンビは前週のまま青山宿舎に目を光らせるようだが、今のところ一日五百円ずつの、ほぼご苦労賃しか発生していない。

霞が関周辺の中台には今週から横手も加わったが、こちらも報奨金は似たようなものだ。太刀川も署に戻り富田もデスクにいたが、動かないというか特に動きようもない。

新海の懐《ふところ》があまり痛まないというのは有り難いことではあるが、裏を返せば物事の進みが悪いということでもあり、どちらを喜ぶかは難しい。

報奨金と情報の天秤は、時と場合に需要と供給の重りも加え、常にフラフラと揺れ動くものだ。

グループLINEの書き込みは、その辺の掻痒感《そうようかん》が如実に滲み出るものだった。

〈鎌ケ谷ってのがなぁ〉

〈それ以上に蓼科って、間違いなく報奨金じゃ合わないし〉

〈金額が青天井だとしたって、大臣っていうのがまた、腫れ物だねえ〉

主に資金が乏しいことが原因だが、対象が大臣であることも、新海達の行動にどうしようもなく制限を課す。

この日、新海が成田に到着したのは、午前十時前だった。

薄曇りの一日で、午後からは俄雨《にわかあめ》があるかも知れないと、新海お気に入りのお天気お姉さんは言っていた。

朝から陽光は一度として射さず、十時の段階で吹く風も湿りけを帯び始め、少し冷たかった。

そんな寒空だが、参道は各国からの観光客で、成田山の山門に至る参道は思いの外《ほか》混雑していた。

土産物屋や鰻屋《うなぎや》の幟《のぼり》になぜか、〈バレンタイン・デー〉の飾り文字が多かった。

神仏習合、いや、玉石混淆《こんこう》、なんでも有りの逞《たくま》しさは、かえって気持ちがいいかも知れない。

これなら、参詣客あるところに瀬川ありだ。

特に回り職として決まった年行事のショバがなければ、わざわざ移ることはない。瀬川は、仁王門下に鎮座ましましていることだろう。

（ま、いなくても困らないけどね）

瀬川がいなくても、仁王門下の屋台が撤収されていても、成田山界隈には瀬川のところの若い衆が必ず誰かいる。

武州虎徹組は新勝寺から、寺域一切の〈掃除〉を請け負っているのだ。

一月初詣でを皮切りに、年に何度かは仁王門下の瀬川の屋台でおだを上げている。

だから、新海は若い衆の顔もたいがいを知っていた。

瀬川が不在なら、若い衆の誰かを取っ捕まえて、伝言と一本のＵＳＢメモリを託せばいい。

それで成田まで来た用件は済む。

――ねえ、おばちゃん。このテレビのチャンネル決定権、誰が持ってんの？

土曜日、〈蕎麦楽　信兵衛〉で新海はビールを運んできた三角巾のおばちゃんに聞いた。

――え？　そりゃあ、あたしだよ。決定権も何も、あたしが朝リモコンのスイッチを入れてそのまま。音に関しちゃさ、下げると亭主が怒るからね。喧《やかま》しいったらありゃしないけど。

――テレビをつけるのは、毎日？

――イェス。

陽気なおばちゃんは、信兵衛の女将だった。

ビールを呑みつつ蕎麦を手繰りつつ、新海は坂崎に確認した。

大臣はそのとき、テレビを見ていなかったか、と。

木の香、出汁の匂い、蕎麦を手繰る音など。

鄙びた蕎麦屋の中に、そうそう人の感情を大きく動かす要素はない。

あるとすればこの場合、六五型の４Ｋ有機ＥＬテレビだ。

坂崎は一瞬だけ考え、すぐに頷いた。

打てば響く頭と勘の良さは、坂崎の特質だ。

――そう。大臣はテレビを見てた気がする。見て咽せて立ち上がって、しばらく咽せたまま、そうか、画面を見てた。それから出て行ったんだ。そうだ、昼のニュースだ。

そうして坂崎は、お台場にあるテレビ局の名称を口にした。

「ふぅん。お台場ね」

新海は蕎麦屋を出てすぐ、一本の電話を掛けた。

相手先は浜島《はまじま》という、大学の柔道部仲間だった。選手権優勝時のメンバーだ。お台場のテレビ局に勤めていた。

相手の都合がつくなら、そのまま鎌ケ谷からお台場に回ってもいいと思っていた。

が、あいにく浜島は、よりにもよって日本にすらいなかった。

友達だか彼女だかと、ハワイだという。

この土曜は週明けに建国記念の日が絡み、月曜が振り替えで世の中的には三連休だった。

それで火曜日にアポを取った。

「いやぁ。悪《わり》ぃ悪ぃ。だから、これ。オマケ付きだぜ」

陽焼けした大ナマズが差し出したのは、一本のUSBメモリとマカダミアナッツだった。

「へえ。豆撒きのオマケがナッツね。取り合わせとしては面白いから許す」

知らない人間が聞けば不思議だろうが、言葉としてはある意味正しい。

坂崎と女将の話を総合した結果、蕎麦屋でテレビ画面に浩一が見たのは、間違いなく各地の節分の風景だった。

時間的にもだいたいわかっていた。

幅をとっても十一時四十五分からの五分だ。

新海が浜島に頼んだのは、そのニュース映像だった。

USBには節分当日の放送分が、まんま入っているはずだった。

新海は署に戻って画像を確認し、飲み掛けた出涸らしの茶を思わず噴いた。

「課長。帰ったばっかりですが、出ます」

新海はそのまま、浅草寺裏手の浅草神社に向かった。

そこには瀬川の姉、静香がときおり焼きそばの屋台を出していた。

ときおり、なのは静香が基本、父・信一郎《しんいちろう》の後を継いだ由緒正しい節季回りの五代目だったからだ。

浅草神社付近の焼きそば屋は、亡き父も世話になり、弟などは現在進行形で世話になっている武州虎徹組のシマだった。

浅草寺界隈のテキ屋は松濤会の関わりが主だが、相京と鬼不動組理事長・柚木の関係もあり、浅草神社付近だけは武州虎徹組の相京忠治の縄張りだった。回り職が祭りや行事のときに屋台を出す界隈だ。

予感はされたが、特になんのイベントも行事もない暇な時期に、静香の屋台はあるわけもない。

なんでも今は水戸の梅まつりに出店のため、偕楽園《かいらくえん》で準備中らしい。

「水戸、か」

浅草寺の夕陽に新海は呟いた。

色気で焼きそばを売る静香の魔性は、夜の深まりとともにグレードを上げる。

そうして、店仕舞いの三十分前からがマックスだ。

売り切ると決めた静香の商魂と色気は、言葉に出来るものではない。

新海は強く首を振った。

考えただけで、静香の焼きそばを買いそうになった。

「やめておこう。危険すぎる。明日でいいや。明日、成田で」

水戸の静香より、慣れ親しんだ成田の瀬川の方が近くお手軽だった。

しかも、どうせ瀬川にも聞かなければならない。

「よお」

果たして、仁王門下に屋台はまだあり、瀬川は鎮座ましましていた。

ましまして、仏頂面で缶ビールを呑んでいた。

「成田山のテキ屋も、暇にしてることがあるんだな」

「放っとけ。ノミみてぇな所轄と一緒にすんな」

「ぐう」

「なんだ、そりゃ」

「その通り過ぎて、ぐうの音《ね》も出ないってやつだ。悔しいから出してみた」

「……やっぱり新海、お前ぇ暇人だわ」

「今はお前もだろ」

馬鹿言うな、と瀬川は空いた缶を握り潰してゴミ箱に捨てた。

次いで奥に立ち、新しい二本を取って帰り、テーブルに置いた。

「屋台は出してるが、今ぁ若いのも含め、全員休みみてぇなもんだ。骨休みだ。来週からあ、うちの組の本舞台は南総だ。かつうらビッグひな祭りだからな」

「なんだそれ。ビッグひな祭り？」

新海は瀬川の運んだ缶ビールを一本取り、開けて呑んだ。

うん、昼酒は効く。

「なんだって、おい新海、知らねえのか？　ビッグひな祭りだぜ」

「知らないから聞いてる」

「へっ。モグリだな」

「ああ。モグリだね」

「そうかい。――なんのモグリだ？」

「お前が聞いてきたんだろうが」

「おっと。そうだったな。――ビッグひな祭りってのはよ」

市内各所に三万体のひな人形を飾って、大いに賑わう祭りだと瀬川は言った。

「全国勝浦ネットワークってのがあってよ」

まず徳島県勝浦町でビッグひな祭りは始まり、ひな人形七千体の〈里子〉を受けて千葉勝浦でも始まり、南紀勝浦ではビッグひなめぐりが開催されているという。

「あーそー。へーそー」

聞きながら呑みながら、新海はショルダーバッグからタブレットPCを取り出し、テーブルに置いた。

特に興味はないから、興味を引くために敢《あ》えて不躾《ぶしつけ》にセッティングを始める。

「ああ。何を始めんだ?」

瀬川が興味を示し、ビッグひな祭りの話は終わった。

上々だった。

興味がないと瀬川は集中しない。お義理という言葉を知らない奴だ。

「まぁ、黙って見ろ。次の缶ビールは俺が持ってきてやる」

新海は予《あらかじ》め取り込んでおいたデータを再生した。

浜島から受け取った、昼のニュースの映像だった。

五分プラス、前後に少々。

各地に配された記者とアンカーマンをライブで結び、編集画像も交えながらCMを挟んで約十分、そんな特集映像だ。

十一時四十五分からは特集のほぼ後半だった。

浅草神社近くに立ち、浅草寺本堂の東側特設舞台を背景にしたアンカーマンが、すでに芸能人やキャラクター、関取らによる豆撒きが行われた寺社を紹介していた。

編集の関係で画像は時間順に、高幡不動《たかはたふどう》、成田山、深大寺《じんだいじ》のラインナップだと浜島には聞いた。

CM前が高幡不動と成田山の横綱で、CM明けが成田山の大河女優と深大寺だった。

各所では、豆撒きのほかに屋台で飲み食いする老若男女も特集された。

成田の屋台は、残念ながら瀬川の所ではなかった。

長屋状態でズラリと列ぶ飲み食い処は、本道左手の奥山広場だろう。記者が何軒かに飛び込み、店内の様子が中継された。

最後に浅草寺からアンカーマンが、

――いやぁ、各所とも負けず劣らずの賑わいでしたね。えー、こちら浅草寺でもこの後四時からは、浅草観音文化芸能人節分会ということで――

と、ここで飛び入りというか、ピースサインでアンカーマンに抱きついてくる一般人があった。

――いえぇーい。愛莉、お母ちゃん、見てるぅ。あ、坂崎くぅん。いえぃうえぃ。みんなぁ、私の焼きそば、食べに来てぇっ。

そこでスタッフに引き剝がされるのは、そんじょそこらの女優よりお綺麗で妖《あや》しい、投げキッスの静香様だった。

坂崎に確認はしたが、この目立ち過ぎるほどに目立つ静香が出たシーンをまったく知らなかった。

タイミング的にちょうど、外に大臣を追ってからの映像だったようだ。

浜島は、「オマケ付きだぜ」と言った。

新海はマカダミアナッツのことかと思ったら、それはお土産だとキッパリ言われた。約十分の番組動画のほかに、浜島はそれぞれの寺の編集前のデータもつけてくれたようだ。

それがオマケだった。

データは浅草寺での四台のカメラによる生映像をはじめとして、約三十分ずつあった。

タブレットPCには、番組動画だけを取り込んでおいた。

呑みながら、瀬川は最後まで黙って画面を見遣った。

「あの馬鹿。お前《め》ぇはいいとして、俺の名前《なめ》ぇもなしか」

静香の場面になっても、瀬川は頓珍漢《とんちんかん》な文句を吐き捨てはしたが、驚かなかった。

初めて見たとき、新海はお茶を噴いた。

瀬川のビール噴きもまあ、一応見てはおきたかったのだが。

「おや？　瀬川、驚かないってことは知ってたな。放送、見たのか」

瀬川は首を振った。

「見ちゃいねぇが、知ってはいる。テレビってなぁ、やっぱり凄《すげ》ぇよな。午後から、あの女目当ての客が芸人の豆撒きそっちのけで増えたってよ」

「……あ、そう」

テレビも凄いが、それを利用し尽くす静香の商魂がさらに凄い。

「とにかく、瀬川。この成田の映像で気になるところはないか」

瀬川は目を細めて新海を見た。

「なんだ？」

「先入観なしだ。気になるところ、おかしなところ、普段と違うところ。物でも人でも、なんでもいい」

ふむ、と天井を見上げ、瀬川の顔はすぐ戻った。

「わからねえ」

「即答するな。これを置いてく」

新海は小型のＵＳＢメモリをテーブルに置いた。

編集前データから何から、浜島からもらったすべてのコピーだった。

「成田と浅草はお前ら瀬川姉弟に確認してもらうとして、深大寺の方はどうだ？　映像に映ってる屋台関係に伝手《つて》はないか」

「あるよ」

「じゃ、頼め。頼んでお前も、でっかいモニターで穴が開くほど見ろ」

「ああ？」

瀬川が眉間に皺《しわ》を寄せた。

それは、瀬川が苛つき始めたときの証拠だった。

「なんでだよ。面倒臭えな」

「坂崎が困ってる」

多くは言わない。それだけでいいはずだ。

案の定、瀬川の眉間からは一瞬にして縦皺が消えた。

「わかった。色々よ、お互い様だしな」

そういう男だ。

その後、新海は掻い摘《つま》んで現状を説明した。

瀬川は黙って聞いた。

最後に、

「ああ。そうそう」

新海はバッグにタブレットを仕舞い、代わりにマカダミアナッツを取り出した。

「なんだ？」

「バレンタインだから」

「……やめろ」

瀬川の眉間に、さっきとはまた別の皺が深く寄った。

九

翌日の夕方だった。

意外以上に早く、瀬川から新海に電話が掛かってきた。

何かがわかったようだが、この時点ではなにがなんだかは至極曖昧だった。

――俺がそっちに出てくわ。明後日《あさって》な。そんときにわかる。俺もわからねえ。そうだな、昼の十一時くれぇにモコでどうだ。あっと、そう、忘れてた。坂崎も呼べ。

坂崎が絶対条件だ、となぜか瀬川に凄まれた感じだった。

〈味自慢　モコ〉は、浅草寺本堂西側の広場に常設された屋台の中の一軒だ。待ち合わせるなら、出ているかいないかわからない節季回りの屋台より常設が安心安全だ。

瀬川は浅草に出てくるとき、よくモコを指定した。

なんだかわからないからこそ、新海はすぐ坂崎に連絡を取った。

瀬川や坂崎と付き合う上で、これは大事なファクターだ。

本人の性格や気質の違いもあるが、ヤクザと政治家の秘書は、一介・庶民・刑事の新海には計り知れないところがある。

坂崎への電話は通常、留守電になっていないときでもタップリ一分は待たされ、

——忙しい。

と、前置きも何もなく端麗辛口に始まるのが定番だったが、このときは新海が話す態勢を整える前に、すぐに繋がった。

「うわ。えっ」

——お疲れ様。どうした？

おお！

コール一分熟成させると端麗辛口だが、すぐに出るとマイルドだとは初めて知った。

まあ、自分からの依頼だということを忘れなければそうもなるか。

これが瀬川だと逆に、なぜか本人の方が偉そうになる。

「坂崎、いいか。明後日、昼。モコ。十一時。何があっても来い」

普段の坂崎は前置きがなく端麗だが、坂崎の変化に関係なく、新海は後に余韻を作らないキレがある。

まあ、そんなこんなで成り立つ関係ではある。

——わかった。土曜だな。今週末は大臣にも、特に急ぎの予定はない。地場の後援会回りくらいだ。

「じゃあ、鎌ケ谷か？」

――大臣がな。俺はもともとこっちの事務所で、来月の〈北学会〉用の資料作りのつもりだった。

「それは？」

――大したことはない。

　坂崎はあっさり了承した。

　かくて、よく晴れた土曜日はすぐに来た。

　新海は十一時少し前に、〈味自慢　モコ〉の暖簾を分けた。

　鰹《かつお》ダシとコンソメの香りがした。

　モコは洋風おでんが売りの屋台だった。

「店長。いいですか？　あと何人か来ますけど」

「おっと。こりゃあ、へぇへぇ。何人さんでも」

　コック帽を取り、店長が白髪交じりの頭を下げた。

　といって店長、松田《まつだ》は元シェフでもなんでもない。

　若い頃は鳶《とび》の見習いで、コック帽はただのポーズで、店長の呼称は本人が気に入ってい
るから、らしい。

　浅草寺本堂西側は松濤会のシマで、モコも所場代はそちらに払う。

　わざわざそんな屋台を瀬川が贔屓《ひいき》に使うのは、常設で安心安全だからというだけではな

く、松田が相京忠治の古い仲間だからだ。

――あいつと俺ぁその昔、一緒にありとあらゆる馬鹿やった仲だ。

と聞けば新海も、古き良き時代の任侠の武勇伝として聞いてみたくもあり、刑法の絡みもあって聞くのが怖い面もある。

モコには、新海も坂崎も何度か来ていた。

新海が浅草東署の刑事だとは間違いなく知るはずだが、松田は特に口にはしない。

新海も坂崎も松田にとっては、〈武州の若頭のお友達〉という肩書が、なによりも優先するらしかった。

新海は見繕《みつくろ》いと瓶ビールを頼み、ビールケースの椅子に座った。

すぐに冷えた瓶とコップが出された。

〈味自慢　モコ〉のカウンター回りに、新海以外の客はいない。

外の広場やベンチに客はいて呑み食いしてもいるが、手持ちが出来ない洋風おでんは屋台に腰を落ち着ける酔客の肴で、繁盛にはまだ少し時間が早いようだった。

深めの皿に、湯気の立つジャガイモとニンジンと三本のソーセージが出てきた。

これは見繕いを頼んだときの定番で、〈味自慢　モコ〉のメインだ。

わかっているからどうということはないが、ポトフに似ている。というか、味自慢の洋風おでんはまんまのポトフだった。

なんの捻りもないが嘘偽りもなく、定番は飽きの来ない味として、屋台は潰れることなく続いていた。

新海はソーセージにかぶりついた。普通のソーセージが、普通に美味かった。

店長と世間話をしながら手酌で一杯呑み、二杯呑み、瓶ビールをもう一本頼んだ。

ダッフルコートの坂崎がやってきたのは、そんな頃だった。

浮かない顔が暖簾を潜った。

「遅れた」

それだけ言ってコートを脱ぎ、隣に座った。

時刻は午前十一時半だった。

連絡もなく約束より三十分も遅れてくるのは、坂崎には珍しいことだった。

これが瀬川なら一時間くらいは日常茶飯事で、この日も当然のように、まだ来る気配もなければ連絡もなかった。

店長が坂崎の前にコップを出した。

坂崎用に見繕いと、自分用に芽キャベツとシシトウと厚揚げを新海は注文した。

「どうした。珍しいな」

駆け付けの一杯を注いでやった。

坂崎は半分くらいを一気に呑んだ。

「昨夜《ゆうべ》、選挙区の後援会長から電話が掛かってきた」

瓶の口を差し出せば、坂崎はすんなりと残りを呑み干して受けた。

これも珍しい。

夏場ならいざ知らず、今は二月で外だ。

坂崎はワイン通だった。

洋風おでんを売りにする以上、〈味自慢　モコ〉には適当にワインも置かれている。

コップ一杯のビールの後、坂崎はいつもならワインに移る男だった。

「それで？　後援会長が、なんだって？」

「大臣のことだ」

坂崎は唇を湿らせるように、二杯目のビールにまず口を付けた。

——明日はこちらにお戻りと聞いておりますが、実は先ほど、後援会副会長の家で不幸がありまして。段取りを急がせたところ、明後日の日曜日に隣駅の菩提寺でのお通夜が決まりました。取り急ぎ、大臣にお知らせをと思ったんですが、電話にお出にならないので、和馬さんの方にお知らせしておきます。私もこれから後援会関係でバタつきますから、後はよろしく。

そんな内容だったらしい。

「黒一式は実家にも準備はしてあるが、それでいいかどうか。言い方は変だが、自ら出向く冠婚葬祭は、議員の見せ場でもあるんだ。特に葬式は」

だから、坂崎はその場で大臣に電話を掛けた。

「出なかった。いや、先にそれは言っておく。結果として、大事はないんだ。ここに来る前に実家で会った。だが、会うまで音信不通だったのは事実だ」

「電話したのは、昨夜の何時頃だ」

「十時半。それから十分置きに三回掛けた。メールも打った。けれど、音沙汰なしだった」

「寝てたとか」

坂崎は真顔を新海に向けた。

「それで済まされる職務だと思うか。たとえ大酒を呑んでも、だ」

「なるほど」

楽な商売はないということか。

「青山に回ったが、大臣はいなかった」

「議員宿舎か」

「そうだ」

宿舎を張る新井・蜂谷コンビからは、特にそんな連絡はなかった。

金帰火来なら、議員達は金曜は本会議後にそのまま動くことが多い。

その辺を見越して、コンビは不在だったのかもしれない。

なんといっても悲しいかな、不審な動きがなければ五百円だ。

「記録によると、大臣は八時過ぎにいったん戻り、九時には出て行ったようだ。部屋でしばらく待って、零時を回ってから小暮《こぐれ》さんに連絡を取った」

「小暮さん？」

「うちの政策秘書だ」

「ああ」

そう言われれば坂崎の口から聞いたことがあった。

小暮、小暮信二《しんじ》は、相当に切れる男らしい。

浩一が県議時代に苦楽を共にした西岡雅史《まさし》という、小暮より歳も経歴も上の秘書を押しやり、スタッフのトップに収まった男だ。

ということは、いずれは坂崎自身の右腕、ということにもなるか。

その小暮が、朝まで待ちましょうと判断したらしい。

議員会館や宿舎の方は小暮が受け持つということで、朝になったら選挙区に入るようにと、そんな指示を坂崎は受けた。

——こっちの会館や宿舎は、私が受け持ちましょうかな。ジュニアは、朝になったら選挙区に入っておくべきですな。

口調はなかなか気になるが、今は捨て置く。

「まあ、ジュニアなんだから仕方ない」

――念のため、ご自分の黒一式も必要でしょうな。持っていくように。

そうも言われたようだ。

さすがに切れ者らしく、瞬時の判断も細やかにして抜かりがない。

「小暮さんには朝になったらと言われたが、時間的に中途半端だった。いったん要町《かなめちょう》のマンションに戻って黒スーツを用意して、そのままタクシーを捕まえて実家に向かった。到着時刻は二時を回っていたかな。リビングのソファで寝た。物音がして起きたのが朝の五時過ぎだった。そうしたら、大臣が台所で水を飲んでいた」

「ふうん。台所で水、ね」

「エラく青い顔をしていた」

「普通に考えたらどこかで羽目を外した、とか」

「そう。酒の臭いはあまりしなかったが、それはそうかもしれない。まあ、それはいいんだ。誰かと呑んだのなら泥酔も、二日酔いもよくあることだ。いや、年齢のこともあるしな。百歩も二百歩も譲って、それならそれでいいんだ」

ただ、と区切って坂崎は二杯目のビールも呑み干した。

「ただ、昨夜は誰とどこに、ここへはどこから、その辺の何を聞いても完全黙秘だ。覚えていないとかじゃないぞ。完黙は、さすがに今まで有り得なかった。問い詰めるとな、禅問答のようなことを言われた」

坂崎は右手を出した。

――この先、まあ何か起こるかもしれないが、何が起こっても気にするな。問題は何もない。正論も正解もすでに、この手の内にある。

なるほど禅問答のようだが、取り敢えず現実の坂崎が差し出した右手には空のコップがあった。

三杯目を注いでやった。

「あ、俺は別に要らないんだけど」

注がせといて偉そうに。

無視する。

「新海。どう思う？」

どうと聞かれれば、答えはひとつだ。

「まあ、何かあるんだろうな」

状況は怪しいが、すべてが漠然としている。

刑事としては現職の大臣兼国家公安委員長を、友達としてはその父親を、迂闊《うかつ》に貶《おとし》めることを言うわけにはいかない。

と、

「そうだな。あるんだろうな」

野太い声が降り掛かるように上からして、

「よう。坂崎」

Gジャンを袖まくりにした季節感のない瀬川が、のっそりと暖簾を潜った。

十

瀬川がビールケースの椅子を軋《きし》ませると、時を合わせるように十二時のチャイムが鳴った。

全員がそろったというか、一時間遅れで瀬川がやって来た。

まあ、約束通り、と言っていいだろう。

新海を間に挟むようにして左手が坂崎で、右手側が瀬川だった。

「で、なんだって？　何かわかったのか？」

いつものことだから、遅いの遅くないのという段のくだりは面倒で、時間の更なる無駄になるだけだから新海は省いた。

「まあ、そう焦るなよ。着いたばかりだぜ。——店長」

瀬川が吟醸酒を常温で注文した。

焦るもなにも、もう一時間以上待っているのだが、というくだりは、言っているうちに何故《なぜ》か自分が大人げなく思えてくるという経験を何度となくしてから新海は封印した。

酒はコップですぐに出てきた。

瀬川はいつも通り、昭和のガテンな親方風にひと息に呑んだ。

うーん。

やっぱり美味そうだった。

いや、そんなことはどうでもいい。

「なあ、瀬川。どうなんだ？」

聞いたのは、新海越しに身を乗り出した坂崎だった。

「ああ。わかったぞ。——店長」

吟醸酒をもう一杯頼み、瀬川はカウンターに肘をついた。

「まあ、わかったってぇか、俺にゃあわからなかった。いや、わからなかったってぇか、米粒みてぇな男の顔なんざ、わかるかってんだ、あん畜生《ちくしょう》」

お待ち、と出てきた二杯目を、瀬川はまた美味そうに空けた。

「えーと。よくわからないんだけど」

言ったのは坂崎だが、当然聞いた感想は新海も同じだった。

だよな、と何故か偉そうに、言った本人の瀬川も仲間入りしてきた。

「俺にゃあわからなかったが、姉ちゃんがわかったみてぇだ」

「ん？　え、静香さんが？」

「そうだ。フラッと帰ってきてチラッと見て、それで一発だってよ。まったく、あの女の眼力ぁ、恐ろしいや」

「静香さん、何がなんだって？」

「まだわからねえ」

「――なんだ、それ」

坂崎が乗り出した身体を引こうとする。

と――。

新海の頭の上を太い腕が通り抜け、坂崎の首根っこをつかんで吊り上げた。

「おわっ」

坂崎が暴れたが、瀬川の腕は揺るがなかった。

「お前が行って聞いてこい」

「え」

坂崎の動きが止まった。

「姉ちゃんな。昨日からまた、向こう側に屋台出してんだ」

「へえ。——えっ！」

「スペシャルで待ってるってよ。ああ、水道水のスペシャルじゃねえぞ」

スペシャルとは、静香の特製焼きそばのことだ。

麺を何で蒸すか。

福島の蔵元の本醸造酒で蒸すのが瀬川の父・信一郎譲りの秘伝らしいが、浅草神社本堂脇の蛇口、という裏技も静香にはあった。

これが瀬川の言う水道水のスペシャルで、正式には太田《おおた》スペシャルという。

太田は、静香の色香に搦《から》め捕られた半グレ上がりのヤクザの名前だ。

周りが可哀想になるほどの呆れた上客だったが、今はもうこの世にはいない。

「行け。行って食え。行って食って聞いてこい」

「いや。えっ。行くって、なんで俺が」

「仕方ねえだろ。お前が来なきゃ教えねえってんだからよっ。ああ、そんでもってよ、一人で来いってよっ。調子に乗りやがってあん畜生めっ。——店長っ。オラッ！」

「は、はいぃっ」

三杯目を頼むが、瀬川の八つ当たりに巻き込まれる店長こそいい迷惑か。

坂崎は溜息をついた。

「わかった。気乗りはあまりしないし、悪寒は少しするけど、行けばいいんだろ。一人で」

聞かない、聞かない。同意もしない。

バッグを抱え、坂崎が席を立った。取り敢えず行かせる。

ついでに言うなら、後ろ姿も見なかった。

瀬川と並んで、差しつも差されつつもなく、黙って酒を呑み、呑み続けた。

三十分もすると、真っ直ぐに本堂前を横切って坂崎が帰ってきた。

右手にはまず十パック以上の焼きそばが入ったビニル袋が揺れ、左腕にはダウンコートを着た静香がぶら下がっていた。

心身に、どちらも重そうだった。

気のせいか、心持ち顔色が悪かった。

暖簾の外から、坂崎は新海に向けてビニル袋を放った。見た目以上に重かった。

さすがにスペシャルだ。

真っ直ぐにやってくるから席を空けた。

二人でひとつの塊は、新海と瀬川の間に雪崩れ込んだ。

「当分、焼きそばは要らない。ソースもだ」

坂崎は席に着くなりカウンターに突っ伏した。

その精気を吸い上げるほどに、

「お待たせぇ」

静香は明るく色っぽく、元気だった。

「フン。誰も手前ぇのことなんか待ってねぇぜ。坂崎だけ帰してくれりゃあよかったのによ」

「いいじゃない。浅草神社はさ、なぁんか寂しくて。もうすぐ三社の季節だっていうのにさ」

静香は生の中ジョッキを注文し、足を組んだ。

「ううん。もうすぐ三社だから、かな。ほら、なぁんか、ぽっかり穴が開いちゃったしさ」

「ああ」

瀬川は生返事でそっぽを向いた。

傾ける酒が苦そうだった。

死んだ太田を新海が初めて知ったのは、去年の三社祭でだった。

静香の屋台で可哀想なほど焼きそばを食っていた。

食えない分を買わされてもいた。

後で思えば、太田スペシャルをだ。

それが、チャイニーズ・マフィアのシャブに絡んで死んだ。殺されたのだ。

今年の三社には、もういない。

太田に、祭りの季節はもう来ない。

そんなことを思って新海でさえしんみりしていたら、出された生ビールを静香が美味そうに呑んだ。

美味そうに？

「馬鹿ね。なに神妙な顔しちゃってんの？　穴が開いたのは浅草寺の、お・サ・イ・フ」

……。

なるほど。さすがに静香姉さんは逞しく、惨い。

「ええっと、よ」

瀬川が頭を搔いた。

話の展開や現況の進展に苛ついたときの瀬川の癖だ。

「あれ？　怒った？　ふふっ。じゃあ、そろそろ、教えてあげちゃおっかなぁ」

静香も当然、そんな弟のことはわかっているだろう。

というか、ここまででもすでに弄《もてあそ》ばれていた気がする。

おもむろに静香は、ダウンコートのポケットから小さなタブレットを取り出した。極小の七インチサイズだった。

カウンターのメニュースタンドに立て掛け、指紋認証で起動する。

そのまま慣れた手付きで、静香は必要なデータを呼び出した。

極小サイズの液晶に映し出されるのは、新海が瀬川に渡したニュース映像だった。

「始まるわよ。よく見てて」

「見ててって。んだよ、この画面、小っせぇなあ」

文句を言ったのは弟だが、まあ、わからなくもない。

言った本人の静香も含め四人で身を寄せ、目を細める。

ちょっと間抜けかもしれない。

「ええっと。ほら、ここ」

静香が動画を制止させたのは成田ではなく、成田の中継終わりの浅草寺だった。深大寺との中継をつなぐ前だ。

アンカーマンの後ろを行き交う者達の中に、四十絡みで浅黒い堅太りの男がいた。

「こいつね、隆也《たかや》。たしか、八代《やしろ》っていったかなぁ」

男全員に一瞬の間があった。

取り敢えず、新海には全く覚えがなかった。

一人だけ――。

「ああ？　八代隆也だぁ？」

と反応したのは、瀬川だった。

「なんだ。瀬川。知ってるのか？」

新海が聞いた。

「知ってる」

瀬川は強く頷いた。

「てぇか、言われて思い出した。そのくれえだが、八代ぁその昔、女衒《ぜげん》の隆也っててぇ買い屋だったはずだ。買い屋ってなぁ、あっちこっちに女ぁ沈める仲買いだ。特にバリバリのヤー公じゃなかったと思うが。おい新海、警察なら知ってんじゃねえのかい？」

「全部が全部、知るわけもないだろ」

言われても、聞き覚えすらなかった。

だからこそ、記憶に留める。報奨金制度の調査対象だ。

「その昔、あたしのお客だったんだけどねぇ」

中生ね、あとお腹減ったわ、と静香は、空のジョッキを店長に渡した。

「姉さん。客って？」

この疑問も新海だ。

まるで聞き込みのようでもあった。

刑事の顔になり始めているのが自分でもわかった。

額の向こう傷が、アルコールを排除して冷えてきた。

「そうねえ。藤太が出てきて少し経った頃だから、七年くらい前かな。深川《ふかがわ》の不動堂《ふどうどう》でね」

藤太が出てきて、とは川越《かわごえ》の少年院のことだろう。

深川不動堂とは、成田山の別院のことだ。

忠治の口利きで、静香は深川にもたまに屋台を出していた。

「そこでね、見初められたのよぉ」

けっ、と瀬川が吐き捨てた。

「見初められてってぇ名の、スカウトだよな。チーム地獄巡りのよ」

「あら」

静香は笑って目を細めた。

「私は地獄、好きだけど。金次第っていうのが、そそるわよねえ」

「そんななぁ、お前ぇにしかわからねえ。どうでもいい」

瀬川は酒を呷り、黙った。

凄みのある姉弟の会話だった。新海も口を挟めない。

というか、挟みたくもない。

二杯目のジョッキが来て、静香は新海に顔を向けた。

「続きね」

呑みながら話してくれるのは、知る限りの八代という男についてだった。

が、情報としては質、量ともにさほど多くはなかった。

七年前からの何年かの八代を、静香は屋台の客として知るようだ。

羽振りは元々悪くない男だったらしいが、これは大いに納得だ。

そうでなければ、静香の屋台の常連さんにはなれない。

「それがね、なぁんか五年くらい前に、突き抜けたみたい」

ジョッキに口をつけ、静香は言った。

「突き抜けたって？　なにがです？」

「わかんない。けど、運が向いた？　金主が出来た？　そぉんな感じ。そしたら来なくなっちゃった。ようやく、いいお財布になりそうだったのに」

「へん。手前ぇがなびかねえからだろ」

瀬川がまた突っ掛かり、なによ、なんだよと姉弟のじゃれ合いになった。

静香の話は終わりのようだった。

「へい。姉さん。お待ちどう」

深皿に盛られたアツアツのポトフ、洋風おでんがカウンターに出された。

「さぁて。雇われはとっとと働きますか」

新海が立ち上がった。

「おっ。なら、俺もちっとよ」

瀬川も立った。

すると、精魂尽き果てていたはずの坂崎がむっくりと顔を上げた。

「やっと、お開きか。じゃあ、俺も」

立ち上がろうとする坂崎の肩を押さえたのは、左右からほぼ同時に新海と瀬川の腕だった。

阿吽《あうん》の呼吸というやつだ。

洋風おでんが出されたばかりだ。

静香はまだ呑むだろう。

となると、

〈お勘定は、一体、誰が、払うのだ〉

問題はこの一点で、答えは当然、一つしかない。

――ゆっくりしてけばいい。俺のことは気にするな。他に少し、やることがあるんだ。

新海と瀬川、心のこもらないユニゾンが、屋台から如月《きさらぎ》の空に這い上がった。

十一

「新海。お前ぇはどうすんだい？」

〈味自慢　モコ〉を出た瀬川は、大きく伸びをしながら聞いた。

薄手のGジャンは肩に引っ掛けた。

吟醸酒がいい感じに体内で燃えている。寒さはまったくなかった。

「俺は、取り敢えず署に戻る。八代って奴から辿れる、モノもコトもあるだろう」

「そうかい」

「瀬川。お前は？」

「へっへっ。まあ」

野暮用さ、と答えて瀬川は、薄青く抜けた空に雲を見上げた。

「ふうん」

新海の返事が探るようだった。

昔からそういう奴だ。

といって、悪い意味ではない。

昔からそういう、人の喜怒哀楽を肌で感じるというか、向こう傷で受け止めるというか、とにかく鋭い。

世話焼き、お節介とは、人様の感情に鋭敏でなければ務まらないのかも知れない。

自分で口にした通り野暮用には間違いないが、目を見て探られると、瀬川にはどうにも分《ぶ》が悪かった。

だから、空に雲を見上げて誤魔化した。咳払いも追加した。

じゃあな、と片手を上げて新海が去った。

見送れば、新海は浅草寺の裏手に回って行った。

浅草寺病院側から浅草観音堂裏に抜けるのだろう。

浅草東署へは、それが最短のルートだ。

「ま、最終的に、俺も行くなあ、そっちなんだけどな」

呟いて瀬川は、新海とはおおむね真反対の仲見世の方に歩いた。

伝法院通りを左に曲がり、真っ直ぐ進むと東武浅草の駅に突き当たる。

そこから隅田《すみだ》公園に入って、遡上《そじょう》するように隅田川沿いをブラブラとゆく。

おそらく目的地に向かうにはだいぶ遠回りになったが、新海と別れたときからそれは諦めていた。

瀬川の目的地は、新海が向かった浅草東署とは目と鼻の先、大通りを挟んで百メートルも離れていない所だった。

それにしてもこのときばかりは、どうしても新海と一緒に行くわけにはいかない場所だ。瀬川の目的地は、松濤会本部だった。

松濤会と瀬川の属する武州虎徹組は、鬼不動組を介して細く繋がるだけの関係だ。直接的な利害関係はほとんどなく、あるとすれば浅草寺に割り振られたショバが揉めたときくらいだった。

だから本当になにもなく、季節の挨拶感覚で松濤会に顔を出そうとするくらいなら、新海と一緒に堂々と浅草東署の前まで行き、

「相変わらず小っちぇえ署だな」

などと言う軽口を叩いてから別れてもいい。

だが、このときばかりは少々風向きが違った。

野暮用は嘘ではないが、そうはぐらかしたのは新海が真っ当な〈刑事〉で、自分が〈ヤクザに片足を突っ込んだテキ屋〉だからだ。

この、〈稼業・商売〉の別が肩に圧《お》し掛かって口が重くなったのは、多分、初めてのことだった。

今はただ曖昧にはぐらかすだけの些細な一事が、やがて深く自分と新海の間に溝を作るのかと思えば、少々胸も痛む。

（さぁて。俺ぁいつまで、堅気の衆と遊んでられんのかね）

いつまでも、と思いたいが相京にも、酒の香の吐息に混ぜるようにして、たまに言われる。

――今のうちだぜ。藤太。お前ぇは上に行く人間だ。上に行くってなあ、下の者を抱えるってことだ。その面倒を見るってことだ。ハンパじゃ出来ねえ。矢面には立ち、泥水はかぶり、任俠ってなあ、理屈じゃねえんだ。今のうちだぜ。藤太。澄んだ涙、明るい笑い声。今のうちなんだぜえ。

まだ全部はわからない。

けれど、硬く冷たい門を叩くような感覚もイメージも、若頭と呼ばれるようになってからはあった。

そんなことを考えながら隅田川沿いを歩く。

酔い覚ましに川風は心地よく、擦り傷のような感傷を修復するに、わずかな遠回りはちょうどよかった。

女衒の隆也、八代隆也を瀬川が知るのは、静香との関係からではない。

直接話したことがあるわけではないが、瀬川は組の関係で八代のことを見知っていた。

おそらく、その程度のレベルでなら、多分向こうも同じように瀬川を知るだろう。

ただ、先ほど瀬川が新海にした説明に嘘はない。

八代は間違いなくヤクザそのものではなかった。

ただし、暴対法の外にいるが、暴排条例には引っ掛かる、そんな位置取りにはいた。

八代は昔から、㈱ハッピー・キャッシュという街金に近い男だった。

ハッピー・キャッシュは登記簿も株主も綺麗なものだが、志村組のれっきとしたフロント企業だ。

八代は元々、二十年くらい前は歌舞伎町のホストだった。それなりに人気もあったようだ。

半グレ上がりでもあり、ハッピー・キャッシュにはその頃の仲間がいて、裏商売として繋がったらしい。

自分の客をハッピーに紹介しては手数料を稼ぎ、最後には客を身体ごと叩き売ってずいぶん荒稼ぎをしたようだ。

五年ほどで六本木に自分の店を出し、一国一城の主《あるじ》になったはいいが、一年と保《も》たず店はすぐに潰れた。

女を扱う才能には恵まれたが、八代には経営能力はまるでなかったということだ。

大いに懲りたものか、それからは一貫して一匹狼の仲買いを通していたはずだ。

右から左に女を動かす。

そんなルートは、間違いなくいくつも持っていただろう。

おそらく、そんな売り買いの関係で、松濤会とも八代は繋がっていた。

松濤会も下部組織に、巧妙に関係を隠した闇金をいくつも持っている。
五、六年前だったか。松濤会の新年会に親方のボディー・ガードとして出席したとき、朝森と談笑する八代を見たことがあった。
瀬川はモコの屋台で、そのことを思い出したのだ。

朝森は松濤会のナンバー3で、実質的に組を動かしている。

そんな男と親しげに談笑する八代は、関係浅かろうはずもない。

それで瀬川は、松濤会に顔を出してみる気になったのだ。

もとより、ハッピー・キャッシュの向こうにある、鬼不動組二次筆頭の志村組と、八代の距離も気になるところではあった。

新海をはぐらかしたのは、だからだ。

松濤会に顔を出すだけのことなら、別に口にしても構わない。

何か後ろ暗いことがあり、警察と揉めることになったとしても、松濤会程度ならどうということもない。勝手にやってもらって構わない。

ただし、そこからの芋蔓《いもづる》が八代だけでなく志村組にまで繋がっているとしたら、特に、暗部に繋がっているとしたら——。

新海にはその辺のことをはっきりさせてからでなければ、これ以上のことは話せない。

浅草病院辺りで川沿いを離れ、西向きの通りに入る。

長昌寺が目印になった。

過ぎて五十メートルも行かない右手側に、目的の〈STビルヂング〉はあった。

STはまんま、SHOUTOUの略で、つまり松濤会の所有するビルだ。

五階建ての古臭いテナントビルで、一階はほぼ駐車場になっている。二階と三階がスナックや雀荘、コインゲームなどのテナントで、四階と五階が松濤会の本部事務所だった。

テナントからは当然賃料は取るが、いることによって昔から門番代わりにもなっているということで、上手い仕掛けだ。

瀬川は順に、テナントの連中に声を掛けながら四階に上がった。

何度かは来たことのあるビルだ。顔見知りは武州虎徹組の若頭とわかっていて頭を下げた。

松濤会の若頭補佐、朝森良兼は五階にいるようだった。

「茶ぁ飲みに来た。応接にいるぜ」

若い衆にそう告げて奥に向かう。

五分も待たなかった。

朝森は、若い衆が運ぶ高そうな香りの茶と前後して入ってきた。

上等とわかる銀のスーツの堅太り。

真四角な厳つい顔を長く見せるだけのGIカット。

笑わない目、こめかみにいつも浮き上がった血管、馬鹿デカい拳の馬鹿デカい拳ダコ。

それが朝森良兼という男だった。

ヤクザの貫禄が黙っていても滲み出る。

もっとも、迫力という点では瀬川も負けてはいない、らしい。自分のことはわからない。

「武州の。何しに来たって?」

対面のソファに朝森は座った。

話に枕もない。表情も硬い。

瀬川が負わせた眼底骨折の影響は、まあ、なくはないだろう。

「へっへっ。そう構えんなよ」

瀬川は肩を竦め、茶を含んだ。

歳は瀬川の方がはるかに若いが、組の格が違う。

歳上に花を持たせる度量を瀬川が見せて初めて、朝森は瀬川と対等だった。

「朝森さんよ。別にあんたに何かしに来たわけじゃねえや」

「じゃあ、なんだってんだ。これでも忙しくてよ。どっかの誰かさんと違って、屋台出しても食えねえんでな」

朝森も茶を飲んだ。

瀬川は目を細めた。

「八代だ。知ってんよな。八代隆也」

朝森の手が止まった。

「なんだ？　八代？」

「女衒だよ」

「ああ」

「どこにいるって？」

「はあ？　なんで俺が」

「絡みあんだろ。屋台出しても食えねえ奴ぁ、堅気騙すか、泣かせるくれぇしか能がねえだろうが」

「――ああ？」

朝森のこめかみに常時浮かぶ血管が、ぞろりと脈動した。

部屋の温度が上がった気もしたが、どうということはない。

朝森程度と睨み合って負けるとは思わないし、いざとなれば、瀬川が吹雪いて、ビルごと冷やす。

「へっ。八代ね。さぁてな」

案の定、朝森は先に顔を振って目を逸らした。ソファに背を預ける。

「隠すなよ」

瀬川は追った。

はぐらかされて終わりでは、来た甲斐もない。

「隠すわけじゃねえ」

「言えよ。どうしたって聞くぜ。時間の無駄遣いは、止《よ》しにしようや」

「——ま、教えてやってもいいけどよ」

「なんだよ。勿体付けるじゃねえか」

「あいつぁ、女の地獄に生きてきた男だ。香具師にゃあ関係ねえ世界だからよ。聞かせてもいいが。聞いて踏み込もうとすりゃあ、武州の、こりゃああんたが言う、能なしの世界の話んなるぜ。しかもよ」

朝森は勢い良く身を乗り出した。

「女衒と絡むなあ、うちだけに限った話じゃねえ。下手に首突っ込むとよ。いかにあんたんとこの親分でも、ただ顔を潰すくれえじゃ、済まなくなっかもなあ」

下卑《げび》た朝森のほくそ笑んだ感じは癪《しゃく》に障ったが、

「なんでぇ」

瀬川は眉を顰《ひそ》めるだけで、大して応じなかった。

すぐに理解出来たからだ。

相京がただで済まないとすれば鬼不動組そのもの、それこそ、まんま理事長の柚木達夫も考え得る。

となると、実際には朝森のハッタリなり、鎌《かま》を掛けているだけかもしれないが、もし本当だったときの破壊力はでかい。

松濤会どころではない。

志村組どころでもない。

さすがに、話が鬼不動組の絡みとなると、瀬川でも御《ぎょ》し切れない。

「けっ。手前ぇに言われなくても、んなこたぁ最初っからわかってらあ」

啖呵《たんか》めかして吠えてはみたが、実はわかっていなかった。

(仕方ねえ。先にスジ通すしかねえな)

勇気ある撤退だ。

茶を飲み干し、瀬川はすぐに腰を上げた。

十二

瀬川と別れた新海は、言った通りにそのまま浅草東署に向かった。

言問通りを馬道から北上し、東浅草一丁目から今戸二丁目を目指す。

浅草寺からは普段から二十分も掛からない道程だが、つらつらとした考え事をしながらだと体感としてさらに早かった。

多少以上のアルコールが抜ける間もない。

一旦《いったん》、署を素通りして自販機を探し、新海はブラックのホットコーヒーを買った。

熱さを我慢しつつひと息に空け、少々の寄り道をする。

アルコールは熱さと時間でそれなりに分解されたと、取り敢えず信じ込むことにして、新海はようやく署に戻った。

瀬川と別れてから、時間にして三十分は超えていた。

時刻は、二時に近かった。

超小規模署の土曜午後は、誰もが想像出来る通りに閑散としていた。

新海の目には、馴染《なじ》んだいつもの土曜日ということになる。

わさわさとしていたらかえって驚く。

受付と交通課に計二人を発見した一階から、誰もいなかった警務課と警備課、地域課の二階を過ぎ、自身が所属する刑事生活安全組織犯罪対策課の三階に上がる。

さすがにというか、ごった煮の三階にはそれなりの人数がいた。

六人＋課長の勅使河原だった。

それにしても、二係の辺りに係員は誰もいなかった。

ただし、誰もいないからといって当番がないわけではない。

この日は年間計画で応援が決まっている、東京マラソンの現地確認及び申し合わせがあった。

一階の交通課の面々と三階の二係がひと山いくらで、オマケとして二階の警備課からも何人かが、まとめて浅草署に持って行かれていた。

それで、二係には人がいなかったのだ。

「うおぉいっす」

いや、厳密にはスペースとしての二係に、人はいた。

新海が三階に上がると、真っ先にそこから割り箸が上げられ、振られた。

といって、いるのは二係の捜査員ではない。

新海が係長を務める三係の中台だった。カップラーメンを啜っていた。

二係は、場所的に給湯室の目の前になる。

誰もいないときには中台同様、そうした飲食の井戸端的な場所になった。

特に現在、中台が座るのは常に二係最年少の席と決まっていて、知らない間に汚れも塵も溜まる場所で、要はそこが掃除当番の席、ということに暗黙でなっていた。

その他、三階のフロアには一係に係長の谷本《たにもと》がいて、〈タンカ〉の異名を取る増渕《ますぶち》がいた。

増渕茂《しげる》は三十一歳の巡査部長で、前職は本庁の捜査第二課だった。

エリート集団の呼び声も高く、本人の能力も十分だったらしいが飛ばされた男だ。どうにもお調子者で、腕に覚えがまったくないにも拘らず前に出たがる癖が災いしたらしい。

噂とは尾鰭《おひれ》が付くものだが、この増渕の場合は実際、署内では去年の夏に誰もが納得した。

それまで〈タンカ〉の異名は、〈啖呵〉だと思われていた。

杉並署の応援で入った裏カジノのガサ入れで、増渕は調子に乗った。

――うりゃっ。

目算も何もないヘナチョコな後ろ回し蹴りが階段の手摺りを襲い、逆に手摺りに襲われ、腓骨《ひこつ》骨折で東京警察病院に運ばれた。

〈タンカ〉は〈啖呵〉ではなく、〈担架〉だった。

――また、あんたかい。

東京警察病院での救急外来の医師のひと言は、同行の谷本係長の口から署内に広まり、定説となった。

現在も似たような事象により、増渕は懲りることなく利き腕を吊っている。

まだ痛み止めを飲みながら唸っている最中らしく、まったく使い物にならないという谷本係長の嘆きを新海は聞いた。

三階には他に、三係の富田と新井が自分の席にいた。

何かを議論しているようだったが、身を寄せ声を潜めている雰囲気の怪しさから、競馬だと推測してまず外れない。

日勤という意味では太刀川もいるはずだがいないから、おそらく浅草のウインズに、〈派遣〉されているのだろう。

それはそれで、咎めることもない。

どこにいて何をしていようと、応援要請があって呼び集めればすぐに集合し、俸給分はキチンと働くから特に各所轄からクレームが上がったこともなく、そもそも自由自在、融通無碍《むげ》は署長の町村の方針だった。

三係ではもう一人、最年長の星川が在署で、窓際で課長と将棋を指していた。

この課長席の周辺だけが、切り取られたようにほぼ毎日変わらない。

恒常的な浅草東署三階、刑事生活安全組織犯罪対策課のひとコマだ。

暇の象徴でもある。

(あ、そうそう。そういえば)

屋上菜園の深水副署長も変わらない。

が、こちらはまったりとした日々のひとコマなどではなく、署全体の食生活が関わっているので死活問題だ。

「はにあ、進んだんはい？」

カップラーメンを食いながらもキャスター椅子を器用に操り、中台が寄ってきた。

富田と新井も馬券の検討をやめて顔を向けた。

富田などはデスクの下で持っていた携帯に、

「いったんここまでな。メインのダイヤモンドは後だ」

と呟いて切った。

メインのダイヤモンドとは、東京競馬場のこの日の第十一メインレース、GⅢダイヤモンドステークスのことで間違いないだろう。

四歳以上オープンで、芝の三四〇〇メートルとは新海でも知る。

ということは、第十レース白嶺《はくれい》ステークスまでは買ったということだ。こちらは千六百万下のダート一六〇〇メートルで――。

いや、それはどうでもいい。

新海はフロア全体を見渡した。

課長と星川は白熱伯仲の将棋盤から、一係の谷本は何かの書類を作成しているようで机上から、それぞれ顔も上げない。

目が合うと、切れ者にして暇な増渕が痛みをおして寄ってこようとする気配を見せるが、

「おい、増渕、この野郎っ。手前ぇがペン持てねえから書いてやってんじゃねえか。コソコソ逃げようとすんじゃねえぞっ」

と怒鳴られた。

なるほど、谷本係長が書いているのは、増渕の始末書的な書類のようだ。

新海は自分の定席から真反対に回り、いつもなら横手が座る辺りに、三係共用のノートPCを移動させて起動した。

現在のフロアの人員配置からすると、そこなら三係の面々以外からは画面が見えなかった。

「いいかな」

新海は低く言った。

声を潜めたのは、今回の報奨金制度を発令したときと理由は同様だ。

議員絡みの案件は、議員絡みというだけでまったく油断出来ない。

ましてや今回は大臣にして、国家公安委員会委員長だ。

富田と新井はわかってそれぞれに頷き、中台はラーメンのスープをひと息に飲み干してカップを置いた。

音声なしで、節分のニュース映像を二回見せた。

「ここ。ここのヤツ」

が、この段階では腑《ふ》に落ちた者はいないようだった。

八代隆也、女衒と説明した。

「今回のこととの関わりが、どっかに見えるかもしれません。接点があるとすればまあ、女絡みってことになるんでしょうけど、その辺は今ひとつピンと来ない。予断になるかもしれませんけど、大臣と女衒の取り合わせがね、俺の中ではどうしてもシンクロしないいんですよ。まあ、だからこそ」

慎重にも慎重に、と新海は続けた。

「ただあの場にいただけかもしれない。その可能性も捨てきれない。ということは、まったく関係ないかもしれない。と言って、触ってみなければそれすらわからない、ときたもんで」

三人が三様に頷いた。

富田も新井も、中台も優秀だ。

このくらいの指示と方向付けをすれば、後は勝手に、いいように動く。

「ああ。そうだ」

思い出して新海は話を継いだ。

坂崎に聞いた、前夜からこの朝に掛けての大臣の不審を付け加える。

「くわぁっ」

即座に額を叩き、天井を振り仰いだのは新井だった。

「三千円だったなぁ。勿体ねえ」

言っても詮ないが、その夜も青山宿舎を張っていれば大臣の動きも摑めた可能性は高い。

「折角《せっかく》だったなぁ」

それが、首長選挙の応援演説に向かった辺りで、坂崎大臣を見切ったことを新井は悔やんだ。

「勿体ねぇなあ」

たしかに勿体なかった、かもしれない。

「もう絶対離れねえ。青山の路上に泊まり込んでやる！」

新井は拳を握った。

「あのですねぇ。決心したとこで悪いんですけど、あくまで本業本職優先ですからね。それに、まだ事件でも事故でもないんです。いや、最後までどっちでもないかもしれない。そこんとこを忘れないように。触るのは、〈大臣の個人情報〉、そのもの。深く潜行して、静かに密《ひそ》やかにですね」

と、そのときだった。

「おーい、新海くぅん、帰ってたよねぇ」

と廊下の階段方向、四階方面から声が聞こえた。

町村だった。

帰ってきたことを知られているのも軽い驚きだが、そもそも、いたのか。

「ちょっと来てくれるぅ？　上野署から、振り込め詐欺内偵の応援要請だよぉ。ああ、ちなみにこれは、坂崎大臣の件とは全く関係ないよぉ」

「うわっ」

腰に手を当て、新海はその場で仰け反った。

潜行も隠密も関係ない。

やっぱり署長室での坂崎との会話を聞かれていたか。

毎度のことだが、侮れない。

やれやれと四階へ向かおうとし、ふと足を止めて三係の面々を振り返る。

「ああ。後で他のみんなにはＬＩＮＥで流しときますが、松濤会も、もしかしたらなんかあるかなあ」

「おっ」

まず手を打ったのは富田だった。

「なんかあるのかい」

「さあ。はっきりとはわかりませんけど」

新海は肩を竦めた。

「わかりませんけど、頭隠して身体のでかい奴が、空っ惚けた顔して、さっき入って行っきましたから」

ブラックコーヒーと少々の寄り道。

新海は逆方向から、〈STビルヂング〉に入ってゆく瀬川を確認していた。

十三

夜半から降り続く、冷たい雨の月曜日になった。

金帰火来がお定まりの国会議員である浩一は、この日はまだ鎌ケ谷だった。

坂崎も前夜は、父と共に後援会副会長家の通夜に出、精進落としの席を回った。

浩一は、翌月曜の告別式にも出席してから戻るということで、夜の八時には別れ、坂崎は要町の自宅マンションに戻った。

雨が降り出したのはその後だった。

この間、父も特には口を開かなかったから、坂崎も聞きはしなかった。

──なにが起こっても気にするな。問題は何もない。正論も正解もすでに、この手の内にある。

そう釘を刺されてなお訊ねることは、議員秘書として憚られた。

ただ息子としては、心から納得できるわけもない。

父を信用しようにも、まだ何もわからない。善悪も曖昧だ。

独裁者の正論は、失脚後は暴論となり、偽善者の正解は、たいがいが塗り固めた嘘だ。

——何かあるんだろうな。

そう、新海は即断した。

だから——。

まずは取っ掛かりである、女衒の八代隆也については新海に任せた。

それでいい。

新海は任せるに足る男で、任せればなんとかしてくれる男だ。

新海を通じてそろそろ腐れ縁になってきた瀬川にも、何かを知っているような様子が垣間見えた。

どストレートの勝負は、自分には到底出来ない分、憧れもあって嫌いではない。

そんな新海と瀬川の二人が動いてくれるなら、いずれ、なにがしかの白か黒かはハッキリする。

「一日中、降りそうだな」

降り止まない宿雨を見上げ、坂崎は議員会館に入った。

朝の八時を少し回った頃だ。

この時刻の入館は坂崎にとっての、毎朝の定時だった。

「お早うございます」

議員執務室のドアを開け、坂崎は挨拶を口にした。

誰にともなく、ではない。

坂崎の定時より先に執務室にいる人間は、一人と決まっていた。

「はい、お早うさんですな」

丸く小さい男。糸のような目。全体としてハニワ顔。

そのくせ、エラく伸びのあるテノール。

なんだか知らないが蝶《ちょう》ネクタイと、人を煙《けむ》に巻くような話し方。

坂崎浩一衆議院議員の政策秘書、小暮信二だった。

ハニワ顔の特質か、どこを見てるか何を考えているかわからない六十四歳で、この六十四歳も、証明書がなければ信用できない感じがする。五十だと言われれば五十に見えるし、七十だと言われれば、いやお若いと軽口を返したくなる。

浩一が県議のとき、小暮は本人の叔父だという外房《そとぼう》の県会議員の使いっ走りをしていたらしい。

ハニワ顔のせいか、W大の政経卒ながらあまり重用はされなかったようだ。

相当に燻《くすぶ》っていたようだが、国政に打って出るに当たり、浩一が引き抜いて陣営に加えた。

本人の叔父だという議員も、いや、県議会全体が笑ったようだ。

――物好きな。

だが、本当に笑っていられたのは、約半年に過ぎなかった。

二年と経ず、高みの見物と洒落込んでいた県会議員達は皆、通り掛かる小暮の前で下を向いた。

好きにさせれば小暮は、驚くほどに切れる男だった。

浩一には、もともと県議時代からの秘書であり、歳も小暮より上の西岡がいた。

その西岡が結果、約半年で文句の一つも言わず、政策秘書の座を小暮に譲って第一秘書に退いていたという一事からも、その切れの凄みがわかろうというものだ。

ＰＣを立ち上げ、坂崎がメールのチェックをしていると、

「おはよう。いや、冷たい雨だな」

と、磨《す》り潰したような声がして、第一秘書の西岡雅史が現れた。

細身だが角刈りで、顔が大きくギョロギョロとした目が西岡の特徴だ。

初見の印象は一般人なら、ちょっと怖い、で統一されるだろう。

小暮とは、よくもまあと感嘆も出るほど対照的な二人だ。

糸目とギョロ目。短軀《たんく》とマッチョ。テノールとガラ。

呼び方も覚え方も、どこに特徴を見つけるかで人によって様々だろうが、全体としては大人しいハニワと、口喧しい板長で間違いない。

このハニワと坂崎と板長が、他の事務職より早いのが、坂崎浩一衆議院議員執務室の常だった。

「では早速、今週のスケジュール確認からですな」

公設秘書がそろったところで小暮がタブレットを起動させ、ミーティングが始まる。朝のルーティンだ。

この日は真っ先に、坂崎が手を挙げた。

「ん？　はい、ジュニア」

タッチペンの先で指される。

授業のようだが、これもいつものことだ。

小暮と西岡は、坂崎浩一という衆議院議員の政策秘書と第一秘書であると同時に、いずれを見越した坂崎和馬の教育係でもあった。

これは坂崎の父、浩一の意向でもある。

ただし、この朝の遣り取りは普段と大いに違うと思いきや、小暮はまったくのいつもの通りだった。

手を挙げた坂崎の方がかえって戸惑う。

「いや、小暮さん。はい、ジュニアじゃないでしょう。金曜夜から土曜朝にかけての、例の大臣の件ですが」

「ん？　おお。あの、大臣がいつも通り、大酒を呑んで潰れた件ですな」

「ああ。あれな」

西岡が手を打った。

「真夜中に信ちゃんから連絡をもらった、あれな」

浩一が国会議員になってから意気投合した二人は、互いを信ちゃん、マッサンと呼ぶ。

「そう、それですな」

小暮はタブレットに目を落とした。

西岡もズズッと茶を啜った。

坂崎は待ったが、それ以上会話に進展は何もなかった。

すっかり間が空いた。

「え？　小暮さん、西岡さん。それだけですか」

「ん？　それだけって」

小暮が顔を上げた。

「それで全部ですな」

糸のような目が、タブレットの上端と平行線を作った。

「ああ。全部だな。間違いない」

西岡も追従した。

坂崎は首を傾げた。

「全部？　間違いない？　いや、夜はどこで呑んで、朝はどこから来たのか。それすらはっきりしないんですよ。おかしいでしょう。それに、おかしいのは昨日に始まったことじゃないし」

するとが小暮の目が、少し波打った気がした。

「ん？　昨日に始まったことじゃないとは、なんですな」

「いいですか」

坂崎は語り始めた。

誘導された節もあるように思えたが、止まらなかった。

西岡が立ち上がって緑茶の準備を始めた。

朝の決まった一杯だ。他の誰も触らないし触れない。

西岡は、緑茶に強い拘《こだわ》りがあった。

もちろん坂崎が口にすることは疑問点であって、当然のように新海や瀬川という人間のことは言わない。

ただ、言わなくても何か動くときはつるんでいるという認識は、小暮にも西岡にもあるかもしれない。

二人とも、まだ坂崎が歯が立たないという自覚があるほどの切れ者だ。

いずれ越さなければと思うが、道は険しく遥かに遠い。

――自覚があるというのは大事ですな。伸び代、というもので、自覚があればあるほど伸び代は大きく、一見、果てないと思われがちですが、そういうものほど、とある瞬間にあっという間に埋まるものですな。

と、喜んでいいのかさえわからない〈自論〉を聞いたことはあったが、内容はイマイチ、坂崎の上を滑るようだった。

西岡が三人分のお茶を運んで自分の席に着いた。

坂崎が話し終えると、小暮と西岡は顔を見合わせた。

なぜかうなずく。

西岡が顎をさすって、天井に目をやった。

「なかなかだね」

「ですな」

小暮が茶をすすった。

それから、糸の目を坂崎に向けた、ようだ。

「おかしいと思ったら、ジュニアはどうしたいですな」

「どうって」

西岡も湯飲みを手に取った。

ズズッと飲んで、二人して坂崎を見た。

ズズッと、音がそろう。

「放ってはおけません。放っておけば蟻の一穴はやがて――。いえ、国会議員とは、蟻の一穴すら、本来許していい職務とは思えません」

二人は顔を見合わせて茶をすすった。

ズズッ。

なんだ、それは。

「やってみる、でいいですな」

「そうだな」

ということで、ジュニアは秘書官から捜査官に平行移動、と二人は勝手に納得した。

一瞬、坂崎はまったくの蚊帳の外にして、二人が一体何を決定したのかは理解が追いつかなかった。

とそこで、電話のベルが執務室に鳴り響いた。

古いタイプの甲高い音だ。

まだ三人以外、事務所の人間は誰も来ていない。

出るのは当然、第二秘書の役目だった。

「はい」

――ああ。そちらは、坂崎浩一大臣の執務室で間違いないっすかね。

四十絡みの男の声が聞こえた。

「そうですが」

「私ぁ、安藤《あんどう》といいます」

男は続けて、フリーの記者だと言った。

擦れた感じが三流を思わせた。

「安藤様。はい、お世話になります」

丁寧に復唱しながら、坂崎はすぐに通話をスピーカーにした。

――大臣とは一度、面識がありましてね。

部屋に声が流れると、擦れた感じはさらに倍増した。

「そうでしたか。あの、それでご用件は」

――ご本人じゃないと、さすがにちょっとねえ。前に教えて頂いた携帯が繋がらなかったもんでして。それで、大臣はそちらにいらっしゃいませんかね。

「いえ。生憎と、今日はこちらには」

――では、今どちらに。

「申し訳ございませんが、それはお答えできかねます」

――ははっ。教科書通りだ。ま、いいや。では、お伝えください。ああ、土曜日の夜の件について と。それだけでも本人には通じるはずですから。つきましては。

記事にする、しない、さあ、どっち。

それだけを伝えてくれと告げて、安藤からの電話は切れた。

(善は急げ。いや、善は新海、だな)

考えながら受話器を置けば、妙な気配が気になった。

振り返ってぎょっとする。

小暮と西岡が、坂崎を見ていた。

「どうするでしょうな」

「うん。どうするかねえ」

またわからないことを言い、二人はズズッと茶を飲んだ。

真っ直ぐな視線が、やけに重かった。

(うわ。なんだなんだ)

あまりに注目されると、新海との連絡も何か、コソコソと悪さをしているようで後ろめたくもあり取りづらい。

この日は他に用件もあって、そもそも新海とは午後二時に会う約束を取り付けていた。

だいぶ早いが、新海はどうせ暇な超小規模署の人間だ。呼べばすぐ出てくるだろう。

今や議員執務室の中は、部屋の空気までが重く息苦しいほどだった。

「ちょっと、外に出ます」

――いってらっしゃぁい。

四つの瞳がいきなり柔らかく輝き、上がった二本の腕が海藻のようにゆらゆらと揺れて、
不気味に坂崎を送り出した。

十四

この日、坂崎と会った新海は、午後になってから浅草東署に戻った。

濡れた肩を叩きながら、玄関先で空を見上げる。

雨は止む気配すら見せていなかった。

それどころか、かえって強くなっている気がした。

「嫌な雨だ」

くわえた爪楊枝を微細に動かし、新海はそんなことを独り言《ご》ちた。

時刻は、一時半になるところだった。

坂崎からいきなり、予定変更の電話が掛かってきたのは朝の八時半前だった。

署に到着したばかりで、新海はエントランスにいた。

「お早うさん。なんだ」

――今日の時間、今からに変更してくれ。実はもう、俺は外に出た。

「俺はまだ署に入ってもいないが」

――じゃあ、すぐ入れ。入って出てこい。どうせ暇だろ。

たしかに暇はありすぎるほどあるが、決めつけられると――。

まあ、説明はいい。面倒臭い。いつものことだ。

「暇じゃない」

――えっ。なんだよ。何があるって？

「まずは雨滴が垂れないように傘の滴を丁寧に払ってだな。それを持って静かに三階に上がってお茶を飲んで。第一、まだ雨が降ってて寒いし」

――了解。じゃあ、すぐ出てこい。

坂崎は新橋駅近くのホテルのラウンジを指定した。

新海はじっと、一方的に切られた携帯を見た。

石川啄木の心境、にはほど遠い。

「まあ、そんな対応だとは、わかっちゃいるけどさ」

新海は三階に上がり、取り敢えず出勤簿に判子だけ押し、

「出掛けてきます」

と誰にともなく告げた。

誰にともないから、当然反応はないかと思いきや、必ずある。

「あ、そう。気をつけて」

薄かったが、とにかく課長の勅使河原は反応した。この辺はさすがの管理職にして、いつものことだった。

新海は真っ直ぐホテルのラウンジに向かった。九時半には到着した。

あまりに早く着きすぎたかとも思われたので、ホテルの周りを一人でゆっくりと五周は巡った。

誰にもわからないだろうが、これはささやかな抵抗だ。

ラウンジで待ち合わせを告げると、案内されたのは窓際の席だった。

坂崎は珈琲を飲みながら、窓の外に雨を眺めていた。

「待たせたな」

風情が匂うようだったので、敢えて無視する。

いい男にいい男だなどとは口が裂けても言ってやらない。

これはブルジョアジーに対する、プロレタリアート的な感覚だ。

新海はフロア係の女性に、坂崎と同じ物を注文した。

「署を出るのに少し手間取った」

そんなことを言えば、ふん、と坂崎は鼻で笑った。

「だったら、五周も回ってないですぐに入ってこい」

「――もっともだ」

なるほど、見られていたとは迂闊というか、粗忽《そこつ》だった。

こういうヘマは、素直に認める一手だ。

珈琲が運ばれ、まず新海は、そもそもの用件であるUSBを坂崎の前に置いた。

件《くだん》のニュース映像その他の動画だった。日曜になって、俺にもくれとメールで要求されたものだ。

坂崎は何も言わず、GANZOのブリーフケースにそれを仕舞った。

「で、なにがどうなって、二時がこんな早くになったんだ？」

「そう。その件についてだ」

坂崎は身を乗り出した。

「変な電話が事務所に掛かってきてな。ちょっとというか、大いに居づらくなった」

「なんだ？」

安藤と名乗った男、と坂崎は言った。

「安藤？」

新海に聞き覚えはなかった。

「誰だ、それは」

「知らないから、二時を今に早めた。まあ、フリーのライターだとは名乗ったが」

坂崎は朝方の電話の内容を語った。

土曜の夜の件、と相手ははっきり言ったようだ。

土曜の夜の件とはつまり、正論も正解もすでに浩一の手の内にあるという例の、完全黙秘の何かについてだろう。

「タイミング的に、これが今頼んでる件と無関係とはまったく思えない。女衒ときてライターときたら、何かはその、あれだ。その、な」

「愛人、お妾《めかけ》、二号さん」

言いづらそうなので口にしてやれば、坂崎は一瞬、新海を睨んだ。

「ずいぶん、はっきり言うな」

おお、と思わず新海は感嘆を漏らした。

なかなかいい顔だった。

いい男のいい顔、ではない。

政治家としての〈圧〉をそこはかとなく秘めた、とでもいったものか。

いつの間にか、政治家の顔が出来上がりつつあるようだと、初めて坂崎に感じた。

ともあれ――。

「俺が言ったんじゃない。坂崎、お前の予断を口にしてやっただけだ」

「予断？」

「浮気も可能性だが、立場的にはハニートラップだって考えられるし、八代との関係はまだ不確かだ。浅草には、あんなチンピラは腐るほどいる。たまたま同じ映像に映り込んだだけかもしれない。そうだとしたら、様相は振り出しに戻る。こっそり病院に通ってただけとか、そんな可能性だってまだある」

ふむ、と坂崎は腕を組んだ。

頭の出来の良さは得てして頑迷さとイコールになりがちだが、坂崎の思考は昔から柔軟だ。

一つのことに拘泥《こうでい》も執着もしない。

その辺も、大いに政治家の資質だったろうか。

「そうだな。わかった。じゃあ予断抜きで安藤のことを頼む」

「OK。予断は抜きだが、交渉はありで頼まれようか」

「交渉？」

「春闘《しゅんとう》。もう世の中、そんな季節だ」

新海は片目を瞑り、右手の親指と人差し指で、小銭のマークを作った。

「下世話だな」

「汗水の労働は尊いんだ」

「まあ、そうか」

その後、すんなりと金額は妥結した。

なんと倍増だ。吹っ掛けたつもりの新海自身が少し慌てたほどだった。

で、気が変わらないうちにと、こっちはまことに下世話な根性で、新海は坂崎とそそくさと別れた。

そうして、浅草まで戻ったのが十二時少し前だった。

雨はまだ止まず、曇天を睨むように見上げると腹の虫が盛大に鳴った。

前祝いというか、とにかく最前の交渉で懐が温かくなった、気がした。

気だけかもしれないので今のうちに、気分は実物で味わっておくのが得策だ。

ということで東浅草のとんかつの名店、〈笠松〉で久し振りの分厚い肉に舌鼓をうち、爪楊枝をくわえたご機嫌さんで署に戻ったのが一時半だった。

三階のフロアは、慌ただしく出勤簿に判子だけ押して後にした朝八時半頃と、人員的に大して変わっていない。

むしろ、より閑散としていた。

土曜に要請があった振り込め詐欺の内偵に、思った以上に人員を持っていかれた上に、この週明けの日曜日には例の東京マラソンがある。

そんな関係で一係には係長の谷本と使い物にならない増渕で、二係には係長だけしかいなかった。

三係には辛うじて蜂谷と新井がいて、勅使河原課長のところに将棋盤を挟んで星川がいた。

三係だけ残りが多いが、一応危険を伴う内偵作業に女性は不向きということで蜂谷は外され、三係合わせて最年長の星川は、将棋盤を挟んで課長の将棋番ということで、これは常態化している。

つまり一係同様、三係も残っているのは新井一人だ。

「おっと。雨ん中、ご苦労さん」

椅子にふんぞり返り、余裕をかます新井の対面に新海は真顔で座った。

新井は薄笑いを止めて新海に向き、蜂谷は一席離れたところでいつの間にかメモノートを開き、何かを書いていた。

蜂谷はほぼ真下を向いているので、トレードマークの黒縁眼鏡と黒髪以外、顔は見えない。

「報奨金制度、追加です」

話しながら、不在メンバーに送る情報をＬＩＮＥに書き込みながら、自身の中でも整理されてゆく一連の情報を別建てで考える。

我ながら器用だと思う。

女衒の八代隆也についてはまだ何も進んでいない。

というか、調査開始と思った瞬間から係員をゴッソリ持っていかれた。

まだまだ二兎も三兎も同時に追わなければならない現状、人手が足りるわけもない。

瀬川が入っていった松濤会に関してもだ。

この辺りの暴対法関係は、一切合切をまとめて取り敢えず瀬川に任せるのも手か。いや、手だ。

大臣は今のところ、坂崎から聞いた以上の変化はないらしい。

なら親父の動きは、数の少ない他人では二十四時間の把握はやはり無理があるので、息子に任せるのが得策か。いや、得策だ。

そこに、新たに安藤というフリーライターの登場があった。

「あ、そうだ」

新海はふと、坂崎の実家で見た陶器について思い出した。画像を呼び出し、すぐにLINEに載せる。

送ったのは、陶器の高台に切られた銘だった。例の〈mm〉とも、何かのデザインとも見えるヤツだ。

「なんだい？」

新井は目を細めて画面を睨んだ。

「わからないです。個人的報奨金制度内ですけど、大臣がどう絡むかもまだ不明なんで、今のところ普通に、この模様だかイニシャルだかに関するですね、捜査情報レベルの秘匿《ひとく》性《せい》はマックスってことで。広く聞き回るのはNGでお願いします。もちろん、ネットに流すのも。だからこれ、三千円級ですね」

なるほど、と新井が納得しているうちに、いつの間にか蜂谷の姿が見えなかった。

探すと、早くも階段脇で、傘立てから自分の傘を抜き取っていた。

出掛けるようだ。

「あ、コラッ。蜂谷、手前ぇ。抜け駆けすんじゃねえ。待ちやがれ」

バタバタと、前後して二人が出て行った。

見送ってから、新海は課長席に目をやった。

対局中のはずだったが、先程来から駒を打つ音は途絶えていた。

課長も星川も、新海を見ていた。

「なあ、係長。あれはあれで、いいコンビだと思わないかい」

星川が笑った。

課長も同意を示して深く頷く。

「そうですね。ただ凸凹は、互いに真後ろ向いたら始末に負えませんけど」

「だね」

王手、と勅使河原課長が誇らしげに言った。

課長から王手は、久し振りに聞いた気がした。

盤上をゆっくり眺め、やおら星川は立ち上がった。

「さて、私も松濤会絡みを動いてみようかな。別ルート回しで」

志村善次郎か。

鬼不動組系の序列では松濤会以上の、志村組に星川は近い、らしい。

「ま、無理はしないでください」

「了解」

やけに急ぎ足に星川が動き出した。

理由はわかり過ぎるほどにわかり、だからかえって何も言えない感じだった。

「まあ、他にやることがあるなら、仕方ないんだけどさあ」

星川の姿が消えてすぐ、勅使河原課長の溜息が聞こえた。

「新海君。王手だったんだよ」

立ち上がって、丁寧に頭を下げた。

さすがに少し、後ろめたかった。

「ご愁傷様です」

　本当にねぇ、と勅使河原はまた、深い溜息をついて盤上に目をやった。

十五

　新海からＵＳＢを受け取った坂崎は、早速翌日から映像データの精査に取り掛かった。

　秘書としての公務はいつも通り多種多様にして無数にあったが、気が付くと、見てわかるほどに減っていた。

　小暮と西岡がさりげなく手を出し、処理してくれているようだった。

　二人は時折り、デスクトップＰＣに意識を傾注する坂崎の後ろを通り掛かっては、モニタに映し出される映像データをチラ見しながら、なにがしかの仕事を持って去った。

　――ジュニアは秘書官から捜査官に平行移動。

　と、安藤から電話が掛かってきた日、二人が勝手に納得していた言葉の意味を何となく理解する。

　当の大臣に安藤の件は、政策秘書の小暮から上がっていた。

　大臣は特に強い反応も見せず、しばらく放っておけ、とだけ言ったと坂崎は聞いた。

　火曜は、深大寺の元データを隅から隅まで精査した。

水曜は成田山の映像データだ。

それぞれを、放映用に刻まれた部分の前後から確認した。

要するに、放送されなかった部分も含めてだ。

ただし、一気にはやらない。集中力が続かないからだ。加えて公務もまあ、ないわけではない。少なくとも、坂崎でなければ片付かないという部分もいくつかはある。

USBの内容については、浅草のモコで見せられたときから、何かが引っ掛かっていた。

言葉に出来ない何かだ。

感覚的なもの、いや、五感のどこかに訴えるもの。

そのときは静香が〈邪魔〉をするから集中出来なかったが、要町の自宅マンションに戻ってからも違和感は去らず、モヤモヤはどうにも気持ち悪かった。

それで、翌日の日曜になってから新海にデータのコピーを頼んだ。

月曜すぐにと、即断でレスポンスがあったのは有り難かった。

さすがに警察だ。フットワークが軽い。

（いや。そうじゃない）

素早さは、新海だからだ。

深海の情だ。

情に訴えれば、新海の世話焼きが発動するとよくわかっている。その辺の心底をくすぐる術も坂崎は身に着けている。

なんといっても、永い付き合いだ。

どうせ暇だろ、と常日頃から会話の枕に貶めておけば、たまに呟く〈頼む〉のひと言は燦然《さんぜん》と光り輝く。

ただし――。

だからと言って、そんなことに胡坐《あぐら》を掻き、新海をいいように使おうなどという気はさらさらない。

そもそも坂崎には、新海に対する負い目があった。

新海の向こう傷は、坂崎がいたから付いた傷だ。

新海がいなければおそらく坂崎はこの世に存在せず、坂崎がいなければ新海の額の向こう傷は間違いなく存在しない。

負い目の坂道は、笑いも出ないほど一方的に坂崎の方に下っている。

一生を掛けて、坂崎はその坂を上るのだ。

そんな覚悟も含み、口にすれば軽いから、坂崎は心の中にだけ刻んである。

〈親友〉、と。

そんな得難い男に、

〈せっかく急ぎでもらったデータだ。何も見つけられないじゃ、やっぱり顔が立たないよ

な）

火曜と水曜、深大寺と成田山のデータには、集中したが別段妙なところはなかった。

木曜日は午後になって、今度はメインの放映画像を繰り返し睨んだ。

何回見たかはわからないが、一時過ぎに始めた作業は二時半近くにまで及んだ。

そのときだった。

「あ」

少し間が抜けたような声になったのは、意表を突かれるほどあっさりと違和感の原因に突き当たったからだ。

普通なら見逃すほどの、ほんの一瞬の映像だった。

念には念を入れる意味で、坂崎はもう一度動画を再生した。

必要なところでポーズを掛け、次いで静止画像をコマ送りにする。

かすかな笑いが、自分の口辺に寄るのが分かった。

「なぁるほど」

間違いない。

見つけた。

正確には、思い出した、だ。

それは、静香が女衒の隆也を指摘した映像の後だった。

――いやぁ、さすがに成田山新勝寺は、華やかなものでしたねえ。でも、さあ、ご覧ください。どうでしょうか？　こちら浅草寺の会場も負けてはいません。正午近くになって、ますます賑やかになってまいりましたよぉ。

アンカーマンの差し伸べる手の誘導で、カメラが動いた。

本堂東側の特設舞台から、ゆっくり境内の雑踏を一周パンして戻る。

パンとは、水平方向に動かすカメラワークのことだ。

そのパンの最中を切り取る一瞬だけだが、画面の左手に、例の女衒の隆也らしき男がもう一度映った。

女衒は、片手を上げていた。

コマ送りにしたのはここからだ。

右手側の群衆の中に、コマ送りにしなければわからないほどかすかにだが、はっきりとした反応があった。

サングラスを掛けた、八代隆也と同じような歳回りの男だった。笑顔で手を上げ掛けていた。

女衒の動作に対して向きといいタイミングといい、計ったようだった。

〈八代の知り合い〉、と直感的に断定された。

そんな男がいるとわかって注視した。

いう若手議員だ。

結果、坂崎が閃いたのは、稲尾健太郎《けんたろう》という名前だった。千葉九区選出の代議士で、浩一と同じ派閥に属し、来月からは北学会にも参加しようと

そう思って見れば、サングラスでカバーしてはいるが、顔の輪郭や全体の雰囲気といい、背格好といい、特徴は明らかだ。間違いようはなかった。

これでも坂崎は議員の秘書で、いずれ政界を目指している男だ。一度でも言葉を交わしたことのある人間はたいがい記憶している。二分、いや一分もらえれば、ほぼ思い出せるという自負はあった。

「稲尾が、なんでまた」

と――。

「ようやくですな」

「だな」

いきなり背後から声が掛かって驚いた。

振り返ればすぐ近くで、ハニワ顔が糸の目を三日月のように歪《ゆが》めていた。

笑っている、で間違いないのだろうか。

その隣で板長が力強く頷いた。

こちらもずいぶん顔が近い。

まるで気付かなかったが、二人が雁首《がんくび》揃えて坂崎の背後から覗き込んでいた。

「――は？　なんです。見てたんですか」

訊ねれば二人は、少し離れた。

「はい。見てましたな」

「おう。見てたな」

離れて腰を伸ばし、腰を叩く。二人ともだ。

しみじみともう、二人して若くない。

「ちなみに私は、一回目で漠然とした違和感を覚えましたな。それで、二回目でどの辺りかは特定しましたな」

「――え」

「お、信ちゃんもかい。俺もだ」

西岡が膝を叩いた。

「――え」

「三回目はパスで、四回目ですな。千葉九区の若造に行き当たったのは」

「おっと」

西岡は額を叩いた。

「それは早い。やっぱり敵わないねぇ、信ちゃんには」

「――え」

坂崎を抜きに、なにやら得体の知れない会話が進む。

「ただまあ、四回はやはり、掛かり過ぎですな。モニタの真ん前で見るなら、三回目でしょうかな」

「ああ。俺もそんなものだ」

「――え」

ただただ、坂崎は口を開けて聞くしかなかった。

やがて、二対の目が坂崎に動いた。

少し冷ややかだった。

他に三人いた事務員達も、息を詰めて見守る感じだった。

電話が鳴っても、密やかに出た。

「ジュニア。議員秘書たるもの、いや、議員を目指す者は、対人能力を鍛《きた》えなければいけませんな」

小暮は言いながら、自分の席に動いた。

「そう。俺達は三回でいけた。ジュニアは一体、何回見直したのかな?」

代わって西岡が、坂崎の真正面に立った。

「しかも、ポーズを掛けたりコマ送りにしたり。どうやら理詰めだったかい。ジュニアの違和感はそこかな？　俺達は最初から、人を探した。見知った誰かがいたような気がしたからだよ」

自然、坂崎の頭は下がった。

自負は吹き飛んだ。

でも、偉そうなことは言えないがね、と西岡の声が少し遠かった。

西岡も自分の席に向かっているようだった。

坂崎は顔を上げた。

「それって、どういうことですか」

「なぁに」

途中で西岡が緑茶を二杯淹れ、小暮のデスクに置いてから自席についた。

「俺達は二回も掛かった。けどこれが大臣なら、一発だってことだ。だから偉そうなことは、本当なら言えない。大臣ならあの映像通りの一発のパンで、迷うことなく寄って行って相手の手を取る。やあ、お久し振りです。誰々さんですね。その節はお世話になりました。お元気ですかってな」

「………」

なるほど、先はまだまだ険しく、遥かに長そうだ。

「ジュニア」

小暮に呼ばれた。

見れば、細い目を三日月に歪めて、おそらくハニワが笑っていた。

「それが政治家という、化け物ですな。あなたの目指す」

小暮がそう言って、西岡が淹れた茶を美味そうに飲んだ。

十六

蜂谷から新海の携帯に新たな情報が入ったのは同日、木曜日の午後だった。

「そうですか。了解。さすがですね。——もちろん、三千円です」

やったぁ、と素直に軽く喜び、蜂谷からの電話は切れた。

すると、待つほどもなくＬＩＮＥに着信があった。

すぐに新海は開いた。

直前の会話で蜂谷が送ると言っていた画像がアップされていた。

蜂谷が、同じような歳回りに見える痩せた女性と写っているツーショット写真だった。

なかなか綺麗な女性、美人、と新海は感じた。

どこかで見掛けたことがあるような気もしたが、すぐには思い出せなかった。

それよりなにより、新海には、正面から写る蜂谷の笑顔が衝撃だった。

トレードマークの黒縁の眼鏡は伊達で、パーソナルとパブリックの臨界を感覚的に認知するため、という説明を、初見で新海は蜂谷から文書で提出された。

蜂谷は極度の人見知りだった。

さすがに上司部下の付き合いも一年になろうとして多少は慣れ、先ほどのようにそこはかとない感情も垣間見せてくれるようにはなったが、正面からのアップ且《か》つ笑顔は貴重だった。

思わず保存した。

ツーショットの後ろに、口を開けて喚《わめ》くような新井も写っていたが、特に蜂谷も言及はしなかったので、ご愛嬌として捨てておく。報奨金も当然ない。

画像の下のコメント欄には女性の名前の脇に、括弧《かっこ》付きで三五と書き込まれていた。

ということは、蜂谷よりも一歳上ということになる。

風岡《かざおか》美里《みさと》（三五）。

コメント欄にはそう記されていた。

蜂谷の説明に拠れば、風岡は墨田区押上《おしあげ》に小さな工房を構える現代の陶工だという。日本工芸会の準会員でもあるらしい。

〈mm〉の銘は当然イニシャルではなく、美里の漢字をニックネームで、小学生の頃から〈ミリ〉と呼ばれていたことによるそうだ。

習いたての〈ミリメートル〉から誰かがそう呼び始め、本人もまんざらでもなかったらしく、その当時からmmをサインとして使っていたらしい。

と、わずか四日足らずで蜂谷はこの風岡に辿り着いた。

というか、新海が〈mm〉の花押だかイニシャルだかを開示したとき、風岡美里の名前が即座に思い浮かんだという。

蜂谷には風岡美里という女性と、そもそもの繋がりがあったようだ。

それであの日、新井をさて置きスタートダッシュで押上に向かったらしい。

言い回しとしては少しややこしいが、風岡美里の作品を一時期、ずいぶん買っていた男を知っていると蜂谷は説明した。

風岡は、その昔は銀座や六本木でホステスとして店に出、そこで生活費を稼ぎながら作陶に打ち込んできた女性だった。

蜂谷は特に詳しくは説明しなかったが、〈一時期、ずいぶん買っていた男を知っている〉とは、その男性が一時期、風岡のパトロンだった、あるいは風岡にご執心だったという意味があったのかも知れない。

さて、ならそんな男と蜂谷の関係は――。

などと、考えても特に得るものがあるとは到底思えなかったので、新海は深掘りをあっさり止めた。

瞬間的に、世の中に様々あるハラスメントのうちの、いくつかの匂いがしたからだ。

少なくとも、今の情報には蜂谷の個人情報も含まれる。

人に歴史あり。

その歴史は、個人情報だ。

扱いは難しい。

と、そんな事々はさておき――。

蜂谷は、〈一時期、ずいぶん買っていた男〉の手元に現存したいくつかの作品を見たことがあった。それで気に入って注目し、自身でも二つ、三つ、風岡美里の作品を持っているらしい。

押上の工房はギャラリーにもなっており、一点物の依頼も購入も出来るという。

風岡美里とは本人の工房で、何度か顔を合わせたことがあり、知らない仲ではないらしい。

もちろん、刑事であることなどは聞かれなければ教えないのが普通で、蜂谷も公務員、としか伝えていないのは当然だ。

「ま、前進、前進と」

新海は呟き、手摺りに肘を載せてモゴモゴと呟いた。

浅草東署の屋上は、午後になっても陽射しを遮る影が出来ない。

午後三時は、日向《ひなた》ぼっこにはいい感じだった。

二月も下旬に入ったが、陽射しは全体的にまだまだ弱く、午前中だと肌寒く感じる日も多かった。

そよと吹く南風が、気持ちのいい午後だった。

今日は屋上に干してある仮眠室のシーツや枕カバーがよく乾く。

新海は肘に、顎を載せた。

気分はのんびりしたものだ。

本業の案件ではなく依頼による調査だということもあるが、なにごとも根を詰め過ぎて、いいことは何もない。

「ひとつひとつ。一歩一歩。牛歩牛歩。ははっ。これだと遅いか」

なんとなく呟き、なんとなく笑う気怠い午後。

人はアンニュイ、などと呼ぶ。

ひとつひとつに関する進展はたしかに少しずつだが、ただし、この午前中には安藤についても前進があった。

これは、新海自身がアンテナを伸ばした結果だ。

安藤に関して新海は、お台場のテレビ局にいる浜島を使った。

そこから系列の新聞社や雑誌社を当たらせた。

すぐに行き当たった。

安藤、安藤幹雄《みきお》は、実在するフリーライターだった。

まあ案の定というか、あまり評判は良くなかった。

恐喝紛《きょうかつまが》い、提灯《ちょうちん》記事。

逆に言えば、金にならないことは書かない男らしい。

(こういう崖《がけ》っぷちスレスレを歩く奴は、たいがいそれなりのバックがいるはずだけど、さあて)

大きく傾き始めた夕陽に目を細める。

あと二時間もすれば、陽が落ちる。

と、そんなことを思っていると、また携帯が振動した。

星川からだった。

年齢的にも、星川はもう足で稼ぐタイプではないから頻繁に連絡を入れてくるわけではないが、入ったときの破壊力は大きい。

報奨金の一回単価のアベレージは、おそらく星川が一番高い。

今回も結論から先に言えば、三千円だった。

――松濤会絡みを遠くから回そうと思ったら、ビンゴだったよ。八代ってのは、ただの堅気じゃあないみたいだね。

星川は八代隆也について、そんなことを仕入れてきた。

どうやら八代は、志村組の息の掛かった街金に近い男だった。

元々半グレ上がりのホストで、いい目も悪い目も出しながら現在に至るようだが、結局大成はしていないらしい。

裏社会に名が通れば、新海達の耳に入らないわけがない。

女衒の通り名は文字通りだが、しょせんは小者の域を出ないに違いない。

常に女を泣かせつつ、人生の裏街道で浮沈を繰り返しながら生きてきた男のようだった。

――それで五年ほど前、会員制クラブのオーナーになったようです。

星川はそう言った。

なるほど、この辺は静香の話と符丁が合う。

静香は、運が向いたとか金主が出来たとかと言ったが、それは会員制クラブのオーナーになったということか。

――けどね、係長。どうやら雇われオーナーみたいですよ。その店、志村の息が掛かってるようですから。

「えっ」

さすがに驚く。

と同時に納得もする。

道理で、瀬川が八代の話を聞いた足で、松濤会に向かうわけだ。

「へえ。志村組が関わってるんだ」

――いえ。組じゃなくて、志村善次郎個人が。オレアノっていったか、ゴルレアっていったか、店の名前は本人も覚えてねえって話ですが。

本人という言葉は引っ掛かるが、放っておく。

情状酌量は情報とのバーターにして、大いに有効だ。

「わからないっていうのは、いくつも持ってるからですかね」

新海の疑問に、それがですね、と星川は電話の向こうで笑ったようだった。

――まあ、それもないじゃないでしょうし、年齢が年齢ですから、忘れっぽいのはたしかですけど。今回のも、八代って名前じゃ思い出しもしませんでしたね。五年前くらいに始めた店って聞いて、ああ、あれかっていうくらいでしてね。

「じゃあ、なにが」

――元々は、鬼不動組の柚木達夫が持ってた店らしいですね。自分の遊び場っていうんですかね。バブルの頃は全国に持ってたみたいです。それを、ときどき二次や三次に下げ渡すようで。もちろん、儲かる店を、ですけどね。最近は不景気ですから。上納を緩めるわけにはいかないんでしょうが、シノギの足し、くらいにはってね。太っ腹っていうか、気っ風が良いっていうか。まあ、なんにしろ間違いなく昭和の親分気質だ。だから貰った志村にしてみれば、自分で付けたわけでもない店の名前ですから、余計わからないみたいですね。

なかなかいい情報だった。

ただ、そこまでであった。

――八代にしても店のことにしても、まあ、こんなところですかね。

「ということは、それ以上は無理ということですか？」

――腹を括れば、別ですけど。

星川は怖いことをあっさりと言った。

――住所とかね、正式な店名とか、聞いてもいいですけど。けど、聞いて何もなかったら、いえ、何もないのに何かしたら。問答無用の弁解の余地なしでこれ、抗争になりますよ。

浅草東署対志村か、鬼不動まで行くかな。

どうします？　と聞いてくるので、結構ですと答えた。

さすがに一回三千円ではそんなものだろう。

いや、むしろ濃すぎるくらいだ。

「ああ。じゃあ、安藤の方なんですけど」

――はい？

「名前がわかりました。安藤幹雄」

新海はお台場の浜島に聞いたことを話した。

「ついでいいから、聞けたら安藤のことも聞いといてくれますか?」

――さっきの件とはまた別ですから、大丈夫だと思いますけど。何か、係長に思うところでも。

新海は聞かれて肩をすくめた。

見えていなくとも、人はよく虚空にポーズを取る。

「特には何も。棚ぼた目指して。だいたいこういう馬鹿記者のバックって、誰かいるものじゃないですか」

――なるほど。

「とにかく、今回の情報はご苦労様でした。三千円」

――ありがとうございます。

いや、この情報に三千円ぽっちなのに、深々と頭を下げる感じで礼を言われると、こちらも恐縮して頭を下げてしまう。

「馬鹿みたい」

呆れ返った声がした。

振り返ると、近くに交通課の山下和美《やましたかずみ》がいた。洗濯物を取り込んでいるようだった。

山下は新海より階級も歳もひとつ下になるが、七年もいるので態度は大きい。

新海にとっては、最初ちょっとだけ可愛いかなと思ってしまったことを後悔する日々だ。

「勝手に見るな聞くな。マナー違反だぞ」

頭を下げたまま斜めに見上げる。すでに通話は切れていた。

「好《す》き好《この》んで見て聞いてたわけじゃありません」

「じゃあ、なんだ」

山下は腰に手を当てた。

「退《ど》いてくれません？　そこ、邪魔です」

おお、たしかに新海の頭の上で、小物ハンガーがクルクル回る感じだった。

「いや。それにしてもだなぁ」

と、またまた携帯が振動した。

まったく忙しいことだ。

見れば坂崎からだった。

新海は冷ややかな山下の前から三歩移動し、

「なんだ、こら。忙しいんだ」

思いっきり上体を起こし、これ以上ないほど胸を張った。

十七

——今どこだ。
麗らかな午後の陽射しに似つかわしくない、硬い声で坂崎は聞いてきた。
「署の屋上」
必要最低限を答えつつ、胸をそびやかした姿勢のまま空を見上げる。
行く雲が少し、茜色に染まり始めたか。
（ああ。まあ、それぞれに合ってるか）
少し笑えた。
一時間以上いたら、少し寒くなってきた。風が冷たい。
山下が洗濯物を取り込み始めたのもわかるというものだ。
のほほんと手摺りに寄り掛かり、長々と電話をする新海はたしかに邪魔だったろう。
内心で反省、しなくもない。
坂崎の硬い声は、夕映えも近い二月の空になら似つかわしかった。
山下の声も行動も然《しか》り、だ。こちらは年中無休だが。
人の声から、そこまでのことを思う。

思考の調子がいいというか、我ながら詩人だ、と思うと、だから笑えた。

向こう傷の芯が、外気を孕《はら》んでずいぶん冷えている感じだった。

――新海。なら、すぐにPCは使えるな。デスクに戻れ。

新海を強引に現実に引き戻し、坂崎の声はなお硬かった。

硬いということは、それだけで何かの合図だ。

「へぇへぇ。仰せの通りに」

だから逆らうこともせず、従順に三階の大部屋に向かった。

「声が硬いってことは、あれか。会館の事務所か？」

――ああ、そうだけど。たしかに、後ろでうちの公設ツートップは面白がってる。でも、だからじゃない。え、だからなのか？

長い付き合いになると、こういう会話も邪魔臭いが、意味がわかるから始末に負えない。

坂崎の思考は滅法早く、しかも常に並列にいくつも処理しようとする。

するとときに、思考に自他が混在してこんがらがり、自分のことも聞いてくる。

おかしなバグのようなものだろうが、頭が良過ぎるのも考えものだ。

せめて自分のことくらいは、自分で把握してほしいものだと切に願う。

事務所に限ったことじゃないよ、と答えて新海は三階の自席に戻った。

この日、三係は全員出払っていて、デスクには誰もいなかった。

――俺の声の硬さについては、もう少し詳しく聞きたいところだが、残念なことに今じゃないな。まずは例のニュース映像だ。新海、八代だけじゃなかったんだ。三日掛かったが、他にも見つけた。

催促され、ＰＣを起動する。

立ち上がりを待つ間に、新海は坂崎から説明を受けた。

「へえ。議員さんがね」

なかなか興味深い人物の登場だった。

ＰＣですぐに確認した。

――司会が手を伸ばす。で、カメラが動く。特設舞台からグルッと一周するだろ。その、ほら、一瞬女衒がまた映る。手を上げてるのがわかるか。

「ああ」

よくも見つけたものだと感心もするが、調子に乗せるのは癪に障るから口にはしない。

コマ送りにした映像には、たしかにサングラスを掛けた、八代と同じような歳回りの男が見受けられた。

坂崎が言うように、八代の動作に反応して、手を上げ返そうとしているのは明らかだった。

――確認出来たか。サングラス。

「出来た」

――それが去年、お前に教えて貰った稲尾だ。千葉九区の、稲尾健太郎。

この間に、新海はもう一台のラップトップを起動させた。

外部のネットワークに接続されたPCだ。

〈稲尾健太郎〉で画像検索を掛けた。

坂崎ほどではない、それなりの〈優男〉で、瀬川ほどではない、それなりの長身が液晶画面にいくつも並んだ。

新海の記憶に印象は薄いが、言われれば見た覚えがないわけではなかった。

警察学校の初任科でも、捜査専科講習でも記憶術は繰り返し叩き込まれる基本中の基本だ。

稲尾は、年齢は間違いなく四十は超えているはずだが、どの画像ももっと若く見えた。

スナップ写真もあった。

画像の修整ではなく、滲み出る若さ、といったものか。

ただし、年齢に見合わない若さは、我欲で下支えされる、場合が多い。

こうなりたい、こうありたい、こうしたい。

なんとしてもと思うか、出来ればと思うかは分水嶺《ぶんすいれい》だ。

欲目と願望は、似て非なるものだから。

少し茶色の入ったさらさらヘア。健康を印象付ける肌の色。切れ長の目、細い鼻筋。唇の厚さだけ少し野暮ったいかとも思うが、そこに男性的フェロモンを感じる向きも多いかもしれない。

大学生の頃、水商売のアルバイトをして人気があったというのもあながち嘘ではなさそうだ。

まあ、容姿に関してあれこれ、あまり人のことは言えないが、稲尾から受ける印象はクレバーというより全体的に、

〈チャラい〉

このひと言に尽きた。

そう思ってニュース映像を見れば、サングラスでカバーしてはいるが、顔の輪郭や全体の雰囲気といい、背格好といい、男に稲尾の特徴は明らかだった。

間違いようはない。

「それにしてもまったく、今回は登場人物の幅が広い」

息をついた。

――なんだ。溜息か。

「溜息？　いや。ああ、そう聞こえても仕方ないか」

登場したところで、稲尾は国会議員だ。

調査の目的である坂崎浩一議員も国会議員は同じだが、こちらは息子の依頼、つまり友達の父親であり、新海自身旧知という気安さもある。

対して稲尾は、新海からすれば遥かに遠い。

互いに、〈見ず知らず〉の国会議員と所轄の一警察官だ。

しかも、やっていることは署としての正式な案件ではない。

何かあったところで、令状が取れるわけもなかった。

どう触っていいか、今のところ妙案は思い浮かばない。

――まあ、わからないでもないが。俺も、見つけたと言ったところで、じゃあ何がとは即答出来ない。けれど、点が線になれば向きが見える。その程度には使えるだろう。と、俺も今言えるのはそのくらいだが。

後はよろしく、と言って坂崎の電話は切れた。

(さてさて、だ)

新海は暫時《ざんじ》、自席でそのまま椅子の背に大きく凭《もた》れ、USBの映像を見るともなく眺めた。

ニュースのライブ映像だけではない。

お台場の浜島が落とし込んでくれたすべてだ。

坂崎浩一、八代隆也、柚木達夫、志村善次郎、安藤幹雄、風岡美里、そして、稲尾健太郎。

人ばかり多いが、関わりはまだなにも見えない。

かろうじて、安藤が浩一に脅しを掛けたくらいか。

それにしても真相はまだ不明だ。

予断ばかりが四方八方に走る。

本放送動画が終わると、四台のカメラによる生映像が順番に始まった。

放送外のアンカーマンの態度や言動が生々しかった。

見るのは三度目だが、アンカーマンのオッサンのオンとオフの切り替えは、なかなか見飽きなかった。

と――。

椅子を軋ませ、いきなり新海はデスクに前のめりになった。

マウスを操作して映像を前後に送り、目を凝らす。

一台のカメラに新海は引っ掛かった。

映像の端に、一瞬上がる手が映った。

坂崎に言われたからわかることだが、一度認識すれば警察官としての注意力は発揮される。

間違いなく八代の手だった。黒い腕時計が特徴的だった。

そのカメラはどうやら群衆近く、八代の後ろ側に陣取っていたようだった。

映像フレームの中にはその後、少し遠かったがサングラスの稲尾健太郎が映った。

軽く肩をすくめ、両手を広げるポーズがおそらく、八代の振る手への反応だったろう。

「あらら。へえ」

感嘆しきりに、新海はまた椅子の背に凭れ掛かった。

「点と線で、向き、ね。坂崎も上手いこと言ったもんだ」

八代の先に稲尾をつなげてみると、その先にさらに見えるものがあった。

ただし、坂崎では何度見てもわからないはずだ。

瀬川ならわかるかもしれないが、わかるまで意識を傾注して見続ける根気と集中力は、断言していいが、あのヤクザなテキ屋にはない。

おもむろに立ち上がり、新海は階段に向かった。

四階を通り越し、再び屋上に上がる。

空はますます茜差す夕空に変わり、吹く風ははっきりと冷えていた。

外を歩くなら、もうコートが必要だ。

山下も洗濯物も、もう屋上には見当たらなかった。

新海は携帯を取り出し、メールを打った。

〈今、いいですか〉

それだけ送り、表通り側の手摺りに寄った。

肘を載せる前に、早くも携帯に電話が掛かってきた。

「もしもし」

――久し振りだな。

鉄の鈴を震わせるような声は前年、太田京次の事件の折り、新海達と敵対した公安警察的裏組織、通称〈HU〉に所属する、銀縁眼鏡のものだった。

男は名を、時任秀明《ときとうひであき》といった。

十八

午後二時半の約束を時任から取り付け、翌日、新海は浅草寺に向かった。

指定場所は、本堂の西側広場、〈味自慢　モコ〉だ。

特に目立った行事もない金曜の午後は、浅草寺ものんびりした雰囲気に包まれる。

仲見世に賑わいがないわけではないが、大半は外国人観光客によるものだ。屋台のカウンターにまで波及するわけでもない。

新海は約束より三十分以上早い、一時五十分にはモコの暖簾をくぐった。

「おっと、こりゃあ。毎度ご贔屓さんで、有り難うございやす」

店長の松田がコック帽の頭を下げた。

案の定というか、新海のほかに客はいなかった。

愚弄《ぐろう》するわけではない。

これは味や店長の人柄の問題ではなく、場所と営業スタイルの問題だ。

「店長。いつもの見繕いで。ああ、後でもう一人来ます」

へぇい、とコック帽をかぶってはいるが寿司屋の親方のような返事で、店長はまず瓶ビールを出してくれた。

コップに手酌で一杯やると、

「へい。お待ち」

深めの皿に入った、湯気の立つジャガイモとニンジンと三本のソーセージがカウンターに出された。

見繕いの定番だ。

と、ほぼ同時に、新海の背後に人が立った気配があった。

すぐに暖簾が分けられた。

「ここは、なんの味自慢だ？」

背後から、以前よりだいぶ人がましくなった時任の声がした。

「おや。もう少し遅いと思ってましたが」

新海は軽く肩越しに振り返った。

「人に先んじるのはお互い、仕事柄だろう。お前が早すぎだ。まあ、地元の利かな」

時任は、普段は富坂署警備課に勤務する警察官だった。

富坂署は小石川にあり、東京ドームシティを管内に有する。

と同時に時任は、合法非合法を厭《いと》わない公安警察的裏組織、HUの一員でもあった。

このHUとは、警察庁警備局警備企画課に統括され、チヨダ、ゼロと改名されつつ密かに続く、公安警察的裏組織の現在の名称だ。警備企画課に二人いる理事官の内の一人が統括で、その警視正は代々裏理事官と呼ばれた。

トップが警察庁の理事官である以上、ひとたび指令が下れば所轄の事々は後回しだ。いや、それ以上に、公私の別なく何を置いても優先されるべきは、HUの任務ということになる。

HUの呼び方はそのままヒュー、で正解のようだ。ヒューマン、ヒューミント、ヒューマン・アセスメント、なんだか知らないが、そんな感じのヒューらしい。

時任には前年の太田の事件の際、敵対の最後には助けられた。以来の付き合いだ。といって、互いに情報のやり取りくらいで、この年に入ってからは、面と向かって会うのは初めてだった。

新年の挨拶もしていなければ、しなければならないような間柄でもない。

時任は新海の隣に座った。

銀縁眼鏡の位置を直し、屋台の中をしげしげと眺める。

「こういう場所も、悪くないな」

一人で納得してから時任は、こいつと同じ物を、と店長に注文した。

新年の挨拶をする仲ではないが、お前やらこいつやらと呼ばせるくらいには、まあ、気安い。

階級は一緒だが、時任の方が新海よりだいぶ歳上だった。

なので、ビールの一杯を待ち、洋風おでんの味見くらいも待った。

その後、新海は持参したタブレットPCをカウンターに載せた。

ニュース映像を何度か動かし、狙いを端的に説明する。

「ほう」

次第に、時任の目にHUらしい冴えた光が宿るが、一声の感嘆以外、口は真一文字に引き結ばれたままだった。

説明を終えると、時任はしばらく呑み食いに没頭した。考えているようだった。

やがて、店長に自分の勘定を頼んで立ち上がった。

一万円札を出した。

店長が裏手で手金庫に向かっているうちに、

「やってみよう」

と、時任は呼吸に混ぜるように言った。

「ただし、出来ることの範囲は狭い。言ってなかったと思うが、もう俺はあそこの所属ではないのでな」

あそこ、HUのことか。

意外だった。

「――それはまた、なぜ？」

新海はカウンターから見上げた。

「なぁに。単なる年齢制限だ。勇退、だな。人によっては、出所《しゅっしょ》とも解放とも言うが」

店長が戻ってお釣りを受け取り、時任は暖簾に手を掛けた。

「時任さん」

ふと新海は呼び止めた。

「時任さんにとってはどうなんです？　解放、ですか？」

「そうだな」

時任が、少し晴れたように笑った。

「逃げなかった、と、感想はそれだけだ。他にはなにもない。――ただ、一度中に入ってから外に出てみるとわかることもある」

「ろくな部署じゃない」

「なんでしょう」

また連絡する、と言って時任はモコを後にした。

新海はそのまま残り、瓶ビールをもう一本注文してから携帯を取り出した。

電話とLINE、それぞれに着信が入っていた。

どちらも蜂谷からで、時間的には電話の方が先だった。

時任にニュース映像の説明をしているとき、携帯が振動したのはわかっていた。新海が出なかったのでLINEに入れたようだ。

ビールを呑みながら、LINEを開いた。

「うわっ」

思わずの一声は、アルコールがもたらしたものか。

蜂谷がまず電話、つまり口頭で説明しようとしたくらいだから、LINEは画面が埋まるほどの長文だった。

蜂谷はこの日も、客を装って風岡美里の工房に行ったようだ。

昼過ぎになっても他に客はいなかったようで、誘われてランチを一緒にしたらしい。

新井が離れず、仕方ないので夫婦ということにしたという愚痴が困ったちゃんスタンプ満載に記入されてもいた。

が、これがかえって安心感に繋がったかも、という真逆な書き込みもニコちゃんスタンプとともにあり、この辺はまあ、ビールの当てとして流して読んだ。

以降はしばらく、風岡美里の来歴に等しかった。

風岡は一時期、作陶に専念しようと一念発起したことがあるらしい。

ホステス時代の蓄えを元手に、工房を開いたのもその頃だという。

数えれば、どちらも二十七歳前後のことになる。

思いはあっても、なかなか世間的な評価はついてこなかったようだ。

作陶一本で食べてゆくのは並大抵なことではないだろう。

才能や覚悟があっても、それだけで飯は食えない。

二年と経ずに、風岡は昔の伝手を辿って平日はまた、夜の店に出るようになったという。

ただし、今度はホステスとしてではなく、裏方としてだと風岡本人は自嘲したようだ。

――水代わりに呑むようなお酒は、もうきつくて。でも、生活的には助かるし、出会いもあるのよ。会員制のお店で、皆さんそれなりに地位も財力もある方達ばかりでね。ときには作品を見てもらって、気に入ったら買ってもらったり。ふふっ。昔みたいに、ほかに目当てがあってひと山いくら、なぁんて買われ方はもうないけど。それに、そんな丁々発止にも、もう疲れちゃって。

それとなく聞くも、会員制なだけに店の名前は教えてもらえなかったようだ。

しつこくしても変なので深く追及はしなかった、と書いてあった。

(なるほど。そこが大臣と風岡の接点かな)

新井が週明けから張り付くつもりで張り切っているという一文があり、文末では応援系の愛らしいスタンプが動いていた。

なんだかんだ言っても、二人の相性は悪くないようだ。

気にさせることなく放っておけば、なかなかのコンビに育つ、かもしれない。

三千円、と蜂谷に情報の評価を送り、手酌でビールを吞む。

すぐに二本目の瓶も空になった。

勘定を支払ってモコを出る。

その後は、署に向かうつもりだった。三時過ぎには着くだろう。

言問通りに出、馬道を過ぎた辺りで蜂谷から返信があった。

〈工房でコーヒーカップ買ったんですけど、出ませんか?　千五百円〉

即、出ませんと送れば電話が鳴った。

蜂谷かと思ったら、お台場の浜島からだった。

——おい。うちの報道局から連絡があった。ホヤホヤの情報だ。

声に熱が感じられた。

吞んだ後には、少し鬱陶しいトーンだ。

「なんだ」

――お前が気にしてた安藤が、ネタを週刊誌に売り込んだらしい。三流のゴシップ系んとこだ。『週刊＋＋＋』って、お前も知ってるだろ。

「なんだぁ？」

同じ言葉の繰り返しは衝撃の大きさを物語るが、一回目と二回目ではニュアンスはまったく違う。

この辺が日本語の面白いところだ。

いや、それはどうでもいい。

「なんだなんだ」

――詳しくは教えてもらえなかったし、その辺はルールだろうが、とある大臣の女関係ってことだ。どっかの店のホステスってことらしいが。

「ちょっと待て」

引っ掛かった。

「ホステス、なのか？　間違いなく。痩せた三十五歳の裏方さんじゃなくて」

――なんだそれは。おう、間違いなくホステスだって聞いたぞ。写真もあるらしい。

「ホステスっていうと、キュッてなもんで、バイーンて感じで」

――そりゃあ、大臣の女関係なんだから、キュッでバイーンなんじゃないのか。綺麗な娘だって聞いたぞ。

「そう、なのか」

何か解せないが、仕方ない。

現実は推論より奇なり、だ。

——とにかくネタがネタだからな。あっちでもどうするかを検討中らしいが、ネタと安藤の信憑性《しんぴょうせい》、その辺りのバランスかな。うちの〈＊＊＊砲〉だと、売り込みはそれだけで排除なんだが、あっちは後発だからな。一か八か、イケると踏んだら多少の危険は覚悟で載せちまうかもしれない。あっちは月曜発売だから、来週号は無理だとしても、再来週号には載るかもな。

〈＊＊＊砲〉とはお台場系列の出版部が発行する『週刊＊＊＊』によるスキャンダルスクープのことを指す。芸能界、政・財、スポーツ界を問わず、権力にも暴力にも屈しないのが売りだ。

その証ではないが、ドキュメントと称し、誌面上だけでなく、LIVEと称した突撃取材によるデジタル動画配信もある。

ネーミングは言い得て妙で、被弾した相手が受けるインパクト、ダメージの大きさから〈砲〉と名付けられた、らしい。

が、ときに思うほど社会的衝撃がなかったりしたときは揶揄する意味で〈空砲〉とも呼ばれ、逆にデカすぎたときは〈バズーカ〉などと呼ばれたりもする。

要するに世間に広く、青臭い道徳や正義を問う媒体だ。

ただし、この青臭さは〈＊＊＊砲〉にのみ限定される。

浜島が口にした後発の三流ゴシップ系の『週刊＋＋＋』などは、総じてなんにでも食いつき、ときに齧ったただけで後始末もせず放り出す。

〈＊＊＊砲〉に対し薄く広く、〈拡散砲〉などと揶揄されて呼ばれるのは、ゴシップ系らしくそんな所以《ゆえん》だ。

ともあれ――。

〈＊＊＊砲〉には真正面から当たって砕ける潔さがあるが、拡散砲にはそれがない。

政治家、特に大臣クラスになると、〈拡散砲〉の方がダメージは大きいか。

(ちょっとマズいかな)

さて、坂崎とどんな話をしよう。

〈瀬川砲〉も使ってみるか。

そんなことを考えていると、いつの間にか浅草東署が近かった。

「ん？」

目を凝らすと、間違いなく町村が四階の窓から身を乗り出し、手を振っていた。

「おーい。新海く――ん」

どうも、どこからでも生の声で呼ばれるのが恒例になってきた感がある。

それでも呼ばれれば相手は署長だ。ポーズでも走って戻る。

アルコールが超特急で血管を巡る気がしたが、こういう場合、〈俺の知ったことではない〉として自分を突き放す。

七十メートルを走るより四階まで駆け上がる方が、気のせいではなくきつかった。

向こう傷が、輪郭がわかるほど冷えていた。いや、その他の額部分が熱かった。

「お呼びですか」

「呼んだだねえ」

椅子から立ち上がり、町村はさも楽しげに新海の前に立った。

「なんでも屋仕事で、君をご指名だよぉ」

「は？」

「今度の日曜日のイベントさ」

赤坂の航空会社系ホテルで、〈家族の大切さを感じた瞬間・全国中学生作文コンクール〉の表彰式があり、坂崎浩一国家公安委員会委員長が出席するという。

これは、歴代国家公安委員長の吉例らしい。

その後、受賞者を交えた懇親パーティーがホテル自慢のガーデンで開催される。

「君はじきじき、委員長からガードにご指名だってさ」

指名料は高いよねぇ、と、もしかして勝手な交渉を念頭に、それで町村は楽しげなのかもしれない。

なんにせよ、

（なんとなく事態が、バタつき始めたかな）

新海は署長室の天井を睨み、そんなことを確信した。

十九

日曜になった。

赤坂の航空会社系ホテルには朝から、人騒がせなほどの喧噪《けんそう》があった。

坂崎浩一国家公安委員長・内閣特命担当大臣による、初めての醜聞が『週刊＋＋＋』に掲載されるという情報を聞きつけたマスコミが、大挙して押し寄せたからだ。

この日浩一は、〈家族の大切さを感じた瞬間・全国中学生作文コンクール〉の表彰式に、プレゼンターとして出席した。

――委員長。

――大臣っ。お話、伺えませんか。

――坂崎大臣。だいじーんっ。

雲ひとつない青空に、そんな呼び掛けばかりが響いた。

午後に入り、インカムをつけた新海は開放型庭園に立っていた。

（騒がしいっていうか、喧しいな）

浩一は庭園の中央辺りで、受賞者の中学生達を交え談笑中だった。

ガードチェーンに仕切られた庭園の外の、うねるようなマスコミの波を気にした様子もない。

かえって、受賞者の中学生や保護者達の方がソワソワして見えた。

晴れの日に、プレゼンターの醜聞の方にスポットが当たるなどとは、不運を通り越して気の毒としか言いようはない。

浩一は息子に、

――この先、まあ何か起こるかもしれないが、何が起こっても気にするな。問題は何もない。正論も正解もすでに、この手の内にある。

などと言ったらしいが、その正論や正解が、〈家族の大切さを感じた瞬間・全国中学生作文コンクール〉の栄光を地に落とす結果を招いているとは言えないか。

いや、間違いなく言える。

（と言ったら、俺の首も間違いないだろうけど）

宮仕えの侘《わび》しさを再確認しつつ、新海は持ち場の開放型庭園に目を光らせた。

ホテルが自慢するだけあって、庭園は手入れの行き届いた豊かな緑と花々が見事だった。表通りからホテル裏の山の手へ上がる丘陵地をそのまま通り抜け可能とした敷地は、地域の散策路としても愛されているらしい。ときに部分的なガードチェーンでプライベート空間として区切られ、結婚式などにも使われるという。

が、言い換えれば、どこからでも人の出入りが容易な空間、ということにもなる。ガードチェーンとは侵入を不可能にする物ではなく、進入禁止を懇願する道具に過ぎないのだ。

要人を警護しようとするなら、このホテルの庭園は不向きこの上ない、厄介な場所だった。マスコミと睨み合うポイントには、午前中からかなりのSPも配されていた。

このSPは当然、普段から警護を受けようとしたこともない浩一側からでなく、騒動を危惧した与党本部からの要請だと新海は聞いた。

いきなり降って湧いた醜聞の噂に、始末に負えない開放型庭園。

警備計画も人員の確保も一杯一杯だったようだ。

管轄である赤坂署からも、数えるのも面倒なくらいの警官が動員されていた。

大規模署だから出来る芸当だが、そんな芸当が出来る所轄の管轄内でなければ、そもそもそんなホテルもないだろう、と変なところで新海は納得した。

人員の掻き集めに必死な警備部のどさくさに紛れ、新海ただ一人が、大臣本人から直々の臨場要請だった。

時刻を確認すると、二時半を回っていた。

(後三十分か)

浩一はこの後、遅くとも三時にはこのホテルを出て、公務で福岡に飛ぶらしい。

坂崎はその件で、すでに羽田に待機しているということだった。

親子でまあ、忙しいことだ。

すると、ひょこひょこと新海に近づいてくる男があった。

この日の最初に声は掛けられていた。

大臣の政策秘書の小暮だった。

とにかく面白い言葉遣いをする。

「大臣が呼んでいますな」

それだけ言って離れていった。

まるでお茶を載せると動く絡繰《からく》り人形のようだった。

言葉遣いだけでなく、動きも面白いと認識する。

浩一はホテルの建物側の庭園の隅、マスコミの目から死角のベンチに座り、ゆったりと足を組んでいた。

「何がどこまで進んだのかな」

「は？」

労《ねぎら》いもなにもなく、浩一はいきなり聞いてきた。

性急というより、無駄が嫌いなのだろう。

嫌いなことは、新海も嫌いではなかった。

「倅と探っているのだろう？　うちの秘書から大まかには聞いている」

「あら。ご存じで」

惚けてはみるが、やはりと思う。

浩一は新海の目から見ても傑物だ。

それくらいは見抜いて当たり前だろう。

「何に引っ掛かったかな」

「そうですね」

聞かれれば答えざるを得ない。相手は大臣にして、国家公安委員長だ。

隠すとためにならないというのは、ドラマの中の悪党の台詞だけではない。

蕎麦で咽せ、蕎麦を残し。

浩一に話すのは父の十年一日に対する、息子の観察眼だ。

「そうか。あいつも、そのくらいを見る目は出来てきたか」

浩一は頷いた。

納得したようだ。

「まあ、君も含め、フットワークとネットワークに期待するところはある。いや、許すところか。で、何がわかった」

浩一は新海らが進める調査の深度、あるいは確度、その辺を見極めるべく新海を呼んだようだった。

（へえ。そういうつもりなら）

逆手に取って探るのも手か。

向こうが海千山千の大臣なら、こちらも入庁六年の警察官だ。

……少し弱いか。

「えーと、ですね」

浩一が立った蕎麦屋のテレビ。

千葉九区の稲尾健太郎。

女衒の隆也こと、八代隆也。

「女衒？」

浩一は訝しげな顔をしたが、鵜《う》呑《の》みには出来ない。

ポーズかも知れない。

「女衒の、とはまた、ついぞ聞かない古めかしい呼称だな」

「またまた、とは？」

「いえ。ちょっと鎌掛け用の鎌を振ってみただけですが。――どちら様でしょう」

「それも鎌かな？　知らん」

「ああ。そういう名前ではご存じない、と」

首を振り、浩一は静かに、続けろと促した。

店のことを少しだけ。

オレアノといったか、ゴルレアというのか。

「なんだ。フワフワした情報だな」

浩一の表情がかすかに緩んだ。

ということは星川には悪いが、この店名には大いに問題ありか。

笑われるほどの。

「出所がまあ、フワフワしてまして。ただし、鬼不動組まで絡んでます」

「鬼不動？」

浩一の目が光った。

さすがにそこまでは知らなかったようだ。

続けて、間を空けず安藤のことに入る。

「おそらく裏に誰かいるような気もしますが、うちの部下の調べでも、ヤクザとの繋がりは見えません」

「そうか。他には」

「直結しそうなところは、ここまでですが」

浩一の目に宿る光が、あからさまに消えた。

わかりやすいと取るか、切り替えが凄まじく早いと取るか。

「なんだ。それだけか。少ないな」

「超々弱小署でして。予算も使える人員も、自慢じゃありませんが交番クラスです」

「情けない。もう少し使えると思ったが」

吐き捨てられて少し癪に障った。

障ったから触ってみる。

これは、勢いというヤツだ。

「言われたくないですね。親父さんこそ、〈家族の大切さを感じた瞬間・全国中学生作文コンクール〉のプレゼンターですか。笑えますね」

「なんだ」

「寡暮《やもめぐ》らしに蛆《うじ》が湧《わ》くって、言いませんでしたっけ?」

浩一はかすかに笑った。

「叩けば出る埃《ほこり》か。知っているではないか。小出しにするな」

「えっ」

いけない。

引っ掛かったというか、逆に引き出されたかもしれない。

傑物対一介の警察官は、だいぶ警官が弱かった。

こうなれば自棄《やけ》だ。全部乗せの全部出しに限る。

捨ててこそ浮かぶ瀬も、あるやら、ないやら。

「mmって、わかりますか。陶器の銘です。部下が持ってまして」

ピク。

（おや）

かすかな反応があった。

瞬間的に、はたと気が付いた。

浩一は愛妻家で有名だった。

思えば醜聞も、虚実は別にして今回が初めてだ。

畳み掛けるように餌《えさ》を投げてみる。

「ああ、うちの部下、昨日も買ったって言ってたな。千五百円のコーヒーカップ」

ピクピク。

「風岡美里さん」

ピクピクピク。

「どうやら彼女との接点は、もしかしてそのフワフワした店ですね。なんでも彼女、裏方だとか」

ピクピクピクピクピク。

まるでヘラブナ釣りのウキのようだ。

ヘラブナなら、絶対もう掛かっている。

この大臣は政経には卓越していても、男女のことには純情可憐な親父かもしれない。

少し面白かった。

「大臣も大量に買ってるみたいですね。パトロン、ですか？　ただ、安藤に探られた方、キュッでバイーンの方はまあ、寂しさやらなにやらで納得は出来ますが」

「ん？　なんだ？　キュッでバイーン？」

「いえ、こちらの話。ただそうなると、風岡さんの存在が浮き上がります。関係がイマイチつかめません」

「関係もなにも、そっちは無関係だ。陶器繋がりだ」

「けど、そんな趣味はなかったと倅さんがキッパリ言ってますが」

「あったのだ。あいつが知らないだけだ」

「と、言われましても」

「拘るな。一切、関わりはないのだ。これだけは断言できる」

「うーん。どうでしょう」

「くどい男だな。子供の頃はもっと素直だったと思うが」

「そちらも、もっと真っ直ぐだったような気がします」

「ふむ」

浩一は一瞬考えた。

「ともあれ、新海君。ここまででいい、もう手を引け、と言ったら、聞くかね？」

新海は肩をすくめた。

「中途半端は気持ちが悪いものですから」

「そうか。まあ、昔からそういう男だった。そういう男に、倅は助けられたんだったな」

「恐れ入ります」

新海は軽く頭を下げた。

「それに、その倅さんもきっと納得しませんよ」

「――まあ、そうかも知れない」

浩一は座ったまま、庭園に遠い目を向けた。

「稲尾が私を引っ掛けようとする目的を明確にしてから、とも思ったが、ミイラ取りがミイラにされた感はさすがに否めない」

浩一が一件について、自らの口を開いた瞬間だった。

新海は密かに、大きく息を吸った。ここからは本筋にして、その一挙手一投足も見逃せない。

額の向こう傷が、程よく冷えて感じられた。

上々だ。

「ああ、やっぱり九区の議員が大いに関わっていると」

「そうなるな」

浩一は頷いた。

「ただ、鬼不動の名まで出ては、私も少し迂闊だったきらいはある。認めるしかないな。──仕方がない」

あとは頼めるかね、新海君、と言いながら、浩一はベンチから立ち上がった。

「ただし、この後は風岡さんには触るな。だいたい彼女はもうすぐ──。あ、いや、それはいい」

「なんです?」

「いいのだ。とにかく、彼女には触るな。それが前提だ。実際、天地神明に誓って関係はないのだから」

「その辺が正論、正解ってやつですか？　いやぁ、どうかなあ」

少しの嘲笑《ちょうしょう》を見せつけてみる。

「なんだ」

ほぼ真正面から射込まれるような浩一の眼光には、なんとも言い難い強い力が感じられた。

なるほど、大臣にまでなった男の目だ。

ただし、新海は退《ひ》きもしないし、動じもしない。

そんな目は、ヤクザの親分で慣れている。

「さすがにそれは無理があるっていうか、これでしょう」

新海は、自分の眉の上を指でなぞってみせた。

「眉唾《まゆつば》だと？」

しかし浩一は怒らなかった。

かえって、少し呆れたように笑ったか。

「訂正しよう。いい刑事になったようだ。曲者の匂いは大いにするが。――まあ、その方が心強いか。なら、そうだな。新海君、この件、費用と前提のバーターでどうだ」

「え、費用。ご存じで」

さすがに少し驚いたが、

「今に始まったことではあるまい。執務室でそんな交渉を倅とすれば、私は別にしても、必ず小暮や西岡の耳に入る」

と聞けば納得だ。

「倍、出そう」

ピクリ。

しまった。眉が動いてしまった。

「ふむ。三倍」

ピクリピクリ。

いけない。表情を見られているにも拘らず、止まらない。

「五倍」

ああ、終わった。

「了解しました。お任せください」

自制心とプライドは燃え尽きた。

真っ白な灰になった。

いや、どちらかと言えば、真っ黒か。

「うむ。よろしく頼む」

浩一は淀《よど》みない所作《しょさ》で、懐から取り出した封筒を新海に差し出した。

（ぐわっ。なぁんか、やられた感じだなあ）

受け取りながらも、新海は内心で思わず唸った。

浩一はすべてを見越し、見通し、最初からそうするつもりだったに違いない。

「今度の一連の概要だ。取り急ぎでまとめた。私見も入っているが、間違いはないと思う」

周到なことだというか、狸《たぬき》だ。

委員長、と警備の責任者から声が掛かった。

浩一が一歩前に出た。

それだけで、浩一の姿はふたたびマスコミの前に晒《さら》された。

遠くからもの凄い数のフラッシュが焚《た》かれた。

日中にも拘らず、落雷のような光量だった。

委員長、大臣、ひと言と、代わり映えもせず騒がしい。

「ああ。そうだ。コーヒーカップだったか」

浩一は眼下に新海を見た。

「それを買った君の部下に、ひとつ伝えて貰おうか」

「はあ」

「mmの器はね、いい物だ」

浩一は、ゆったりと笑った。

その表情が、なんとも柔らかだった。

じゃあ、と去る浩一を、新海はしばらく見送った。

食えない狸は食えない分だけ、観賞用としては実に愛らしい、不思議な生き物だった。

二十

新海は、浩一が去ったホテルのラウンジで、珈琲を飲みながら食えない狸の書簡を読んだ。

さすがに坂崎の親父だけあって、概要という割にほぼほぼ詳細に近かった。

部分的に取り急いだという言葉通りの歪みはあったが、そこは新海が補正した。

【毎年、十一月の下旬に派閥の忘年会が銀座である。そこから三々五々散るのが恒例だ。

私はいつもなら領袖の加瀬外務大臣と同行するが、今回は違った。党の重鎮である金沢《かなざわ》洋《よう》平《へい》議員に誘われたからだ。金沢さんは同じ千葉選出の議員で、いわゆる好々爺《こうこうや》で通っている。知事にも近い。

初めての誘いだったので乗った。他にも中堅が二人一緒で、一人が〈北学会〉の会員だったので気を許したということもある。

もう一軒銀座を回り、そこで中堅の二人とは別々になった。お開きになるのかと思ったが、金沢さんは放してくれなかった。

「坂崎君。面白い店に連れて行ってあげよう。穴場でね。他の誰にも話したことはないんだが、君は特別だ。いや、次期幹事長、千葉の星にね。なんとか最後にもうひと花、頼みたくてね」

そんなことを言っていたか。胡散臭さを感じないわけではなかったが、たかが酒の席だと高をくった感は否めない。

その後移動したのが、今回の依頼に大きく絡む小岩にある会員制クラブだった。正確に言えば、秘密会員制か。

〈オルケノ〉、〈オディフィナ〉。

さて、意味の通らない造語らしく、店の名前は今でも覚えられない。

金沢さんが前もって連絡したようで、丸川《まるかわ》という新自党会派の区議会議員と、店のオーナーだと名乗る男が待っていた。名刺には高橋和夫《たかはしかずお》とあった。

「議員の紹介で、私も贔屓にさせて貰ってる。坂崎君。会員制の意味はわかるかね。絶対外に漏《も》れない、ということだ」

金沢さんはそう説明していた。丸川とは古い付き合いだとも聞いた。

店は、一見すると料亭のような作りだった。事実、その昔はとある有名料亭の別亭だったものをリノベーションしたらしい。敷地も木造の建屋も、外見の印象以上に広かった。

店内はほとんどが個室で入口も二方向あって、出入りから絶対他人と出会わないように管理されていた。本当に隠れたい者、あるいはスリルを味わいたい者、そういうコンセプトが最初は間違いなくあったと後で聞いたが、納得出来る作りだった。潜ると入ってすぐ右手に暖簾が掛かり、そこだけ小料理屋のような造作になっていた。一枚木で作ったカウンターがあり、京風のお飯菜《ばんざい》が所狭しと並べられていた。

客席はカウンターに面したスツールだけの六席で、その奥が昔からの調理場になっているようだった。

カウンター内には、割烹着《かっぽうぎ》姿の従業員が一人、専従でついていた。それもコンセプトらしい。店内はそこでだけ、料理らしい料理が味わえた。

この従業員が、風岡美里という女性だった。

店全体としては、本来なら風営法の三号営業に店内の見通しで引っ掛かるが、ここに区議会議員の意味があったと推論できる。

「じゃあ、坂崎君。ここからは別だ」

店に入ると金沢さんは消えた。代わりにオーナーが連れてきた、店のナンバーワンというホステスが私についた。リリカという源氏名だった。

たしかに若く綺麗な女性だったが、特に関心はなかった。嘘ではない。ただ、店の雰囲気は気に入った。中でもカウンターの呑み食い処は、心が落ち着いた。これも嘘ではない。銀座にも負けないレベルのホステスと、銀座を超えるコンセプトや造作の同居。金沢さんが言うのと同じ意味かはわからないが、たしかに面白い店だった。

私は去年内にも一人で何度か通った。席にではなく、行けばカウンターにだ。ほぼ独占だったが、居心地がよかった。

風岡さんとは、最初からずいぶん話をした。私にはドレスより割烹着の方が話しやすかった。陶芸について詳しくもなった。

オーナーの高橋には、カウンターがお好きなんですか、と聞かれもした。もちろん、リリカに入れあげて、という勘違いが前提にあることは言うまでもない。指名はしなかったが、行けば常にリリカが隣についた。特に断りもしなかった。

すると、年が明けてからはリリカの誘惑が露骨になった。金沢さんの言う面白さとはそっちかと初めてわかった。気に入れば愛人契約まであると、そういう店だった。でなければ小岩で銀座と張る、あるいは超えるような、ホステスも規模も維持は難しいのだろう。

ただし、法規制の網の目を掻い潜るという意味では楽かもしれない。

リリカの誘惑は激しかったが、手など出すわけもない。私にそんな気は最初からなかったとは、前述した通りだ。

ただそうすると、行きづらくなり居づらくなった。なので試しに、カウンター内の風岡さんを指名してみた。オーナーには驚かれた。必要経費は払うと言ったが、そういう契約の女ではないからと最初は断られた。

では、カウンターの占有代として支払おうと粘《ねば》ってみた。誰かが座っていると出てこない後ろ暗い奴がほとんどの店の、唯一の料理処を、行けば常に占有していた。料理の売り上げダウンも馬鹿にならないだろう。

オーナーは考えた後、リリカの指名・同伴・同席込みでならと、渋々OKしたものだ。

結果として、それが良かったか悪かったかの判断は、今後に委ねられる。

私がなぜリリカの挑発に乗らないのか、なぜわざわざ調理場の女を指名するのか、向こうは向こうで逡巡《しゅんじゅん》したようだ。

死せる孔明《こうめい》、生ける仲達《ちゅうたつ》を走らす。そんな故事も思い出すが、それほど高尚なものではない。下らない疑心暗鬼だ。

それから実際、風岡さんの工房にリリカも一緒に行き、そこから両手に華で〈同伴〉もした。アフターのときもあった。少し遅い初詣でに成田山にも行った。リリカは必ずついてきた。思えばこれは監視か、タイミングを計っていたか、後で思えば、そんな辺りで間違いないだろう。そのときは楽しくなかったわけではない。これも事実だ。嘘はつかない。

そんなときだった。節分の日だ。

鎌ケ谷の蕎麦屋で何気なく見たテレビの中に、私は稲尾健太郎と小岩のオーナー、高橋和夫の姿を捉えた。映像は一瞬だけだったが、親しげに見えた。見えたが、さすがに一瞬では半信半疑でもあった。

下手の考え休むに似たり。

私は政治家だ。その足で金沢さんを議員宿舎に訪ねた。

「いや。私も彼に、稲尾君に紹介されたんだ。議員の紹介と言っただろ。別にそれは丸川のことじゃない。稲尾君のことだ。気に入ったらいずれ君を同伴して欲しいと、それが条件でね。一人いい娘を年契で貰った。もちろん、タダでね。──坂崎君。君も大いに楽しめばいいじゃないか。まあ、君がタダになるか、大いに支払うことになるかは、私の慮外だがね」

金沢さんは平然とそんなことを言い放った。

「坂崎君。このことを稲尾君に告げるつもりはない。だから君も何も言わない。これが大人の関係というものだ。先のこともどうあれどうなれ、私は貝だ。そこについてはさて、順調に昇れた暁《あかつき》には、大いに私を買って貰いたいものだね。ええ、幹事長」

これには、さすがに激動にして金満の昭和という世代を渡ってきた政治家だと、私は感心もした。

さておき、稲尾が何を企《たくら》んでいるか、私に何をさせようとしているのかは大いに気になった。あるいは、させないようにしているのか。私は私が、与党内の監察であることを自認し、公言もしている。

ハニートラップというか、美人局《つつもたせ》というか。

それで私は私なりに、そうと悟《さと》られないように逆に動いた。立て続けにリリカだけを同伴して二回。その後、アフターにも一回。

オーナーの高橋は、やっと私がその気になったと思ったかも知れない。

そうして、二回目のアフターを約束した日のことだった。二月十六日のことだ。

この夜、私はリリカをホテルに連れ込んだらしい。連れ込んだという言葉には語弊があるが、同衾《どうきん》したのは間違いないようだ。いや、この言葉にも齟齬《そご》はあるが。

この日はそもそも都内のホテルに泊まりだと店にもリリカにも喧伝《けんでん》し、定宿にしているホテルの名を告げた。日比谷通りに面した、皇居を望む老舗《しにせ》ホテルで、義父・剛造の代から懇意《こんい》にしているホテルだ。

事態に棹《さお》を差してみるつもりはもちろんあった。

誰がどう、渦も蜷局《とぐろ》も巻くか。

どう、動くか。

幾通りもの展開を思考しながら呑んでいたら、あろうことか正体がなくなったが、その時間が十時十三分以降ということはない。

それならば、そのとき掛かってきた後援会長からの電話に、間違いなく出ているか折り返している。

おそらく薬の類だったろうと思う。気が付いたのは翌朝というか、午前四時前だ。目覚めは最悪だった。

小岩の店にいたはずの私は半裸で、行きつけのホテルのベッドの上にいた。後で聞くところに拠れば、先にフロントに連絡があって、車椅子が用意されたらしい。高橋の車で送られ、付き添われ、情けないことに、私はうら若いホステスに押された車椅子で部屋に上がったようだ。その後、高橋はすぐに帰ったらしいが、私に、この一連の事態に弁解の余地はない。

ただ、色々な意味で秘密厳守が徹底した、一流のホテルで助かった。

この晩、私は間違いなく正体がなかった。その証拠に、身に覚えはまったくないが、ガウンをまとったリリカがソファにおり、頰を腫らして泣いていた。

――お送りするだけのつもりでしたのに。

一瞬の判断では、嘘か真かの判別は出来なかった。薬のせいもあったかも知れない。間抜けだが、証拠の写真は撮ってすぐ自宅のPCに送ったというリリカの呟きに反応して、私の口から出たのは、どう償えばいいかという言葉だった。今はまだ何も考えられないとリリカは言った。

この、何も要求されないというのは意外だった。恥ずかしながら、このときは一瞬、本当に自分が何かしたのかもしれないとも思った。

外に出ると、いきなり写真を撮られた。それが安藤と名乗るフリーライターだった。

この安藤には、このあと金を要求された。法外と言える金額だった。もちろん断った。それが先週の水曜日だ。拒《こば》んだところ、金曜日になってゴシップ雑誌の話になり、計ったようにリリカから連絡があった。

〈色々考えましたけど、心と身体の傷は、やはり、示談金という形で癒《いや》して頂けませんでしょうか〉

マスコミが動き、事態は少し、というかだいぶ大げさになってきた。

正論も正解も手の内にあると、これは嘘ではない。ただ、この正論と正解に胡坐を掻いた感は否めない。相手側の動きの方が短絡的で即物的な分、手回しは早かったようだ。

さて、こうまで事が騒がしくなると、沈静化を図れるかどうか。

徹頭徹尾、この手の内に事を丸めようと思っていたが。

なので新海君。後を君たちに任せる。今となっては稲尾が図面を引き、安藤とリリカと高橋がグルになって私を嵌《は》めた恐喝の線は読めた。まあ、あくまで私の推論だが。

追伸。新海君。君との交渉はどの辺でまとまったのだろうか。風岡さんに触るなと言えば君は間違いなくごねるだろう。その上で、費用の交渉はどうなったか。五倍で収まれば御《おん》の字《じ》、狙い通りだが】

読み終えて新海は顔を上げた。

悲しいほどに掌の上、という事態はさておき――。

「まずは裏取りか」

おそらく真偽取り混ぜ、書簡に情報は満載だった。

高橋と名乗る、おそらく八代の嘘。稲尾の嘘。リリカの嘘。安藤の嘘。

「恐喝、ね」

口にしてみる。

額の向こう傷に一本、氷の芯が入る感じだった。

「けれど大臣。最後の一文はまあ、置いておくとして、どうにもそれほど、事は簡単ではないようですよ」

虚空に語る。

加えるなら、そうまでして一人で収めようとした浩一の狙いと、ささやかな嘘。新海の嘘。

今頃坂崎は、空港で浩一を出迎えているころだ。

電話をしても、今日こそは本当に出ないだろう。

(瀬川だな)

報告も兼ねて眩暈《めまい》がするほどの人の嘘を伝えたら、瀬川はいったい、なんと言うだろうか。

二十一

「そうかい。女衒が女ぁ使って、そこに九区の議員かい」

瀬川はこの夕、成田の自宅にいた。

正確には自宅の真下、一階の縁側だ。

「それに、ゴシップ記事に、志村組と鬼不動。けっ。臭《くせ》ぇ臭ぇ。腐ったもんの臭いしかしねぇや。――まあ、俺もだがな」

瀬川は顔を夕焼け空に向けた。

目を細める。

川向こうに見える成田山平和大塔の屋根と相輪が、燃えるようだった。

――出来るか。

と新海は聞いてきた。

その前に、坂崎親子のために、自分は出来ることをやると新海が言ってきた。

笑うしかなかった。

「汚《きたね》ぇな。新海。出来ねぇって言えねえじゃねえか」

――そうだな。悪い。

「ま、考えるよ。考えてよ、俺も俺に出来ることをやるさ」

――気を付けろよ。

「お前ぇが言うな」

瀬川は自分から電話を切った。

もう一度、夕焼け空を眺めた。

平和大塔を鳥の影が横切って飛んだ。優雅なものだった。

縁側に置いたコップ酒を取り上げた。

常温で奥から持ち出したものが、今はだいぶ冷えていた。

瀬川の座る縁側の奥は、武州虎徹組の本部だった。

瀬川は組本部の二階に住み込んで、もうすぐ八年になる。

快適な八年だった。

組本部と言っても、そう呼ぶのは相京以下の組員だけで、ご近所の老人達は相京さん家《ち》と普通に呼ぶ。

相京さん家は、成田の関戸という地にあった。利根川の支流、根木名川《ねこながわ》がさらに取香川《とっこうがわ》と分かれる辺りだ。

田畑と土手道と、昔ながらの民家が点在するばかりの閑静な場所で、川を挟んで新勝寺の杜《もり》が見える豊かな土地だった。

川越の少年刑務所を出所した足で、瀬川はそのまま成田に連れてこられて相京さん家に住み込みとなった。

一年で盃を許されて子分となり、丸二年が過ぎる前には根付いたと認められたようで、組本部にリフォームの手が入った。

相京は瀬川のことを考え、出入口も別々の、二世帯住宅のようにしてくれた。

「自分の家だと思えよ。実際、二階はお前ぇん家だ。どうとでもしろ。好きに使え。まあ、一階が組本部ってなぁ、ご愛嬌だがな」

相京は、そんなことを笑いながら言ってもくれた。

（八年かよ。早《は》ぇよなあ）

瀬川はコップ酒をチビリとやった。

この日、武州虎徹組の相京さん家は静かなものだった。

誰もいないからだ。家主の相京忠治親方もいなかった。

子分衆の内、二人は新勝寺でいつもの商売だが、残りの子分衆も遊んでいるわけではなく、全員、四日前の水曜には勝浦に向かっていた。

かつうらビッグひな祭りにいくつかの屋台を出すためだ。

若頭である瀬川も差配として同行した。

かつうらビッグひな祭りは、会場に十日ほども居続ける、節季回りの屋台としては長い商売になる。

屋台の設営と準備を手伝い、店の順調なスタートを確認して、そこで瀬川はいったん成田に戻ってきた。それがついさっきだった。

と言って腰を落ち着けるわけではなく、明日の午前中に新勝寺の屋台に顔を出してすぐ、かつうらビッグひな祭りに戻る予定だった。

慌ただしいことこの上もないが、新勝寺には常設の、武州虎徹組にとってはメインの屋台がある。

昔からこういうときの店番は、若い方からと決まっていた。もちろん瀬川だったこともある。

そのときは陰からそっと、相京親方が見守ってくれていたものだ。

だから若頭になったからには当然、そちらにも目を配らなければならないのは瀬川の役目だった。

——おう。藤太。俺ぁ、もういいよな。

相京もわかったもので、一年前、藤太を若頭に据えたとき、たいがいのことから手を引いた。

邪魔にならないようにと考えてくれてのことだろう。

相京は若い頃に妻と死別して以来独り身で、子供もいなかった。

――十分だよ。お前ぇがいらあ。

最近酒に弱くなってきた相京は、ときおり酔えばそんなことを口にした。

瀬川にヤクザ稼業を任せて暇になった相京は、ここ一年精力的に地元の連中と交流していた。

土地に生まれ土地に生きる、新勝寺を生活の中心に据えて、成田はそんな土着人の多い土地柄だ。

相京にとってはそもそも、同級生も昔馴染みも多かった。

この日曜日も、相京がいないのはだから稼業が絡んでのことではない。

健康志向にも目覚めた相京は、誘い誘われてよく出掛ける。

ゴルフ、バスフィッシング、運動公園でのテニス、ウイング土屋の開放空地でのゲートボール。

ちなみに、ウイング土屋は施設名ではなく地名だ。

(さぁて。どこで遊んでることやら)

コップ酒が空き、面倒臭くなって一升瓶を運んだ。

煎餅《せんべい》があった。それも運んだ。

一枚齧り一杯呑むと、

「おう。帰《け》ぇってたのかい?」

ふらりと相京が庭先に姿を現した。

馬鹿デカいもんじゃ剥がしのような形のケースを背負っていた。

なるほど、今日はゲートボールか。

「うす。でも、帰えったって言っても、明日ムツオらの仕事見て、そのまま勝浦にとんぼ返りっすけどね。んでまた、木曜には帰えってきます」

ムツオらとは、新勝寺の屋台を任せている若い衆の名だ。

安心はしているが、安心と放任はまったく別物だ。

だから来週も、木曜に帰ってきたら、金曜に仕事を見てまた勝浦に帰るつもりだった。

そうして週末、最高潮に達するビッグひな祭りに集中する。

「ああ。そういやこの前、そんなこと言ってたな」

相京は縁側から上がり、奥からコップを持って戻った。

黙って突き出す。

瀬川は酒を注いだ。

相京は黙って、美味そうに呑んだ。

空になったコップがまた突き出され、瀬川が注ぐ。

空いた手で煎餅を齧り、コップ酒で流し込んで、相京は縁側に片足を上げた。

「藤太。なんかよ、ずいぶん辛気臭《しんきくせ》え顔してたじゃねえか」

「えっ。あ、見てたんすか」

「おうよ。垣根の外まで辛気臭かったぜ。そんなじゃ、酒も不味かろうよ」

また空のコップが突き出された。

話してみろよ、と相京はそれだけで促した。

十分だった。

空のコップに酒を注ぐように、瀬川は話し始めた。

「坂崎、知ってますよね」

「知らいでか。――どっちだ」

「息子っす」

「あんまり知らねえけど」

「いいっす。そっからの話なんすけど、結局は親に行きつきます。で、親子で困ってるってえか」

新海から聞いた話を、瀬川は余すところなく相京に語った。

「ふうん。善のとこや兄弟ぇんとこまで関わってるってかい。女で誑《たら》す、そんな商売ぇにな。しかも、大臣をかい」

相京は空のコップを弄んだ。

片田舎のヤクザの口から出る言葉としては、その筋の駆け出し者が聞いたら飛び上がるかもしれない。

　善とは志村組の志村善次郎のことで、兄弟は当然、鬼不動組の柚木達夫のことだ。

「なあ、親方。商売にも色々あるってなわかる。俺もよ、綺麗ごとばっかりじゃねえや。その昔ぁ、人だって殺しちまった。今だって、シマで揉めりゃあ手足も出す。イザコザの手締めにゃあ銭金だって飛び交う。俺だけじゃねえ。うちの姉ちゃんだってよ、公園や境内の水道で商売してる。ありゃあ、阿漕《あこぎ》だ」

「──藤太。話がすっ飛んでねぇか」

「おっと。いや、とにかくよ、親方」

　騙しはダメだ、好かねえっ、と瀬川は吠えた。

「欲しい奴に欲しい物をあてがうんならよ。チャカだってシャブだって、女だって男だってよ。そんで地獄に落ちたって、本人の意思だ。自業自得ってもんだろうよ。俺だってヤクザだ。構やしねえ。けどよ、騙しってなあなんだ。他人様《ひとさま》を堕とすってなぁ、なんだ。俺ぁ、どうにも解せねえ。解せねえんだけどよ。こりゃあ、つまり」

　そこまで一気に話すと、相京からまた空のコップが突き出された。

「馬ぁ鹿」

　挫《くじ》かれるというか、冷めて我に返った。

　相京の目が、穏やかに瀬川を映していた。

「ゴッゴッとしか回らねえ頭でよ、面倒臭ぇこと考えんじゃねえや。おい。藤太。で、結局お前ぇ、どうしたいんだい？」

「――そうっすよね」

相京のコップに酒を注ぐ。

それで、腹に覚悟を落とす、覚悟ができた。

「親方」

顔を向けた途端、相京の目が三日月になった。

「いいねえ。いい男の顔だ。任侠だ」

「――へ？」

「なあ、藤太。酸《す》いも甘いも噛み分けてとかよ、清濁併せ飲んでとかよ、どうでもいいや。考えるな。考えたらよ、頭のいい奴に煙《けむ》に巻かれちまう。俺らぁ、政治家や大企業の社長と違うんだ。弱きを助け強きを挫く。それだけでいいじゃねえのか」

相京は瀬川の肩に手を置いた。

（ああ）

昔はよく頭を叩かれるようにして、撫でられた。

瀬川の一家は、三カ月ごとに転居を繰り返し各地の祭礼に屋台を出す、ある意味由緒正しい、回り職のテキ屋だった。

一月から三月までは成田で四月から六月までを宇都宮、七月から九月を大阪、十月から年の瀬までは佐賀を回った。

成田でいつも一家で世話になっていたのが武州虎徹組だった。来るのもちょうど、今の季節だ。

子供の頃は、来ればこの縁側に座り、相京は自家製だという梅サイダーと、貰い物だという箱入りの菓子を並べて出してくれた。

それが瀬川には大いに楽しみだった。

――なあ、藤太。親父さんの背中、しっかり見ろよ。立派なテキ屋なんだぜ。外に出たらロクなもんじゃねえかもしれねぇが、ありゃあテキ屋としちゃあ上々だ。喜怒哀楽、山の天気みてぇでもよ、テキ屋ってなあ本来、お天道さんと一緒に生きるんだ。晴れりゃ笑い、雨が降りゃあ泣き、風が吹きゃ柱ぁ押さえて、こう渋い顔でよ、そんで雨が上がりゃ、また笑うんだ。それだけでいいんだ。

よくそんな話をしてくれた。

今はその縁側に座り、キナ臭い話をしながら酒を呑む。

夕景はなにも変わらない。

茜色に染まる田畑も平和大塔もそのままだ。

その昔、頭を撫でてくれた相京の手の感触は、いつしか肩に乗せられて動かず、染み透る温もりとなった。

藤太が大きくなったからか。

いや、相京が歳を取ったからかもしれない。

「親方。志村のおやっさんの店に、ちょっかい出す。責任は俺一人でいいや。親方ぁ。目を瞑っといてくれねえか」

「いいや。瞑れねえな」

相京はゆっくり、コップ酒を呑み干した。

空のコップを縁側に置く音は、高くよく響いた。

「餓鬼《がき》によ、俺の兄弟ぇや馴染みの無様ぁ、任せられっかよ。こういうときに立つのが、親の務めってもんだ」

相京が笑った。

優しい目だった。

夕焼けの中で、昔見た覚えのある顔だ。

「へい」

知らず、瀬川の頭が下がった。

本物の任侠は、相京忠治という男の中にこそあった。

二十二

月が替わって三月になった。

この日、署にいた新海の元に、夕方になって中台から連絡があった。

五時過ぎだった。

——えっとな。あれだ。

がさごそと音がした。

——オデ、オドゥフィノ、の件だ。

「ん？　なんでしたっけ」

——例の、小岩の店だよ。

「ああ。そう読むんでしたね」

〈ODUFINO〉

それが店の名前だった。

星川が言っていたオレアノでもゴルレアでもなく、浩一が概要に記したオルケノやオデイフィナでもなかった。

当たらずとも遠からずにして全然合っていないが、たしかに覚えづらい。

一度聞いただけでは、まあ、耳に引っ掛かりはするがそこまでだ。中台もがさごそしていたのは、自分で調べながらも覚えられないからだろう。オジサンは紙に書いたに違いない。

とにかく、中台の情報は小岩の店についてだった。

店自体のことはすでに、月曜の夜八時過ぎにはわかっていた。

月曜は朝から、新井が風岡の工房に目を光らせていた。その新井から連絡があったからだ。

夕方に工房を出た風岡は、夜七時過ぎには出勤したようだ。

その後の連絡までに一時間ほどタイムラグがあったのは、確認作業をしていたからだという。

――女陶芸師、ご出勤だ。

――だいたい、秘密会員制ってか？　看板自体がねえしよ。いや、あるにはあったが、柱の傷みてえに小っちゃくてな。しかも、フリガナも振ってねえから読めねえしよ。出勤してきた店の従業員連中に勘で当たりをつけ、酔ってご機嫌さんな地元のサラリーマンを装ったらしい。

〈ここぁなんだい。新しい店かい。え、会員制？　ああ、そうなんだ。でよ、これぁ、なんて読むんだあ？〉

と、そんな感じは本庁捜一時代にはよく使ったようだ。

ＯＤＵＦＩＮＯという店で、オドゥフィノと読む。

そんなことを新井は、電話の向こうでがさごそ音をさせながら言った。

店名と住所、三千円の情報だった。

新海は住所から、グーグルマップですぐに調べた。

店は小岩と言っても、駅からはずいぶん離れた、しかも裏通りの方だった。近くに公園があり、表立っては許可など下りない閑静な場所だ。

言い換えれば、たしかに秘密会員制クラブにはうってつけの場所だったか。

店の作りは一見すると、浩一の概要にあったように、新海にも神楽坂《かぐらざか》辺りの料亭のように見えた。入ったことはないが。

そんなことを確認していると、その後三十分も過ぎた頃、もう一度新井から連絡が入った。

――へっへっ。グズグズ粘ってたらラッキーだった。例のよ、女衒、八代隆也も今店に入ったぜ。どっかで呑んできたみてえだな。いい感じにご機嫌さんでよ。秘密会員制って割にゃあ、近所迷惑なくれぇ騒いでたな。俺に店名教えてくれた若いのが出てきて、オーナーって呼んでもいたぜ。

これで、高橋イコール八代だという最終確認が取れた。

勿体ない気もするが仕方ない。これも三千円の情報ではある。

蜂谷とつるむようになって、情報を小出しにするテクニックを身につけたかと勘繰《かんぐ》りた
くもなるが、口にはしない。

部下に、みみっちい、と思われたら上司は負けだ。

六千円は掛かったが、これで裏が取れたことは言うまでもない。

坂崎浩一が通い、おそらく稲尾健太郎に嵌められた小岩の店は、高橋と偽名を使った八代がオーナーの店でリリカがいて、風岡美里が勤めるオドゥフィノという店で間違いないようだった。


——係長。俺ぁ、ここまでだな。酔っ払いの真似事が使えんなあ、一回限りだしよ。中まではさすがに無理だ。営業時間は九時からだったが、近くなったらよ、危ねえ危ねえ。本職っぽいガードが周囲を固め始めやがった。もちろん、そんなのに目ぇ付けられる間抜けはしねえけど。あれだ。内部構造より内情ってことで、後は中台辺りの出番だな。

と、新井は後釜を指名し、情報としてはここまでだった。

で、木曜夕方になってからの、

——例の、小岩の店だよ。

「ああ。そう読むんでしたね」

から始まる中台の連絡は、新井の後を引き継いだ形の調査報告だった。

中台の前職は渋谷署の生活安全課だ。中でも質屋や古物商の営業許可を扱う、防犯営業第二係に属していた。

そう言った商売は、全部が全部、全員が全員そうだと言うわけではないが、思う以上に故買、つまり盗品商いに通じることが多い。

質屋や古物商の許可申請が〈防犯〉と名のつく所轄の係で取り扱われるのは、だからで、中台はその方面から広く、暴力団のフロント企業までを網羅する。

中台に拠ればオドゥフィノは、その昔は都内にあるとある有名料亭の別亭だということだった。

小さな情報だが、これでまた一つ、浩一の概要の裏は取れる。

さらには、

――あんな店は、勝手にはできないからな。絶対絡みがあんだわ。

丸川という新自党会派の、江戸川区議会議員の名前が出てくれば、浩一の概要はますます納得だ。

すでに引退した都議会のなんたらいう元議員の名前もオマケとして出てくる。

区議と都議二人掛かりの強引な力ワザで、風営法をこじ開けたということか。

――それと、登記簿上に出てきたベルデモルト興産と天沼《あまぬま》やよいって出資者、星川さんに聞いてなきゃ見逃すとこだったが、これぁ志村善次郎の甥《おい》っ子がやってる会社と、そこの従業員って名目の愛人の名前だ。まあ、真っ当な会社で本人も堅気らしいけどな。堅気の甥っ子なんてのは深い情報だけどよ。こりゃあ、志村善次郎くらいのレベルまでいかねえと引っ掛かりもしねえだろうが。

「噛んでるんですかね」

――まったくないってことはねえだろ。だから愛人の名前も使ってんだろうし。天沼やよいを囲う金くらいは貰ってんじゃねえのか。そもそも、その辺の費用で伯父さんに泣きついたのかもな。そう思えば、金、金、金だ。堅気もスジ者も、やってるこたぁ変わんねえよな。さもしいねえ。

そういう中台も女癖の悪さからバツイチになり、直らない癖と大層な養育費でいつも金欠ではなかったか。

で、金になることを探していたと新海は記憶しているが、これは今言うことではないから黙り、ただ、そうだねと同意する。

「了解です。じゃ、マックスで」

――おっ。そうこなくちゃ。

三千円を嬉々《きき》として喜び、中台の報告は終わりだった。

電話を切った後、椅子を軋ませつつ新海は考えた。

安藤については、ここまで来てもまだ関わりが不明だった。

新海がニュース映像から、八代と稲尾をつなげた先に見たものについても元ＨＵの時任待ちだ。

それにしても――。

触れる者、触らない者、触りたくない者、だいぶ役者が出そろってきた。

今のうちに、グループ分けは必要だろう。

「志村組、志村善次郎。しかも、鬼不動ときたもんだ。さぁて、ヤクザがどこまで関わっているか。あるいは関わろうとしてるか。はたまた、関わっていないのか、か」

そんなことを天井に向かって囁き、考える。

考えて考えて、わかったのは天井に茶色い染みが増えているということだった。

雨漏りかもしれない。

「警務に言って、屋上の防水を点検してもらおうかなあ。――いや」

新海は頭を振った。

それはそれ。別の話だ。

が、天啓《てんけい》っぽくなくもない。

「素人が下手に触ると、雨漏りがよけいひどくなったりしてね。ま、危ない橋は危ないと。ここはやっぱり、特に蛇《じゃ》の道に関しては、大蛇にご登場願おうか」

携帯を取り出し、瀬川に電話を掛ける。すぐにつながった。

――はいよぉ。なんだぁ。

繋がったが、何かが唸るようでやけに五月蠅かった。瀬川の声自体が聞こえづらいほどだ。

「おーい？　忙しいかー。　どこなんだおーい。騒がしいぞー」

――軽トラだぁ。ワイヤレスにはしてっけどよぉ。

なるほど、唸りは軽トラのエンジンか。

「聞こえるかー」

――手短に頼まぁ。

志村善次郎の関わる店の名前、登記簿上の出資者。

――ふぅん。ややこしい店の名前はどうでもいいがよぉ。さすがだな。登記簿の方、合ってらあ。

瀬川もやはり、その辺には辿り着いていたようだ。

一人で松濤会に向かった辺りから、遅いか早いかだけだと新海は踏んでいた。

「そっちなー、頼んでいいかー」

――そのつもりだがよぉ、ちょっと待ってくれっかぁ。

「ん？　なんだー」

――なんかよぉ、その用件でどっかに向かってるんだぁ。

なにやらわからないが、待てというなら待つ。

調べなければならないことは、他にもまだある。

「あーそー。じゃー、よろしくなー」

電話を切る。

振り返れば勅使河原課長と、今日の将棋相手の谷本一係長が、耳に指栓《ゆびせん》をしながら、こちらを見ていた。

二十三

瀬川は新海からの通話を切った。

「誰だい？　新海君かい？」

「うす」

相京が君付けで呼ぶ人間はそう多くないが、それは別に新海が刑事だからではない。旧知の仲で、認めているからだ。

瀬川が川越の少刑を出所する際、そもそも相京を連れてきたのは新海だった。瀬川の前で頭を下げさせたのもだ。

新海は実際、相京の組事務所を知っている。寝泊まりしたこともある。

大学生のときだ。

相京も君付けするくらいだから、気に入ってもいたようだ。

わずかに疎遠になったのは、新海が警視庁の採用試験を受けると知ったその日からだったと瀬川は記憶していた。

——惜しいよなあ。いや、惜しんじゃいけねえか。けど、勿体ねえよなあ。いや、勿体ながってもいけねえか。

そんなことを言って、相京は笑った。

「新海君か。久しく声は聞かねえな」

軽トラの助手席で、相京は腕を組んだ。

足は組めない。狭いからだ。

「そうだよな。大臣の倅が絡んでるってこたあ、彼も絡んでるってことだっけな。お前ぇら、トリオだからよ」

「うす」

この日、瀬川は四時過ぎに勝浦から戻った。

相京が待っていた。

「どうだい？　勝浦は」

「ぼちぼちで」

少し天気には恵まれなかったか。その分も、週末から三月三日当日までは快晴だという予報に託す。

テキ屋稼業は自然に沿う商売だ。

泣くも笑うも、お天道さんと共にある。

「出掛ける。付いてこいや」

「あ。うす」

付いてこいと言われれば運転手だ。

何気なく返事はしたが、どこへと聞くと答えは意外にも近場だった。

近場だったが、滅多に行かない場所だ。

「空港近くのな、ホリデイだったっけか。あそこだ」

ホリデイは成田空港周りにいくつも建ち並ぶホテルの中でも、空港開業当初からあるホテルだ。

譲渡やら提携解消があって現在は正確にはホリデイではないが、特に支障はないから訂正もしない。

「へえ。親方、珍しいっすね」

瀬川は軽トラに乗り込んでから聞いた。

「おう。例の件によ――」

エンジンの音に掻き消され気味だったが、目鼻が付いてよ、と相京は言ったように聞こえた。

「え。なんすか」

「行きゃあ、わからあ」

口をへの字に引き結び、このことについて相京はそれ以上何も言わなかった。

ホテルに着いた瀬川は、相京の後についてエレベーターに乗った。

相京は終始無言だった。

向かったのは最上階にある、中国料理店だった。

相京の名前で予約が通っているらしかったが、

「お待ちしておりました。お連れ様、お入りでございます」

とフロア係が言ったのは、瀬川には訝しいことだった。

場所的に成田空港周りのホテルは、地元の連中と騒ぐには少し遠いし場違いで、都内の連中との会合に使うには、お門違《かどちが》いなほど遠い。

案内されて向かったのは、全面ガラスに空港方面が開けた個室だった。

今まさに、夕景の中に飛び立つアメリカン航空の旅客機が近かった。

が――。

瀬川には、そんな景色を眺める余裕はなかった。

まず先頭で相京が部屋に入った瞬間に掛かった、

「おっと、兄弟ぇ。ようやくのお出ましかい」

の声には面食らって仰天した。

さすがの瀬川も、一瞬にして身体に鉄芯が入った感じがした。

「げっ」

声にすれば、そんな音も思わず喉から漏れた、ようだ。

相京はその場でまず、悪戯げな顔で瀬川を振り返った。

「別に、俺が無理させたわけじゃねえぜ。本当は羽田着だったらしいんだがよ。電話掛けたら、兄弟ぇがよ、久し振りに成田も寄りてえってんで、こっち回りの飛行機にしてくれたんだな」

相京はそんな説明をしたが、内容はどうでもよかった。

事実、言葉の半分以上は瀬川の耳を素通りした。

部屋内の円卓には、奥に鬼不動組の理事長・柚木達夫で、左に一席飛ばして今年四十五歳になるその息子、総本部長の柚木京介が座り、右手に同じく一席飛ばして、志村組の組長、志村善次郎が陣取っていた。

錚々《そうそう》たるメンバーだ。

「忠さん。先にやらせて貰ってるよ」

と、志村善次郎が、紹興酒《しょうこうしゅ》のグラスを相京に向けて掲げた。

浅黒く精悍《せいかん》で、六十歳にして威圧感は場の中でも一番だが、志村には跡継ぎというか、子供がいない。

それを、カミさんは関係ねえ、全部自分のせいだと笑う。

笑うと底抜けに人懐っこく見える。が、目だけは刺すように鋭い。

居並ぶメンバーの中でも、ザ・ヤクザといえばまず、志村が一番手だ。

「おう。藤太も一緒かい。相変わらず、いいガタイだ。いい迫力だ」

どっちがだと言いたいが、有り難さんです、と無難に頭を下げる。

相京が志村の隣に座り、瀬川はその隣に倣《なら》って座った。

円卓を占めるのは、おそらくこれで全員だった。

「叔父貴。ルートの変更はいいが、マカオでも中華三昧だった。成田でも中華は、少し配慮してくれると有り難かったが」

瀬川の右方から淡々とした声を京介が発した。

京介は色白の細面で、インテリヤクザの典型といえた。

若い頃はアメリカに留学したようで、卒業もそちらだという。五年前、四十歳にして鬼不動組の総本部長に就任した。

瀬川は京介をそれほど知るわけではないが、会えば話は理に勝ることが多く、どちらかと言えば少し苦手だった。

京介はどこか坂崎に重なる部分も多いが、心底に感じられる冷たさ、いや、感じられない情の温みを以て、坂崎とは隔絶的に同じではなかった。

「ははっ。悪ぃ悪ぃ。ここしか個室が空いてなくてな。その代わり、市内に下りれば、鰻でも焼き鳥でも食い放題だ」

「女ぁどうだい？」

聞いてきたのは達夫だった。

七十一歳になるが枯れないどころか、倅の前でも堂々としたものだ。

「おう。あっけらかんとした、面白ぇのが多いよ。成田は」

ノックがし、ワゴンに載せられた料理が運ばれてきた。

小籠包《しょうろんぽう》、蒸し蟹《がに》、八宝菜、ワンタンスープ。

上海料理のフルコースだ。

「まずは、食おうぜ。飽きてっかもしれねえが、マカオは広東だろ。一応、上海にしてみたぜ」

そこからしばらくは飲食になった。

賑やかにして陽気な宴会だった。

話はカジノから侍らせた女まで、ほぼマカオ旅行のことに終始した。

いろいろな意味で全員〈健啖《けんたん》〉、だったろうか。

最後に、上海料理特有の温かい餅《もち》がデザートとして運ばれた。

「さぁて」

係の出入りが絶えたところで、達夫が手を打った。

「兄弟ぇ。電話でたいがいは聞いたが」

部屋の空気が、一瞬にして張り詰めたのは瀬川にもわかった。

「俺ぁ、もう店ごとくれてやった身だ。互いに遺恨《いこん》がねえならよ。煮て食おうと焼いて食おうとってな、そんな話ぁ、向こうで志村にしといたぜ」

「そうかい。すまねえな」

相京は頭を下げ、志村に向き直った。

最前までのバカ話が嘘のように、真剣な顔だった。

「そういう話なんだ。善、なにがどうあれ、迷惑掛けるなぁ間違いねえんだが」

「ちょっと待った」

志村は潰れた指の、分厚い手で相京を制した。

「そうやってなんでも先に進めんなよ。忠さんの悪い癖だぜ」

「おっと」

相京は苦笑いで首筋を叩いた。

京介だけが一人、我関せずに餅を食っていた。

そういう男だ。

「忠さん、結論から言ゃぁ、俺が一番馬鹿だったたってな。いや、理事長に聞いてよ。それとなく、組の者に様子を窺わせたんだ」

志村は腕を組み、天井を睨んだ。

「俺ぁ、理事長から預かってるだけのつもりで、それで甥っ子絡めて、ああ、女衒の隆也っていったっけか。実際んとこは、女あしらいの上手ぇ男に任せてな。売り上げも右から左にシノギにしてよ。だから気にもしなかった。でよ、預けっ放しにしちまった。したらよ、舐められたかな。どうやら、勝手やられっちまったみてえだ」

「ほう。勝手かい」

「おう、勝手だ。八代ぁ勝手に、堕とした女ぁ売ってやがったよ。泣く女ぁ、売ってやがった。しかも聞いたぜ。大臣に美人局紛いってよ。俺ぁ、さすがに聞いた瞬間、飛び上がったぜ。なにしてくれてんだってよ。組ぃ、潰すつもりかってよ」

志村は吐き捨て、瀬川に目を向けた。

光の強い目だった。

強さの根源は怒りか。

瀬川をして、耐えるのに力が必要なほどの目だった。

「藤太。わかるかい。親に勝手ってなあ、しちゃなんねえことなんだぜ」

「うす」

〈親〉に内緒の勝手は御法度、瀬川にもそれくらいはわかる。

暴対法以降、ヤクザに対する風当たりは厳しい。

ヤクザは今では、風と風の隙間を縫《ぬ》って生き長らえる。そんな感じだ。

しかも、ネット社会で情報は蔓延《まんえん》し氾濫《はんらん》し、勝手だろうと下が馬鹿をやって下手を打てば、昔では考えられないほど、連座の芋蔓は上にまで伸びる世の中だ。

八代の勝手は下手を打てば志村善次郎に連帯し、まかり間違えば柚木達夫にまで届く。

「なら、いいや」

志村は瀬川に向き直り、両膝に拳を添えた。

「面倒掛けた」

気持ちがいいほどすっきりと、志村は瀬川に頭を下げた。

「店、くれてやる。好きにしろ」

年齢も格もない。

いや、そう思わせない志村の詫びには、心が見えた。

瀬川の親方、相京も今を生きる数少ない任俠だが、志村組組長、志村善次郎もたいがいの任俠だ。

「いいねぇ、志村の。気持ちがいいや」

達夫が上機嫌にそう言った。

ただし、

「だがよ、兄弟ぇ」

と相京に向かって呼び掛けもした。

「それにしてもよ、メンツもシノギのこともあらぁ。その辺、志村が立つようにしてやってくれってな話ぁ、兄弟ぇにしたよな」

聞いた途端、瀬川は内心で唸って達夫を見た。

志村には好きにしろと言い、相京には立ててやってくれと言う。

この心配り、気持ちの塩梅《あんばい》がさすがだった。

さすがに鬼不動組の理事長は、イケイケだけでは務まらない。

「わかってら。みなまで言うない」

相京はコップに残った紹興酒を呷った。

「善」

「ああ？」

相京は肩越しに、一度瀬川を見た。

なぜか優しげな眼差しで、訳知らず、直感として瀬川の背に悪寒が走った。

親方は一体、何をしようとしているのだ。

「善、お前ぇ、跡目にこいつ欲しがってたよな。――近々よ、熨斗《のし》つけてくれてやるよ」

瀬川に声はなかった。

見れば志村も、鳩が豆鉄砲を食ったような顔をしていた。

隣から、ほう、とこれまで無関心だった京介の感嘆も聞こえた。

それで瀬川も我に返った。

「ちょちょちょちょ。お、親方っ」

相京の肩に手を伸ばす。

「長ぇよ。五月蠅ぇな。黙ってろ」

「これが黙っていられっかよ」

「そこを曲げて黙れって言ってんだっ!」

雷の一喝を落とし、相京は志村に向き直った。

取り付く島はなかった。

「どうだい、善。悪ぃ話じゃねえだろうよ」

「ってえか、忠さん。いいんかい」

「いいもなにも、こいつに成田ぁ狭えや。香具師の世界も狭え。いずれ、頼もうたぁ考えてたんだ。ちょうどいい。なあ、藤太」

「――お、親方」

それ以上、声にはならなかった。

縁側で飲んだ梅サイダー。

年少出所の日の新勝寺の桜。

子分となった日の盃事。

共に暮らし、背中を流しあった月日。

涙もあり、笑いもあった。

走馬灯は、こういうときにも回るものだと瀬川は初めて知った。

パァンと手打ちのいい音が聞こえた。達夫だった。

「決まりだな。いい落としどころだ。藤太が志村を背負えば、結局は一緒だぁな。おう、いい落としどころだ」

達夫はさらに上機嫌で、甘い餅にかぶりついた。

「来年か再来年か、跡目相続が楽しみだ。なあ、京介」

「そうですね」

京介は言って、一人だけ立ち上がった。

「面倒なことだが」

溜息に混ぜた呟きの真意、面倒なのは儀式への自身の参加か、それとも、二次筆頭を張るようになる、瀬川藤太という男そのものか。

「瀬川」

立ち上がった京介は、やや上から冷ややかに瀬川を見下ろした。

「うす」

「坂崎浩一か。なかなかの上物、つかんでるな。ええ？」

立たず下から睨み上げ、瀬川は何も答えなかった。

二十四

翌日は金曜日だった。

新海は署長代行の深水副署長による朝礼、のまったりした時間の後、デスクについた。

別に署長が不在なわけではないが、たまに町村は深水を指名する。

この日、定時に出勤した新海と、朝礼前から将棋盤を挟み、課長とすでに熱戦を繰り広げている星川以外、三係は誰もいなかった。

上野署の徹底した違法風俗店摘発キャンペーンで、御徒町《おかちまち》から広小路界隈の夜警に借り出されていたからだ。

「おっと」

デスクで携帯を確認した新海は、椅子を温める間もなく屋上へ向かった。メールに着信があった。

〈今から三十分以内なら連絡可能〉

送信者はHU、いや元HUの、富坂署警備課の時任秀明だった。

屋上にはすでに洗濯物がはためき、プランターの前には副署長がいた。

――えぇと、三月に入りましたので、屋上ではスティックセニョールを始めたいと思います。とはいえ皆さん、まだまだ気温の変化は激しいです。屋上に上がられる人は、特に朝晩の気温には十分な警戒をお願いします。

朝礼でそんなことを言っていた。

スティックセニョールは茎《くき》ブロッコリーとも呼ばれるアブラナ科の野菜で、ひとつの苗から多くが収穫でき、ファイトケミカルであるスルフォラファンが豊富だ。――と、浅草東署に来てから、そんなことにはずいぶんと詳しくなった。

新海は、表通りに面した手摺りに寄って電話を掛けた。

時任はすぐに出た。

「どうでした」

――調べはついた。出来るところまではな。

「さすがですね」

〈味自慢　モコ〉で会ってからちょうど一週間。頼み事のレベルからすると、もう少し掛かるかと思っていた。

時短は優秀さの証だろう。

——照本《てるもと》に直接、行確を仕掛けた。それが最短だと思ったのでな。

「あ、ベタですね」

——ベタが効く。そういう男だ。

照本とは前年の太田事件の折り、HUで時任とコンビだった部下の角刈りだ。

浅草で新海が時任に依頼したのは、まさにその照本義男《よしお》のことだった。

新海がUSBに収められた浅草寺のカメラ映像に見出した一点は、特徴的な腕時計をつけた八代の手だった。

その点を線につなげる位置に、軽く肩をすくめつつ両手を広げる稲尾健太郎がいた。

顔が、笑いながら横を向いていた。

線をさらに点につなげることを意識すれば、すぐにわかった。

稲尾が向いた方向すぐの群衆の中に、頭半分突き出た男がいた。

そいつだけ追えば、群衆の中に一瞬だけ全体が見えた。

地味なスーツを着た、照本だった。口が動いていた。

会話としてのレスポンスは、稲尾のアクションと同調していた。

おそらく照本が、いや、ＨＵがこの件に関わっていると新海は直感した。

それですぐに時任に連絡を取ったのだ。

浅草のモコ以降、時任は照本を行確したようだ。

この場合の方法としては、直球も正しい。

照本もＨＵに選抜されるくらいだから優秀なのだろうが、あらゆる面で、上司である時任よりは未熟という印象が新海にはあった。

――離れたとはいえ、仲間を張るのは嫌なものだな。

「嫌だと思う感情と、そう思える環境が大事では」

――もっともだ。

どうやら、全体の図面を引いたのは理事官のようだ、と時任は言った。

「理事官？」

――うちの、いや、ＨＵのな、裏理事官だ。宇賀神《うがじん》といった。宇賀神義明《よしあき》。

新海は唸った。

さすがに、裏理事官に直結するとは思わなかったからだ。

ＨＵの裏理事官と言えば、警察庁キャリアの警視正だ。

――照本が一度、直接会っていた。だから宇賀神を狙ってな、そこからルートを変えた。

俺の独自のルートだ。所轄繋がりではあるが、まあ、裏でこき使われた連中の、ＯＢ会のようなものだ。

「あ、そんなのが」

あるのだ、と時任は言った。

――蒲田の件だ。坂崎大臣が狙われたのは。

「え、蒲田ですか？」

――そうだ。お忍びの視察、そんなことを仕掛けただろう。

身に覚えは十二分にあった。

太田事件の最後に、新海らが仕掛けた件だ。

坂崎を通じ、お忍びの視察と称して大臣に蒲田署まで出馬願った。

といっても、実際には大臣は早々に引き揚げ、秘書である坂崎が視察を引き継いだ。

このとき、ＨＵがエスとして運用していた、駐露ウラジオストク総領事館の室長に繋がるチャイニーズ・マフィアを潰した。

――相当、根に持ったんだな。プライドの高い人だから。根に持ってどす黒い計画を練ったようだ。失脚が前提だろうが、あわよくば傀儡《かいらい》にして政界のエスに。潰されたエスの代わりに、大臣自身を使ってやろうか、まあ、そのくらいのことは考える人だ。

「ははあ」

息が漏れるような返事になった。

一介の警察官、警部補程度では現実感に乏しいが、キャリアの警視正くらいになると、映画の世界にもリアルに手が届くのか。

――と、ここまでだ。

時任の声に我に返る。

――詳細まではわからん。これ以上は俺の手に余る。ＯＢ会でもな。会で当たっても対裏理事官に直接届かないとは、情けない限りだが。

電話の向こうで、時任は自嘲したか。

新海にも感じられる、それがせいぜいの現実だ。

「有り難うございます。では、三千円」

言ってみた。

さらに現実感が増す。

笑えた。

――なんだ、それは。

「気持ちです」

――貰っておこう。

時任は、また、と残して電話を切った。

「さあて」

通りを見下ろして目を細め、新海は考えた。

稲尾健太郎、八代隆也、そこに宇賀神義明という大物が増えた。

柚木達夫、志村善次郎、金沢洋平はまあ、押さえておくか。

暴力と権力、結局はどちらもヤクザだ。

HUの照本義男、オドゥフィノのリリカは単なる駒でいいだろう。

区議会議員の丸川と引退したというなんたら都議会議員は、野放しにはできないが別の話だ。

そこに風岡美里は、——とりあえず費用の五倍の威力で脇に置くか。

考えて考えたが、考えた結果、ぽっかり一人が浮きっ放しだった。

「稲尾と宇賀神が根っこなのは間違いないとして、安藤幹雄は、なんなんだ」

繋がりが分からなかった。

安藤も駒か。

それにしては『週刊＋＋』の〈拡散砲〉を操り、恐喝の矢面に立って役割は大きい。

「あ、安藤幹雄？　そいつね。K大ブラックブレイズのメンバーだね」

いきなり背後から聞こえる回答に、思わず新海は仰け反った。

今回もまた、気配どころか足音もなかった。

「署長、なんなんですか？　えっ。あれ、K大？　も、もう一回」

「K大ブラックブレイズのメンバー。ヒップホップのダンスチームだよ。ただ、安藤だけはK大じゃなくてW大だけど」

もう一回と言っておいてなんだが、二度聞いても意味が分からなかった。

ブラックブレイズ、黒い炎？　ヒップホップ？　ダンスチーム？

言葉の意味ではない。繋がりの意味と、関わりの意味だ。

「……ええと。町村署長」

「なんだい？」

「署長は一体全体、なんでそんなこと知ってんです？」

「ふふん。それはね。私もメンバーだったからだよ」

癖毛のつるんとしたキューピーは、胸を張って鼻を膨らませた。

「もっとも、稲尾と宇賀神って名前を並べられて思い出したんだけどね。それに安藤は、よくつるんでた三人だね」

「はあ」

としか返答のしようはなかった。

唖然、というヤツだ。

そういえば町村もK大だった。

歳の頃も、思えばアラフォーでたしかに安藤や稲尾、宇賀神とは同年代だ。

なるほど、そんな関係だったのか。

というか、凄いところに答えが転がっていたものだ。

「まあ、真面目に踊ってた組とナンパチームに分かれててね。彼らはナンパチームだった。ああ、ちなみに私は、容姿で選ばれなかったわけじゃないよ。真面目に踊りたかったんだ」

思いっきり答えを言っている気がするが、放っておく。

まだ身体、動くかなあ、と言いながら、不思議な動きで町村は階下に降りて行った。ナンパ組ではないのはわかるが、まじめに踊ってもその程度ですか、とは、答えを教えてもらった関係上、言わない。このまま墓場まで持って行こうか。

デスクに戻ってPCに登場人物のチャートを作っていると、上野署に借り出されている太刀川が帰ってきた。

フラフラしていた。

「寝てないの?」

「そうですねぇ」

「寝に帰ってきたの?」

「いいえ。まだですねぇ。聴取もしろって言われてるんで、寝られませんねぇ」

シャワーと着替えだけですよぉ、と別に不満げもなく太刀川は言って、ロッカー室に消えた。

こういうところが好かれる所以だろうが、こき使われる原因でもある。

やがて、太刀川は、「ああ。サッパリしたあ」と言いながら出てきた。

見た目にサッパリ感はまったくないが、石鹸の匂いだけはした。

ふたたび上野署に出ようとして、ああ、そういえばぁ、と立ち止まった。

「係長。今朝方聴取した摘発店のオーナーなんですけどぉ」

「ん？　なに」

「係長が言ってた女衒と、昔馴染みらしいですねぇ」

「え、そうなの」

「そうですねぇ。若い頃、歌舞伎町で働いてた店が一緒らしいですねぇ」

なるほど、ホスト仲間か。

太刀川は摘発店のオーナーと言ったが、そういう連中はやはり、一国一城を夢見るものか。

「で、千葉の議員さんとも、らしいですねぇ」

「――え」

太刀川の話が意外な方にひん曲がった。

「議員さんがですねぇ。学生の頃アルバイトしてたってのが、同じホストクラブらしいですよぉ。——じゃあ、行ってきまぁす」
太刀川はまた、フラフラと出て行った。
腕を組んで考え、新海は太刀川に〈二千五百円〉とメールを打った。
その辺の関係かという推論はあったが、やはり実証は大きい。
クラック、罅割《ひびわ》れのような隙間を埋めてゆく。
それが刑事の仕事だ。
人物チャートの稲尾と八代をつなぐ。
「さあて」
俯瞰《ふかん》で眺めながら考えていると、瀬川から電話が掛かってきた。
少し暗い声だった。
新海は課長席のいつもの二人から離れ、窓辺に寄って声のトーンを落とした。
「なんだ？　珍しく具合でも悪いのか」
——なぁに。夕べ、浴びたもんでよ。珍しく酔ったんだな。錚々たる連中の、情によ。
「ふうん」
深くは聞かない。
その方がいい気がした。
——GOが出たぜ。小岩の店、どうとでも出来る。

「どうとでも、か。わかった」

――やるか。

やる、と新海は即答した。

「早いとこ大臣を解放しないとな。長々とマスコミに絡むと、面倒臭いことになる。嘘も真も十把一絡《じっぱひとから》げにまとめて、ただ面白おかしくされる。だから、瀬川」

出て来い、と新海は言った。

――おう。かつうらビッグひな祭りも、この土、日で終わる。そうすりゃあ、俺はいつでもいい。

「じゃあ、来週だ」

おう、来週だな、となって、瀬川との通話は終わった。

新海はもう一度相関図を眺めた。

（さてさて）

思考を進め、思惑を絡めて深める。

向こう傷が、三日月の形に冴えていた。

二十五

――坂崎。来週になったら動く。やるぞ。終わらせる。だから知恵を出せ。ついでに呑み代も出せ。それで。

親父さんをややこしい恐喝から解放するんだ、という電話が新海から掛かってきたのは、前日金曜日の午後だった。

そのとき坂崎は議員事務所で、翌週月曜発売の『週刊＋＋』のゲラを確認していた。

出版社に小暮が要求したものだ。メールに添付され、送られてきた。

本文中には、

〈報道の自由を束縛しない範囲で、疑問、訂正、抗議があればどうぞ〉

とあったが、別に何かをするつもりは最初からなかった。

下手に触れれば、触ったところからまたゴシップを膨らます。

それが〈拡散砲〉であり、静観は小暮の指示、大臣本人の意志でもあった。

ゲラに書かれている内容は、おおむね大臣本人が新海に宛てた概要の通りだった。驚きはしない。

ただし、おおむね違いはないが、相当に、〈盛られ〉ていた。

特に、某クラブのナンバーワンホステス、某《なにがし》の、当日夜のコメントの部分だ。着ている物を破られ、剝ぎ取られ、泣きわめいて暴れたら殴られて圧し掛かられた、らしい。

医師の診断書もあるというが、コメント通りならまるで大臣は鬼畜《きちく》だ。

というか記事は読む限り、徹底的に大臣を鬼畜として描いていた。

新海に頼んで調査を進めていなければ、そして何も知らないまま読んだとしたら、息子であり秘書でもある坂崎でさえ、飛び上がって驚いて大臣本人に詰め寄ったことだろう。

逆に美人局系の恐喝が根本にあるとわかって読めば、息子であり秘書でもある分、大いに怒りも湧く。出版社ならキチンと裏を取ってから掲載しろと言いたい。

新海から連絡があったのは、そんなときだった。

新海は向こう傷のせいで印象が多少きつく、冷徹に見られることもあるが、本来は優しい目の、心の熱い奴なのだ。

——親父さんをややこしい恐喝から解放するんだ。

新海の熱が、このときも坂崎の心を温める。

新海は小学生の頃から向こう傷を以て、どんなときも坂崎を助けてくれる。

「了解。そうだな。メトロポリタンの最上階で飛驒牛フェア、やってるらしい。奮発するか」

あ、よろしくお願いします、といきなり低姿勢な新海の声を聞き、坂崎は電話を切った。

そのままスマホをネットにつなぎ、JRの予約サイトを開いた。

温まる心の隙間に、思うことがあった。

息子であり秘書でもある坂崎が、憂いも翻弄もされる記事なら――。

坂崎が予約したのは翌日の中央本線、あずさ九号松本行のチケットだ。

向かうのは母の住む、蓼科だった。


翌日土曜日、坂崎は新宿からあずさ九号に乗った。

蓼科は、長野県茅野《ちの》市にある高原の名称だ。

坂崎が向かうのはまず、JR茅野駅だった。

新宿からあずさ九号でわずか五駅だが、時間はたっぷり二時間以上掛かった。

JR茅野に到着し、駅舎を出たのは正午過ぎだった。駅前ロータリーでタクシーを拾った。

坂崎家の別荘は、この茅野の駅からおよそ十キロほど離れたところにあった。住所的には北山芹ケ沢という場所だ。

メルヘン街道と八ヶ岳エコーラインの交わる辺りで、高原の涼やかさが始まる辺りだった。

坂崎は、久し振りに別荘のアーチを潜った。

低木の垣根程度で仕切りもない敷地には、玄関に向けて枕木の車路がアプローチされ、広いサンデッキが張り出す建物は三角屋根のログハウス風プロポーションだが、無骨さはなく、どこか優しい。

坂崎家の別荘はもともと、昭和三十年代に祖父剛造が購入した成功者の証らしい。

平成に入って老朽化が著しく、祖父は浩一に建て替えを命じたという。

浩一は大学の工学部在籍中に、一級建築士を取得していた。

建築士になることが、子供の頃からの夢だったようだ。

――お義父《とう》さん。建て替えは勿体ないです。リフォーム、いえ、リノベーションといきましょう。

そんな提案をし、嬉々として自ら図面に向かったと聞いた。

そうして最初に手を入れたのがたしか二十六年前で、県議会議員でいた十年の間、少しずつ手を入れ続けた別荘だった。

それで完成を見たのかは定かではないが、衆議院議員になってからは、別荘自体、自分で訪れる暇もなくなっていた。

坂崎はアプローチからサンデッキに向かった。

前日と、最前茅野の駅に到着したときに連絡は入れておいた。

母・公子はサンデッキで、ロッキングチェアに揺られながら紅茶を飲んでいた。

「いらっしゃい」

セミロングの髪をワンサイドでまとめ、ふわりと笑って手を振った。

痩せているのはもともとで、太らない体質のようだが、少し小さくなったように坂崎には感じられた。

(そう言えば、しばらく来てなかったな)

坂崎が国交省を辞めて父の秘書になったのは一年半前だが、その直前のバタついた時期も合わせると、もうかれこれ二年半は蓼科に来ていなかった。

その間というか、母・公子は蓼科に引っ込んで以来、一度も東京にも鎌ケ谷にも戻っては来なかった。

祖父剛造の葬式のときもだ。

来ていないということは、会っていないということと同意だった。

サンデッキにはティーセットが載った小さな木製テーブルを挟んで、ロッキングチェアがもう一脚あった。

「紅茶、飲むでしょ?」

「うん」

坂崎はサンデッキに上がり、そこに座った。

すぐに紅茶のいい香りがした。

ひと口飲み、椅子に揺られた。

前方に広がる、八ヶ岳をはじめとする連山に取り囲まれた景色は勇壮だった。

春の訪れはこれからのようで、今はまだ山並みの至る所に雪の白も見受けられた。

そのせいか、サンデッキで受ける八ヶ岳おろしは、ときおり身を切られるほどに冷たかった。

「久し振りね」

「そうだね。ここのところ、電話ばっかりだったね。――その、電話でも少し話したけど、大臣、父さんの件だけど」

そう坂崎が言い掛けると、

「ねえ。和馬」

と、公子は柔らかく割り込んだ。

「今日が雛祭りだって、わかってた？」

「――ええと。ゴメン」

「ふふっ。そんなものよね。男の子なんて」

公子はまた、ふわりと笑った。

「あなたを妊娠したとき、私はてっきり、女の子だと思ったのよねえ。それでお父さんには内緒で、いくつか女の子用の服とか靴とか、買っちゃったの。可愛らしいひな人形もね。知らなかったでしょ」

「え」

「結局違っちゃったから、ひな人形はお友達にあげちゃったけど。でもあなたは本当に、女の子みたいに優しい子供だったわ。ひな人形を返してもらって飾りたいくらいに」

坂崎は黙って公子を見た。

公子は八ヶ岳より、さらに遠くを見るような目をしていた。

「色々あったけど、ずいぶん逞しくなったわよねえ。ちょっと軟弱なところもあるけど、大人になったっていうのかな？　あの小っちゃな、泣き虫君がねえ。それが、ねえ」

公子は紅茶を飲み、椅子に揺られた。

揺られて、また紅茶を飲んだ。

そしてもう、揺られなかった。

坂崎の目を覗き込み、頬杖をついた。

「あなたはここに、どのあなたで来たの？　大臣の秘書さん？　お父さんの息子？　それとも、私の息子？」

坂崎によく似た顎の線、小さな顔が、すぐ近くにあった。

「難しいね。難しくて、苦い質問だ」

坂崎は紅茶を飲み、顔を背けた。

八ヶ岳おろしが、また吹いた。

「母さん。もうそろそろ、帰ってこないかい？」

「どこへ？」

「議員宿舎でも、鎌ケ谷でも」

「どっちも一緒よ。どっちも息苦しくて。欲望だけが渦を巻いてて。――ねえ。和馬。お父さんのこと、テレビのワイドショーとかでちょっとだけ見たけど、それも同じことかしら」

「ああ」

やはり、知ってはいたようだ。

そうではない、父はそんな男ではない、と言いたいが、我欲渦巻くところの陰謀という意味では、母の言いたいことはわからないでもない。

母のように心の優しい人間に、〈永田町の生活〉は辛《つら》いのだ。

わからないでもないが――。

坂崎は、真っ直ぐに母の目を見返した。

「他のことは知らない。でも、今回のことに関しては、もしかしたら、欲望の栓を抜いたのは母さんかもしれない」

公子の目が少しだけ動いた。

「そう？」

顔を八ヶ岳に向けた。

ちょうど風が出た。

一段と強い風だった。

「そうね」

公子は立ち上がり、風に巻かれそうな髪を押さえた。

「そうかもね」

坂崎を見下ろした公子は、またふわりと笑っていた。

「そのうち、行こうかしら。もう少し暖かくなったら」

東京はもう暖かいよ、という言葉を坂崎は飲み込んだ。

東京は暖かくとも、永田町とマスコミの風は、まだまだ坂崎ファミリーに冷たい。

もう少し暖かくなったら。

――やるぞ。終わらせる。

新海はそう言った。

新海が言うなら、終わるのだ。

（ああ。その頃の方が、母さんにはいいかもしれない）

もう少し、暖かくなったら。

「母さん。もうすぐ、東京では桜が咲くよ」

坂崎もふわりと、八ヶ岳から吹く風に笑った。

二十六

三月も十日目に入った土曜日だった。

晴れてはいたが夜空に月はなかった。星明かりばかりの、星夜というやつだ。

時刻はちょうど、夜十時半を回った頃だった。

オドゥフィノの裏駐車場は闇に沈んでいた。

わずかな頼りは、薄く開いた裏口のドアから漏れる店内廊下の、かすかな明かりだけだった。

「へっ。書き入れ時なんだぜ。色んな意味でよ」

八代隆也は一台の車の後部ドアに寄り掛かり、そんなことを呟きながら蛍のように煙草を吸った。

オドゥフィノの裏駐車場には送迎車や従業員の乗用車、それに八代のベンツも停まっていた。

八代が寄り掛かるのはその中の、国産のワンボックスカーだった。ホステス達の送迎に使っている車だ。

ワンボックスカーはアイドリング中で、すでにホステスが私服で乗り込んでいた。

窓は開いていた。

乗っているのは、リリカだった。

「おい。リリカ」

八代は、煙草を挟んだ指を窓枠越しにリリカに突き付けた。

「上手くやれよ。安藤の方も準備は万端だって言ってたぜ」

「わかってるわよ。――ねえ、あの〈拡散砲〉のＬＩＶＥ取材、入るの？」

リリカは車内灯をつけ、化粧をチェックしながら言った。

「それはねぇってよ。連中使うと値が下がるってな」

「なぁんだ。芸能界デビューのチャンスだと思ってたのに」

「へへっ。けどよ、今回は音声も録るとか言ってたぜ。安藤はそれで、もう逃がさねえってよ。そしたら、マスコミなんざ後でいくらでもお前んとこに押し寄せるぜ。だからよ、上手く騒ぐんだぜ。キャーッとか悲鳴上げてよ。迫真の演技ってのをな」

「ま、お金の分は働くわよ。でもさ」

リリカは車内灯を消し、窓に寄った。

「ねえ、わかってる。前回分で借金はチャラ。これはくれぐれも、別だからね」

「ああ、わかってるよ。こんな日にも店に出てから行くってぇ、お前のがめつさはよ。まったく、大した玉だぜ」

「どっちがよ。私はがめついんじゃないの。ただ、お酒と金が好きなだけ。入った分、ちゃぁんと使うもの」

「へえへえ。それで借金作ってりゃ世話ねえけどな」

八代は吸い終わった煙草を足元で踏み消した。

「ま、ヨロシクな。ウブなネンネじゃねえんだから、今度はちゃぁんと裸のツーショット撮るんだぜ。大臣に乗っかってよ。相手は睡眠薬で寝こけて動かねえ爺いだ。へっへっ。これがホントの動かねえ証拠ってヤツだな」

八代は笑ったが、リリカは頬を膨らませ、面白くないし、と切り捨てた。

「ふん。言うのは簡単だけどね。男と二人だけって怖いのよ。起きたとき撮った写真なんか見せたら、逆上して何するかわかんないもの。そんなの、今までいくらでもいたし」

「はいはい。——けどよ」

八代は声を落とした。

そろそろ出発させる時間だった。

らね」

「三度目はねえ。お膳立ては全部出来てんだ。ラストチャンスだぜ」

「なにさ、偉そうに。そっちこそわかってる。私をいいように使うとね、高くつくんだか
らね」

行きます、と運転席の若い従業員が告げ、車が動き出した。

八代はテールランプが見えなくなるまで見送り、見送ってから、肩を落とした。

ゆっくり振り返り、裏口に向かう。

「へっ。俺こそ、迫真の演技かね」

それまでが虚勢だったことを物語るような、長い溜息と自嘲。

足取りは重かった。

十時半を回ったばかりのオドゥフィノは、当然まだ営業中だ。

それどころか、区議の丸川や引退した都議の爺いを動かし、『特定遊興飲食店営業』に分類される許可を下ろさせたのだ。やろうと思えば、二十四時間営業も可能だった。

昔は実際にやったこともあるが、今はやらない。

明け方まで店で呑もうとするような客は、大して上客ではなかった。

八代は十時過ぎから日をまたぐ十二時過ぎまで、普段なら一人、支配人室に入ってロックグラスを傾けた。

その際、常にドアは開けたままにした。

漂い流れるＢＧＭのような嬌声、床を這うドライアイスのスモークのような賑わい。

店内のあらゆる音や気配が酒の肴だった。

呑ませてナンボ。

抱かせてナンボ。

札束を妄想しながら呑む酒は美味い。

いや、美味かった。

（ああ。脅してナンボも、追加だったな）

稲尾がそんな話を持ちかけてきてまだ三人目だが、防衛省のなんたらいうキャリアは八代には特に無関係で、新自党重鎮の金沢はたしかに金を生んだが、調子に乗った感じで、次はなんと現職の大臣、坂崎浩一だった。

金もさることながら、八代の想像のつかない〈モノ〉ももらえるかも知れない。

そんなことを考えていた。

考えながら呑む酒は、美味さを通り越して甘美だった。格別だった。

そう、週明け月曜日の、あのときまでは。

「邪魔するぜぇ」

今と同じような時間、のそりと現れて店の敷居をまたいだのは、えらく迫力のあるレスラーのような大男だった。

「久し振りだなぁ。女衒」

言われればたしかに久し振りだったが、誰だかは一発でわかった。

姿格好といい、熱波のような威圧感といい、印象は昔から常に強烈な男だった。

「え、あ。えっと。ぶ、武州の」

「へっ。そんな水臭ぇ呼び方すんなよ」

馴れ馴れしく腕を回してきた。

丸太のように太く硬く、肉の厚みが圧倒的な腕だった。

回されただけで、身動きは出来なかった。

「オーナーって呼べや」

「……へ？」

それですべてが狂った。

いや、すべてが終わった。

それから五日が過ぎたこの夜、リリカの送り出しから何から、企ては全部、新オーナー瀬川藤太の指示に従ってのことだった。

——金の件で大臣がよ、もう一回内々で話したいってことだ。安藤には話しといた。例の定宿にしてるっていうホテル、あそこのラウンジだ。へへっ。勝手知ったるってな。もう一回、今度は前回よりよ、ガッツリと仕掛けるぜ。

そんな甘言で事態を作り出したが、すべては瀬川藤太という男の手の内だった。

瀬川本人に言わせれば、瀬川も含めて新海という男の掌の上らしいが、八代には遠く、おそらく一生関係がない話だ。

もう一度溜息をつき、薄明かりの漏れる裏口の扉を開けた。

裏口の扉の中に、壁に寄り掛かるようにして瀬川が、新オーナーが立っていた。

漂い流れるBGMのような嬌声、床を這うドライアイスのスモークのような賑わい。

八代が酒の肴とした店内のあらゆる音や気配を、瀬川が身体と存在感で遮断した。

「出発したぜ」

瀬川が言った。

八代にではない。耳に装着した、変わった色のインカムに向かってだ。

輝くようなメタリックの銀色は、八代も使っているSof＊Ban＊のシルバーに見えた。

そんな新製品が出来たのだろうか。

「新海。俺ぁ、ここまでだ。後の始末ぁ、頼んだぜ」

どうやら通話の相手は、どこかにいるその、新海という男のようだった。

リリカの向かった老舗ホテルを張っているのか。

――。

いや、どうでもいい。誰でもいい。

瀬川がゆっくり、八代を見下ろした。

ただ立っているだけでも上からの目線になる。

実際、見下ろしているのではなく、見下しているのだろう。

「しっかし、あのホステスな、さっき聞いてたが、擦れっ枯らしだな。嫌々やらされてるなら泥沼の中からってなことも考えたが、ありゃあそんな価値はねぇな」

かすかに笑った。

その隙間に、なんとか自分を捻じ込めないか。

「あの、オ、オーナー。俺、これから」

瀬川は笑いを深めた。

「おう。わかってるよ。心配ぇすんな。お前ぇのこともよ。ちゃあんと考えてるよ」

深まると、暗かった。

触ってはいけなかったかもしれない。

「なあに。大したこたぁねえや。手前ぇが泣かせた女達と同じだけ泣いて、手前ぇが堕とした女達と同じ地獄、いいや、地獄の地獄を、這いずって貰うくらいだぜぇ」

瀬川は八代の首にまた腕を回した。

それだけで、絶望を感じた。

ありとあらゆることを諦めざるを得ない気がするから不思議だ。

そのまま引き摺られるようにして、八代は支配人室に入った。

というか、連れ込まれた。

ソファに放り出されるようにして解放された。

瀬川はすぐ、ウイスキーボトルの栓を開けた。

「まずはよ、付き合ってもらおうか。呑めや。ただ潰れるまでじゃねえぞ。死ぬギリギリまでな。へへっ。下らねぇ告げ口、しねえように。いいや、今夜からぁよ、金輪際、良からぬ気を起こさねえように」

瀬川はウイスキーを注ぎ、インカムを外した。

「今日は俺も限界に挑戦するか。さっき聞かされちまった、どっかのクソ親父に負けてらんねえからな。おい、女衒。いっちょ勝負と行くかい？」

瀬川はウイスキーだけで満たしたグラスを差し出した。

八代は受け取った。

呑む先に待つものが地獄だとしても、今は呑むしか、八代に出来ることはなかった。

二十七

「痛いな」

坂崎は耳に装着した、瀬川と同型にして色違いのインカムを押さえて顔を顰《しか》めた。

「えげつなさは、耳に痛い」

地獄の地獄を這いずるとか、死の手前まで呑めとか、本物のヤクザの恫喝《どうかつ》は、インカムを通しても背筋がうそ寒かった。

一度インカムを外し、坂崎は緩く頭を振った。

「おい、新海。やっぱりこれ、性能良すぎだな。隣にいるっていうか、俺自身が恫喝されてるみたいだ」

坂崎はしげしげと、自分に与えられたｄｏ＊ｏｍｏレッドのインカムを眺めた。

瀬川のＳｏｆ＊Ｂａｎ＊シルバー、坂崎のｄｏ＊ｏｍｏレッド、そして新海のａ＊オレンジ。

三人が三色でそれぞれ身につけているのは、新海が用意した超高規格ＩＰインカムシステムだった。

米軍規格をクリアしている、らしい。

三セットの秘話通信がOKで、LANアクセスだから距離はまったく関係ない。音声もクリアでレスポンスも早く、超薄型にも拘らず、内蔵のリチウム電池は最大三十日間の待機が可能だという。

なぜそんな物を新海が持っているかというと、大きな声では言えないが、忘れ去られた押収物、ということだった。

しかも、上野・万世橋《まんせいばし》署と合同でとある場所に新COCOM違反関係のガサ入れを掛けた際の押収物らしい。

押収物は数が阿呆みたいに多く、三署で取り決めて保管を分担した際、どさくさに紛れ、使っていない三階のロッカーに置きっ放しになった物だ。

思い出したときには、いまさら、を通り越し、提出すると大いに問題がある頃だった。

——使っちゃえばぁ。便利みたいだよぉ。

そんな町村署長の鶴の一声で、ほぼ新海の私物扱いになったようだ。

が、さすがに新COCOM違反捜査の押収物をそのまま使うのは気が引けたようで、新海は亡き父の仲間だった塗装屋に頼んで塗り替えさせた。

気持ちよく引き受けて貰ったらしいが、タダで頼んだ結果が、シルバーと赤とオレンジだったという。

どうやらその塗装屋は、携帯三社の仕事をしているらしかった。

ただし、今もって新海は携帯会社のコーポレートカラーとは認めない。

Ｓｏｆ＊Ｂａｎ＊シルバーはシルバー・ムーン、ｄｏ＊ｏｍｏレッドはレッド・サン、ａ＊オレンジはブライト・ネーブルと勝手に呼んで、一人悦に入っている。

ともあれ――。

坂崎は覚悟を決め、ふたたびインカムを耳に装着した。

――オラ。呑めよ。一人最低、三本はノルマな。

――うえっ。

まだやっている。

「瀬川、せめて黙って呑め」

坂崎は顔を顰めて文句を言った。

――あんだよ。なんだって？

「こっちの作業はこれからなんだ。邪魔くさい。聞いてるだけで気持ち悪い。意識を集中出来ない」

――ちっ。仕方ねえな。その辺も耳の肴と思ったが。なら、こっちぁインカム切る。その代わり、おい坂崎、ヘマすんなよ。しっかりやれよ。

「えっ。いや、なにもそこまですることは。瀬川、こういうときは、連絡は密にするのがセオリーだろうが」

――喧しいな。そんな話こそ酒が不味くなる。じゃあよ。

それでいきなり、瀬川方面の音声が途絶えた。

「あ、おい、瀬川。コラ」

後の祭り、というヤツだ。

「新海。おい、聞いてんだろ。なんでなにも言わないんだ」

――ああ？

寝惚《ねほ》けたような声が聞こえた。

「どうすんだ。切れたぞ」

――いいんじゃない？　お前が言ってた通り、あっちの二人呑みは、聞いてても面白いもんじゃないし。

「けど、不測の折りには連絡が」

――店に電話すればいいんじゃないか？　あいつ、オーナーだし。

「――あ」

いけない。少し神経質になり、浮き足立っているかもしれない。

落ち着くには、自分こそ少しのアルコールが欲しいか。

もちろん、ウイスキーボトルの三本は必要ないが。

深呼吸をし、坂崎は前方に意識を傾注した。

坂崎がいる場所は、西武新宿線の野方《のがた》駅から環七を北に上がった辺りだった。豊玉陸橋の近くで、正確には少し入った住宅街だ。豊中公園が近く、目の前は道幅に余裕のある一方通行になっている。

斜め前方を見上げるようにする坂崎の視線の先には、さほど大きくない五階建てのマンションが建っていた。

そこは、フリーライターの安藤が住むマンションだった。

このマンションの三階南東の角部屋に安藤が住んでいると調べてきたのは、浅草東署の富田という刑事だ。

ちょうど新海と打ち合わせていたときで、千五百円、とかなんとか新海は言っていた。

坂崎は百メートルほどの範囲を行ったり来たりしながら、マンションの三階から目を離さなかった。

新海や瀬川のような〈本職〉ではないから、こういう張り込みめいた作業はどうも苦手だった。

自分なりに考え、服装は目立たないようにダークグレーのスーツにした。

が、一カ所に留まると、どうしても自分自身が不審者のようで、かえってそわそわと不審者度がアップするようだった。

それで、行ったり来たりで誤魔化した。

坂崎が到着したときから、三階の南東角には明かりが灯《とも》っていた。人の影も見えた。

間違いなく、安藤は在室だった。

それからさらに三十分ほど、坂崎は行ったり来たりを繰り返した。

（これは、革靴とスーツじゃない方がよかったかもしれないな）

せめて足元はウォーキングシューズとか。

いや、世の中で後悔が先に立ったためしはないが。

一方通行の出口方面のコインパーキングに駐車し、坂崎がマンション前に到着したのが十時前だった。

それから、二時間は百メートルの往復を繰り返した。

一般的な歩行速度は時速約四キロメートルと言われる。坂崎はそれより少し早い。

いつも通りに歩いてもおそらく四・八キロメートル、不動産屋がよく使う、徒歩何分の計算に近い。

それで二時間歩いたら九・六キロメートル、緊張してさらに早足になっていれば、十キロは超えるだろう。

足はさすがに、靴の中で少し痛くなり始めていた。アキレス腱も攣《つ》り加減だ。

〈本職〉に聞けばきっと、なら止まればいいだろう、と言われかねないが、それは本末転倒というもので、だったら最初から動かない。

（そろそろ、出てきてもいいと思うんだが）

そんなことを思いながら百メートルを行き切り、何十度目かのターンをした。

そのときだった。

ようやく、目的とするマンション三階南東の角部屋から明かりが消えた。

「おっ」

坂崎は急いでマンション方面に向かった。

哀しいほどに足は前に出なかった。

情けないことに余力の問題で、一人でなぜか必死にならなければならなかった。

歩き過ぎか普段の運動不足かは難しいところだが、どちらにしても反省の余地は大ありだ。

マンションから出てきた安藤は、そのまま隣接の住居者駐車場に入って行った。

予想はしていたが、車を使ってくれるのは有り難かった。坂崎が安藤を確認したのは、マンションよりコインパーキングの方が近い辺りだった。

すぐに自分の車を目指した。

安藤の車は浅草東署の中台という捜査員の、二千円の報告によって車種からナンバーまで坂崎も把握していた。

十台しか停められないコインパーキングだったが、夜の住宅街だ。坂崎の車以外、利用している車はなかった。

車に乗り込み、すぐにエンジンを始動した。そのままアイドリングで、坂崎は車道を睨んだ。

車を使うなら、安藤はこのパーキングの前を通るはずだった。

やけに長く感じる三分が過ぎ、果たして、一台のステーションワゴンがマンションの駐車場から車道に出てきた。

安藤の車で間違いないだろう。

「新海。動き始めた」

坂崎はインカムに手を当てた。

――了解。

それから、坂崎はゲートに向かってゆっくりとアクセルを踏み込んだ。

「あれ」

足先がプルプルとしていた。

それで少し強く踏んだ、つもりだった。

「うわっ」

思う以上に、車は急発進になった。慌ててブレーキを踏んだ。

土曜深夜の住宅街の、狭いコインパーキングでタイヤが場違いな悲鳴を上げた。

「はあ。ビックリだ」

――坂崎。

「なんだ」

――頼むから、事故るなよ。

「ええ。ああっと。了解、だな」

なんとも情けない声になった気がするが、まあ、いい。向こうからは見えない。

安藤のステーションワゴンを追い、坂崎の車がようやく、転がるように車道に出た。

二十八

「さぁて。細工は流々ってやつかな」

すべての手配を終え、新海は月なき夜空を見上げた。

新海の近くに立つ二人の男も一緒に見上げるが、特に行動に意味はない。これは条件反射のようなものだろう。

坂崎浩一大臣が入った老舗ホテルにほど近い、日比谷公園の一角だった。

新海を含む三人以外、公園内に人気《ひとけ》は絶えていた。

静かなものだった。

「おい。本当にいけるんだろうな」

二人の男の内の、暗がりに同化する大ナマズの方が、静けさを割るような野太い声を発した。

新海の柔道仲間、お台場テレビの浜島だった。

もう一人、これは浜島が連れてきた次田《つぎた》という男だ。

新海とは今まで面識はないが、見る限り浜島とは対照的に細く小柄で、いかにも敏捷《びんしょう》そうではあった。

「細工は流々って言っただろうが。任せろ」

新海は胸を張って見せた。

まあ、こういう〈計略・策略〉に絶対はないものだが、今回は面白いほどに完璧だ。

「あの」

次田が手を挙げた。

「流々ってのは人それぞれって意味で、任せていいかどうかは別ですが」

「――あ、そうだっけ」

一つ下だが、次田はなかなかに出来る。

「とにかく、問題は何もない、はずだ」

声を強くすることで誤魔化し、新海は時間を確認した。

午前零時まで、後数分といったところだった。

駒という駒の動き出しは確認した。

坂崎が意味のない夜中のウォーキングでヘロった以外、すべては想定通りだった。

（まあ、それにしても）

新海は知らず、星の瞬きに苦笑を漏らした。

坂崎浩一、恐るべし、というか、なんというか。

初めに思いついた新海の画策では、ただ単純に取材に取材をかぶせ、安藤の思惑も恐喝も吹き飛ばそうと思った。

それで浜島を唆《そそのか》した。

――なんにしろ、大臣絡みだ。スクープだぞ。

と、多少の風呂敷をかましたところ、浜島が連れてきたのが次田だった。歳は若いが、敏腕取材者らしい。

浩一をエサにして安藤を誘い出し、ホテルの外で揉めさせ、恐喝紛いの現場を取材する。

安藤とリリカ、その他を繋ぐ証拠は何一つないから飽くまで〈紛い〉だが、浩一とフリーライターを直撃出来ればまずは上々だろう。

もちろん浜島達には内緒だが、浩一には恐喝を誘導するような話の運びを頼むつもりだった。仕事柄、お手の物だろうから、このことに関しては杞憂もない。

安藤が嫌なヤツっぷりを発揮すればするほど、世論もマスコミも浩一に心情を寄せるに違いない。

上手くすればリリカというホステスと浩一の不倫自体、事実関係の有無は別にして、有《う》耶《や》無《む》耶《や》にも出来るかもしれない。

もちろんどう転ぶかわからないが、証拠の補完程度に、浩一には録音機材は持たせる。とまあ、この辺には穴も綻《ほころ》びもないわけではない。

しかし、動き出しはタイミングを計るようなその場足踏みから始まるより、まず一歩を踏み出す軽いフットワークを重視するのが新海流だ。

それで、出て来いと促した瀬川にまずオドゥフィノを押さえさせた。ここが企みのベースになるのだ。

瀬川なら間違いはないだろうが、それでも成功して初めて、細かいことは坂崎と煮詰めると、ひとまずそんな感じで動き出した。

そうして月曜の夜、池袋のメトロポリタンの最上階でフェア中の飛騨牛を堪能してから、エネルギー満タンの瀬川が動き、連絡をそのまま池袋で待って坂崎とプランを練った。

手始めにまずすべきことは、舞台となるホテルの一室の予約、ということで坂崎とは一致した。

後々、何かあっても怒られないところ。しかも都内で、胡散臭くないところ。

新海には心当たりがないから坂崎に振った。任せた。

親父の大臣特権とかで、ゴリ押しできるところを融通させるつもりだった。

すると、元凶というか当の本人というか、浩一から直々に電話が掛かってきた。

――融通の利くホテル、と和馬から聞いた。何をしようというのかね。

前年の蒲田同様、出馬を願うつもりではいたわけだから、どうせどこかで説明は必要だった。

大臣を相手にちょうどいい、一石二鳥と考えられる自分に多少まんざらでもなく、成長を感じたりもする。

「ああ、大臣。どうも。実はですね」

勝手に斜め上に立ち、すべてを説明する。

と言って、大して深くはない。千変万化、の起点のようなものだ。

それでも、

――なるほど。面白い。君は相変わらず、なかなかの策士だ。特に、風岡さんをきちんとヌキにしているところがいい。

と、浩一には持ち上げられた。

「いえいえ、それほどでも。まあ、持って生まれたといいますか」

斜め上の態度が、知らずさらに角度を跳ね上げる。

――さて、ホテルの件だが。

ここで浩一は本筋に戻り、日比谷通りに面した老舗ホテルを提案してきた。

新海が思わず、

「えっ。いいんですか」

と聞いてしまったのは、それが前回、浩一がリリカ達に嵌められたのと同じホテルだったからだ。

――問題ない。

浩一は声に一切のブレも感じさせず、断言した。

――以前君に渡した概要にも書いたが、概要は概要だ。細かく言うなら部屋そのものが、義父剛造の頃からリザーブされている。特にペントハウスやプレミアといった最上級の部屋ではない。ごく一般的なスイートだがね。それでもリザーブは少々値は張るが、義父の後は私が引き継いだ。義父は、本当に誰も、ときに身内でさえ信用しない人だった。東京に出て呑むときも絶対、他人に部屋は取らせなかった。そう。だからホテルだけでなく、部屋もまったく同じだ。前回、リリカに運ばれたときとな。

「えっと。部屋もですか？　う～ん。まあ、大臣がいいと仰《おっしゃ》るなら、駄目と言い張る理由はないですけど」

変化は疑心を生じさせる元だ。

同じホテル、同じ部屋は、相手方を油断させる意味でも、実は願ったり叶ったりだが、上から目線で言ってみた。

「ただ、やっぱり幸先悪いというか不吉というか、イメージとしては失敗を予感させますが」

しかし、次の浩一の言葉で、根拠のない自信はひとたまりもなく砕け散った。

──ああ、そうだ。ついでに言っておこうか。君らには伝えていなかったがね。

実は──。

「えっ」

その後に続く言葉は、短かったが破壊力は抜群だった。

「えぇっ!!!」

驚きどころの騒ぎではなかった。

驚きが過ぎて、この後、新海はしばし呆然となった。

「──えっと。あの」

間違いなく大人だ。

対比すれば新海らの、なんという子供。

いや、大人と子供ではない。新海達だけではない。

坂崎浩一という出来物の深慮と、その他大勢という未熟者の浅慮。

この浅慮の中には新海達だけではない。浩一を嵌めようなどとしたすべての者達も含まれる。

前回、美人局に嵌まった日の朝、浩一は息子に、

――この先、まあ何か起こるかもしれないが、何が起こっても気にするな。問題は何もない。正論も正解もすでに、この手の内にある。

と言ったとモコで坂崎に聞いたが、嘘でもハッタリでもなかったことが知れた。

「はあ。なるほど」

自分でも思いっきり言葉のトーンが落ちたとわかった。

――いや。新海君。とはいえ、人の口に戸は立てられん。相手方＋マスコミに対して私一人では、どうしようもなく多勢に無勢になった可能性もある。正論も正解も持ち合わせれば、後でどうとでも処理出来ると考えたが、すべてを言い訳として聞く耳を持たない、あるいは面白がる風潮もたしかにあるだろう。結果の話にはなるが、私は、君達を頼って正解だったと思っている。

と、浩一は慰めのようなことを口にした。

これも浩一にとっては、もしかしたら手の内のことかと思いつつ、子供にしてその他大勢にして未熟者は、

「ですよね」

と、言われれば大船でも小船でも乗るのが手だった。

乗って考えればたしかに、相手方＋マスコミの中には志村組も鬼不動組も関わり、HUも加わり、浩一の手の内だけでは、さすがに溢れたか。

情報は密かに操ることが出来るものだ。

操作されれば、神も簡単に悪魔に貶められる。

ともあれ、浩一から聞かされた内容によって新海の画策は、余計なことを考えずともほぼ仕上がったといえた。

そうして、細工は流々として臨んだのが、この夜だった。

恐るべしの、大人の、出来物の、坂崎浩一という大臣は、待ち合わせに指定した日比谷シャンテの喫茶店に、時間通り十時ちょうどに一人でやってきた。

「新海君。よろしく」

「こちらこそ」

それから打ち合わせになった。

このときはまだ、浜島達はいなかった。

浩一と新海と、インカムの向こうにいる坂崎と瀬川の打ち合わせだ。

浩一は新海の耳にある派手なインカムについては、一瞥するだけで特に何も言わなかった。

前年の蒲田署視察の際、息子の耳に同型の色違いを見ているからだ。

その際にはインカムを通し、

――新海君。私にできるのはここまでだ。頑張りたまえ。

そんなエールを送られたものだ。

打ち合わせは主に、新海一人が手順の確認を口にするだけだった。

インカムの二人もなにも言わない。

最後に新海は、

「ただ、大臣。普段のように、勝手に突き抜けて酒をお呑みにならないように。今回も薬が使われるかもしれません。呑み過ぎは危険です。ほどほどにっていうか、チビチビ程度で」

とだけは浩一に念を押した。

――元々、酒は嫌いじゃないとは知っているが、そんなに強くはなくてね。うちの大臣、昔から結構、人と呑むときは調子に乗ってよく泥酔するんだ。

息子からは、〈初詣で〉の折りに、そんな話を聞いていた。

恐るべしの、大人の、出来物の浩一だが、酒には呑まれる印象があった。

「ふむ。――ああ、そうか」

浩一は一瞬、目を細めた。

どこか悪戯げに見えた、のは気のせいではなかった。

「君は、いや、君達は、私が酒に溺れる方だと思っているのだね」

——えっ。

と、これは今まで一声も発しなかった、インカムの向こうの息子の声だ。

「そのインカムの向こうに、たしか瀬川君といったか。彼は酒豪だそうだが、どのくらいいけるのかな。ああ、量の話ではさすがに負けるだろう。なんにするかな。——そうだな。モルトウイスキーなら、でいいか。もちろんストレートで」

話は高性能インカムを通し、そのまま瀬川にも伝わっていた。

——そうだな。自分のペースなら四本。調子が良ければ、一晩で五本か。

新海は聞いたままを、浩一に伝えた。

鼻で笑った。

——あ、おい、新海。坂崎の親父、今鼻で笑いやがったんじゃねえか?

繰り返すが、インカムは高性能だ。

瀬川が喚いた。

耳が痛いほどだった。

が——。

「私は酔わない程度に呑むなら、普通に一時間に一本だ。一晩なら、そうだな。四時間呑めば四本、五時間呑めば五本か。六時間呑めば六本ということになるが、そこまでの時間は取れたことがない」

と、浩一が口にすると、瀬川はすぐに黙った。

諦めは、気持ちがいいほど早い。

「大臣。では、普段の泥酔というのは」

新海が代表した。

「誰もが潰れたと思う辺りで寝た振りをするとね、面白い話が聞けるのだ。倅に聞いてみるといい。私は誰かと呑んだときにしか、泥酔の真似事はしない。前回ハニートラップで潰れたのは、確実に薬を盛られたからだよ。実際に酒で潰れたことなど、今までただの一度もないのだから」

開いた口が塞がらないとはこのことだった。

こんなところまで。

いや、これを別に、深謀遠慮とは言わないだろうが。

なんにしても、すべては坂崎浩一という政治家の手練手管にして、掌の上だった。

呆気《あっけ》にとられていると、片手を上げて浩一はホテルに向かった。

「坂崎。お前の親父、やっぱり狸だな。狸の化け物だわ」

坂崎は答えなかった。

そうして、浩一がホテルの最上階、スカイラウンジに上がって三十分が過ぎた十一時頃、ナンバーも確認済みのステーションワゴンに送られてリリカがやってきた。

新海はそれとなく先に最上階に上がり、後から上がってきたリリカがスカイラウンジに入ったのを見届けた。

これが十一時十九分だった。

それから表に出、日比谷公園で浜島達と落ち合い、すでに軽く一時間以上が過ぎていた。予定で行けば、薬を盛られたであろう坂崎はもう、確実に部屋に運ばれている頃合いだった。

坂崎はといえば、取り敢えず事故ってはいないはずだ。まだ連絡はない。

代わりに、十分くらい前にはまたインカムを装着したようで、だいぶ調子のいい、鼻歌交じりの瀬川から連絡があった。

――女衒がようやく潰れたからよ。あの野郎、思ったより呑みやがった。デスクの脚にでも縛り付けてからよ、俺もそっちに行くわ。

ご機嫌さんは来なくていいと言おうかとも思ったが、制止したらしたで、ご機嫌さんは面倒臭くなると相場の決まった生き物なので、放置した。

間もなく午前一時になる。

——到着したよ。安藤も。

坂崎の声がインカムから聞こえた。

無事だった。

「どうだ」

「シャンテの方だよ。動かないね」

聞けば坂崎は、新海が浩一との待ち合わせに指定したのと同じ喫茶店の名前を口にした。

——携帯を気にしてるから、あとで何かの連絡が入るんだろう。

「了解」

細工は流々で、手筈は万全だった。

淀みもなく、すべてが順調に進んでいた。

だから、ビルの間に上り始めた、下弦の月が綺麗だった。

二十九

それから、さらに一時間が過ぎた頃だった。月がだいぶ高く上っていた。

「さて、と」

新海はおもむろに、日比谷公園のベンチから立ち上がった。

「そろそろかな」

言えば、機材をチェックしていた浜島と次田が頷いて立ち、瀬川が大欠伸で全身に伸びをくれた。

「うっし。了解っ」

瀬川は寝起きだった。到着して三十分は寝たか。

現着直後は五月蠅いくらいにご機嫌さんだったが、無理やりにでも寝かせたら、すでに酒は抜け始めているようだった。

考えるだに、気持ちが悪くなる肝臓の処理能力だ。

「じゃ、移動開始だ。いいか、くれぐれも、さりげなくだ」

新海を先頭にぶらつくように、日比谷通りを内幸町《うちさいわいちょう》方面に歩く。

瀬川以外の新海達三人は特に、二時間以上も待機して固まった身体を動かす意味もあった。

横断歩道を渡って正しく歩き、およそ三百メートルを移動した。

ホテルの側には回ったが、まだ近づきはしない。

そのまま鹿鳴館跡《ろくめいかんあと》のベンチに座る。

近くに喫煙《きつえん》スペースがあるのが瀬川と浜島には有り難いようだったが、新海にはホットの自販機が有り難かった。
夜はまだまだ冷えていた。
他に誰もいない喫煙スペースに、蛍族の光が八本分も灯ったか。
――新海。安藤が携帯を手に取ったぞ。
IPインカムから坂崎の声が聞こえた。
喫煙スペースの瀬川もインカムに手を当て、吸いかけの煙草を揉み消した。
「了解。――さあ、ターゲットが動き出したようだ。準備万端、抜かりなく」
新海は近くにいた次田に声を掛けた。
「うぃっす」
勢い良く首肯し、次田が機材を装備し始めた。
すぐに浜島も喫煙スペースから戻って作業に加わる。
坂崎からは、その後も順次インカムに連絡があった。
店を出た、日比谷通りに出た、ホテルの角で物陰に隠れた。
――あっと。エントランスから人が、あ、父さんだっ。
最後の最後に、秘書ではなく息子に戻る心根がいじましい。
人の子なら、そうこなくちゃと思わないでもない。
見れば、瀬川も鼻をこすりながらニヤついていた。

顔を見合わせた。

「行こうか。坂崎親子を助けに」

「おうよ」

浜島と次田を前にして、四人はホテルの車寄せに向かった。

三分も掛かりはしないが、一番近いのは坂崎だ。

そのインカムからかすかな音声が聞こえた。

くどいようだが、このＩＰインカムは優れ物だ。

――大臣。こんばんは。

靴音も聞こえた。

――ん？　あっ。君は。どうしてここへっ。いや、それより、き、君、あ、安藤君といったか。その、そのビデオカメラはなんだね。

狼狽《ろうばい》が聞こえた。

なかなか上手い。

役者だ。

――いえ、どうも大臣は、ご自身のお立場がよくおわかりでないようなのでね。これで撮らせていただこうかと。

――い、いや、それは。

――へへっ。この先もいろいろ渋るようなら、『週刊＋＋』の誌面だけじゃなく、デジタルの〈拡散砲〉にも売らせてもらいます。ま、これから撮りますが、大臣、これで申し訳ありませんが、お願いした金額じゃ全然足りなくなりましたよ。といって、ここからは一回でも断ったら当然、身の破滅だ。

――わ、私は、そんな恐喝には断じて屈しないぞ。

――また、何を偉そうに。まあ、いいっすわ。すぐにわかることですから。ってことで、なあ、リリカ姉さん。

――はぁい。

少し気だるげな声が聞こえた。

リリカの声だろう。

新海は初めて聞いた。

――大臣のこの偉そうな自信の元はどっからかってことで。姉さん、大臣はなんか、隠し持ってたかい？

――ええ。ちょっと待って。

少し間があった。

――これね。私も知ってる、ちょっとお高いボイスレコーダー。

――あ、い、いつの間に。

ますます浩一の役者振りに拍車が掛かる。

ただまあ、例えば携帯やボイスレコーダーなどは抜かれても差し支えない。

泥棒除けとしてテーブルの上に置く小銭、不測の折りの保険のようなもので、想定済みだ。

というか、浩一の深慮を知った上は、こんな諸々は最初からあってもなくても、ど〜〜でもいい。

――へへっ。万事休すってことで。じゃ、大臣。回させてもらいますよ。へっへっ。撮りまぁす。

安藤の咳払いが聞こえた。

――大臣。こちらを恐喝と仰いますが、することとしてお金、つまり慰謝料を払わないのは犯罪じゃないんですかね。法の話は別です。物事の善悪、正義の話です。ねえ、お嬢さん。

――は、はい。

――今夜も大臣と、肉体関係はあったんですか。あったんでしょ。

――え、あの。それは。

――言いづらいかも知れませんが、お願いします。

――あの。は、はい。

安藤は声を逞しくし、リリカは手弱女《たおやめ》のようだ。

浩一が役者なら、こちらも役者か。

ただし、格はおそらく桁違《けたちが》いに落ちる。

――お嬢さん。それは合意の上ですか。乱暴されたんじゃないんですか。

――え、はい。無理やり。大臣は、無理、やり。私の服を剝ぎ取って。下着まで。

泣き崩れる、演技。

――お、おい。君。それはこんな場所で言うことじゃ。

慌てる、演技。

――大臣。ほら、可哀想に。言わなくていいことまで口にさせて。これで、慰謝料は倍ですね。しかも、即刻お支払いいただきましょうか。さもないと大臣、私はこのネタを週刊誌に持ち込みますよ。そう、『週刊＋＋』の、〈拡散砲〉辺りにね。

頃合い、だったろう。

ホテルの敷地に入ると探さなくとも、大きく張り出したファサードの下に三人が見えた。

坂崎はといえば、探さなければわからない端の奥だ。

浜島と次田がまず走った。

次田は眼前の安藤同様のビデオカメラを抱え、浜島は斜め掛けした携帯型バッテリーにつないだ、ハンドライトを両手に掲げていた。

次田はカメラだけを構える安藤と違い、空いたもう一方の手にマイクを握っている。

薬を盛られたせいか、浩一は少し青い顔をしていたか。

次田は安藤ではなく、浩一にマイクを突きつけた。

どんなときでもマイクを向けられると背筋が伸びるのは仕事柄か。

顔色も気持ち、赤みが差したような気がした。

さすがだ。

「『週刊＊＊LIVE』ですが」

次田は浩一の前でそう名乗った。

そういうことだ。

新海が多少の風呂敷をかましたら、

——どうせなら、『週刊＋＋＋』に負けないところがいいだろ。

となって、浜島が連れてきたのが次田だ。しかも次田は『週刊＊＊LIVE』、つまり〈＊＊＊砲〉の敏腕記者だった。

一瞬の静寂があった。

ただし静寂の意味するところ、狐につままれたような顔をするのは、安藤とリリカだけだ。

「はあ？」

口を開いたのは安藤だった。

構わず次田は浩一に質問をぶつけた。

「大臣。ここは前回、ご自身の醜聞が報道されたのと同じホテルですね。舌の根も乾かないうちに、懲りずに二回目の逢瀬を直撃される、ということになりますが、それでよろしいですか」

「いい。ただし、そこのリリカ君や安藤君に、写真やら動画やらを撮られる、という意味でなら」

「では、強姦はないと。先ほどのお話を漏れ聞いた限りでは、噂になっている愛人騒動とは少し違う気がしますが。こちら、同じ女性？」

次田はカメラとマイクをリリカに向けた。

「え、あ、はい。私です。前回も同じような目に。そのことで話があると呼び出されて。今度こそと信じた私がいけなかったのでしょうか？　お相手は大臣でいらっしゃいますもの。それが同じ部屋で、二度も」

それからリリカは、浩一の所業を滔々《とうとう》と語った。

「私は、お願いしました。どうかおやめくださいと。けれど、大臣はおやめになるどころか——」

おお、役者だ。

涙さえ浮かべ、マスカラの落ちない方にそれとなく首を振って流す。

聞いているこちらが、なにやら気恥ずかしい。

「なるほど。よくわかりました。それで」

次田は今度は、マイクとカメラを安藤に向けた。

「あなたは。ああ、失礼ですが」

「安藤だ。安藤幹雄。善意のフリーライターだ」

条件反射、ではないだろうが、安藤は自分のカメラを下ろした。

「前回もあなたですか？　『週刊＋＋＋』の記事」

「そうだ」

「偶然、ではないですよね。今度はビデオカメラも準備されている。もしかしたら前回も」

「善意の、と言ったはずだ。俺は大臣の性癖を暴くべく、独自のルートで前から追っていた」

「ほう。では、こちらの女性とは、面識はないと」

「ない。ああ、正しくは、前回暴行を受けた時が初見だ。つまり今回で二度目ということになる」

「なにやら、お願いした金額じゃ足りないとか、慰謝料は倍とか聞こえましたが」

「善意の第三者として、交渉の窓口になったまでだ。か弱い女性一人で、国務大臣兼国家公安委員長と戦えるとは思えなかったからな」

「それなのに、今回も行かせた？」

「知らなかったのだ。彼女が勝手に行った。いや、来たんだ。俺は大臣を張っていた。ホテルに入ったってことはまた、誰かが大臣の毒牙に掛かるのではと危惧したが、まさかまた彼女だとは。いいか、俺はな」

安藤は選挙演説張りに、正義とペンについて声高に述べた。

なるほど、ご高説、というやつだが、真実がどこにもないと知っている身には、聞くに堪えない駄話でしかなかった。

瀬川などは最初から、ファサードの下に入らず野天で月を見上げていた。

坂崎が一人、奥の方にまだ隠れていた。

新海はインカムの電源を切った。

「おぉい。坂崎、出てこいよ。もう終わりにするぜ。飽きた」

ホテルの車寄せに新海の声が響いた。

安藤がまず、姿を見せた新海を睨みつけた。

「なんだ。お前は」

突然の騒がしさに、ホテルのエントランスからポーターが泳ぐように出てきた。

「ああ。お構いなく」

新海はおもむろに警察手帳を出し、証票を開いて見せた。

安藤とリリカの目に動揺が走った。

瀬川がゆっくりと、ファサードの下に入ってきた。

ちょうどいい。

「瀬川。こっちの姉さんを頼む」

「ああ?」

「逃げないように」

「なんで俺が」

「お前の店のキャストだろ」

一瞬考え、おお、と瀬川は手を打った。

打った手を広げ、リリカの前方に立つ。

「な、なんですか」

怯えた風のリリカに、瀬川は顔を近付けた。

「初めまして、だよな。俺ぁ、オドゥフィノの新オーナーだ」

リリカの顔色が、いきなり紙のように白くなった。

坂崎が駆け寄ってきた。

新海は同じように、安藤の背後を指示した。

逃げられないように。

「な、なんなのだ。一体、官憲がこの場の何を操ろうというのだ。権力の犬がっ。俺は負けない！」

新海は耳を穿《ほじ》った。

「ああっと。喧しいんで、大臣、どうぞ」

次田のカメラとマイクが浩一に向いた。

浩一は頷き、リリカと安藤を順番に見た。「手を引く、あるいは変心するタイミングはいくらもあったはずだ。君らも私にとっては、愛すべき有権者なのだ。と言って、まあ、今さら遅いかもしれん。ただ、今後のために言っておこうか」

冴えた光の、強い目だった。

「いいか。正しいことが、正義が勝つなどと青臭いことは言わん。だがな、悪事は、必ず露見するのだ。このことは、肝に銘じておけ。肝に銘じて、明日を生きろ」

まずはその日の光だけで、喚き散らしていた安藤が息を呑んで黙ったほどだ。

そして、ここからが新海達も聞いた浩一の、破壊力抜群の深慮の全貌だった。

言うなれば、水戸黄門の印籠《いんろう》に近い。

大臣、と新海が促した。

浩一が一歩、前に出た。

次田のカメラが近かった。

「このホテルには私がいつも使っている部屋があるのだ。これは、そちらの女性も知っている」

「あ、そうなんですね。姉さ、お嬢さん。間違いないですか」

カメラに残すべく、新海はいちおう、リリカに確認した。

当然カメラに残るので、言葉遣いは気にしたいところだ。

「は、はい。前回も今回も、私はそこに。こんな高級ホテル、私はその部屋にしか入ったことはありません」

その部屋なんだが、と浩一は話を引き取った。

「義父剛造の頃からのリザーブでね。私が引き継いだ。義父は本当に誰も信用しない人だったが、私も職業柄、言った言わない、記憶にあるないの揉め事は嫌いでね。深く呑んだ夜の宿泊や、ときには政財界の人物との会合や会談の場所としても使っているのだ。義父の提案を良しとしてくれた当時の支配人と、義父との約束込みに」

浩一はカメラに向かって言った。

「私が在室中のすべては、義父の代からの一貫した意思によって一切の例外なく、室内に秘された何台もの防犯カメラによって自動的に残されているのだ。音声も含めて」

一瞬、以上の間があった。

ひっ、とまず短い声を上げたのはリリカだった。

浩一はゆっくり、光が散るような視線をリリカに動かした。

「あの日の、君を殴った高橋、いや、女衒の姿も、自分で服を脱ぎガウンに着替えた君も、君がこの安藤に掛けた電話の内容も、すべては確認済みだ」

全身を震わせ、リリカは膝から崩れ落ちた。

そう、これが新海が浩一から聞いた、鉄板の事実の証明だった。

新海は、脇からリリカに手を差し出した。

あとは、型に嵌めるだけだった。

「任意ですが、携帯、預からせてもらいましょうか」

顔を安藤に向けた。

「あなたも。さっき、彼女から連絡、もらってましたよね」

安藤は唸るだけで、その場から微動だにしなかった。

三十

この日からさらに一週間が過ぎた、土曜日だった。

週の半ばには、次田が取りまとめた『週刊＊＊＊』の〈＊＊＊砲〉がＬＩＶＥ配信で炸《さく》裂《れっ》した。

大臣以下、全員の顔に目線は入れられたが、少なくとも公人である浩一は、それが坂崎浩一という大臣だと万人にすぐ判別出来たようだ。

まあ、それが暗黙の了解というか、敢えて強調はしないが、狙いでもあったのは間違いない。

リリカと安藤の身柄を押さえた翌日の午後には、そんな配信の噂、つまり浜島と次田のリークがマスコミ中を駆け巡った。

効果は抜群で、明けた月曜の朝からはすでに、浩一を追う記者もテレビカメラもほとんどなかった。

かくて、坂崎浩一国務大臣兼国家公安委員会委員長に仕掛けられたハニートラップの件は結果、大臣を微塵《みじん》も揺るがすことなく、なんとなく尻すぼみな感じで終結を見ることになった。

リリカと安藤の身柄は浩一の指示で新海の手を離れ、その老舗ホテルを管轄とする丸の内警察署預けになることがあの場で即、決まった。

なんといっても、国家公安委員会委員長直々のご指名だ。

現場にはすぐさま、署長自身が眠い目を擦りながらワタワタと、全然別方向から泳ぐようにやってきた。

リリカと安藤に待っているのは、丸の内署の腕によりを掛けた捜査だろう。

おそらく末端の、些細な違反事まで掘り起こされるに違いない。

まあ新海としても同情しないではないが、そもそも二人とも自業自得の線が強い。

これまでの人生を、積み重ねた悪行で振り返るいい機会だろう。

庶民と善人には、有り得ない機会だ。

他に、オドゥフィノの八代は、志村組の志村善次郎が認めるところとして、瀬川預けとなった。

こちらはなんというか、生きる世界がもともと新海達とは違う。

なので判然とはしないが、安藤達以上に絞られることは間違いない。

なんと言ってもオドゥフィノは、鬼不動の柚木達夫が作り下げ渡し、志村組の志村善次郎が自己資金で運営していた店だ。

それを勝手に振り回していた八代の行く末は考えるだに恐ろしい。

恐ろしいから、気にすることを無理無理に止めてシャットアウトした。

千葉九区の稲尾はまず坂崎浩一大臣から絶縁と、北学会からの除名を言い渡されたようだ。

次いで畳み掛けるように、浩一共々が所属する派閥の領袖、加瀬孝三郎外務大臣に呼ばれ、言外に離党の勧告すらされたらしい。

――坂崎君を貶めるということは、我が新自覚を貶めるということだ。舐めるなよ、小僧。潰すぞ。粉々に。防衛省にいるという、貴様の兄もろともにな。

それで震え上がって、現在は地元に引き籠り中だという。

と、何かしらの処分やペナルティーが下ったのはここまでだった。

一人、HUの裏理事官、宇賀神義明だけは、今のところ捜査の範疇にはいなかった。

これはどうにも、最初から宇賀神が上手く立ち回ったという外はない。

だいたい、宇賀神は秘匿捜査のプロなのだ。

この一件に宇賀神が関わったという物的証拠はなにひとつなかった。

出来ることがあるとすれば薄い状況証拠の積み上げと稲尾達の証言を得ることだが、こちらはどちらも遅々として進まない。

仮にも宇賀神は、警察庁のキャリア警視正だ。

しかも作業が薄い状況証拠集めでは、力を出せという方が無理で、捜査員達はほぼほぼ全員及び腰だった。

稲尾達も、特に宇賀神の役回りについては、貝のように口を閉ざして語らない。

仲間が一人でも生き残ればまた浮上の目もあると思っているのか、あるいは、稲尾達ですら宇賀神に致命的な弱みを握られているのか。

届かなかった、と新海は思ったが、そこまでだ。出来ることと出来ないことの割り切りは早い。

例えば、浩一を最初にオドゥフィノに誘った新自党の金沢洋平代議士にも、オドゥフィノに風営法上の便宜を図っていた丸川という区議会議員にも、司直の手は伸びていない。

その関係の引退した都議会議員の爺さんは、病の床に就いているというから別にしても、だ。

聞けば、加瀬外務大臣が密かに秘書を接触させ、貸しだと脅しも賺《すか》しもし、不測の折りの先兵として抱え込んだらしい。

政界と言わず人の世の雲の上の世界は、雲の上なのに魑魅魍魎が蠢《うごめ》き、百鬼が夜行する世界だ。

見上げて目を凝らし、届かない手を伸ばすのは、新海の役目ではない。

しっかりと足元に目を凝らし、地に足をつけた者たちの泣き笑いに寄与するのが、現職の警察官、浅草東署の在り方だと新海は認識していた。

残る一人、風岡美里については疑問は残ったが、実際の捜査が進んでも彼女の関与は一切、欠片も発見されることはなかった。

——一切、関わりはないのだ。これだけは断言できる。

——彼女に触るな。天地神明に誓って関係はないのだから。

坂崎浩一という政治家が口にした、この言葉に聞こえたささやかな真実だけで良しとするしかないだろう。

そうしてひとまず、この恐喝事件に直接関する事々はすべて終結を見た。

と思ったら、意外なオマケはついてきた。

〈ハニートラップの罠。甘く溶ける瞬間〉

そう題して配信された〈＊＊砲〉のLIVE映像は、勧善懲悪というか、犯罪が完全に粉砕される瞬間の珍しい映像として、これが結構な話題となったのだ。

もちろん、丸わかりではあっても、映っているのは誰だと、配信元が断定した映像ではない。

その前提に則《のっと》って、どういう仕掛けのトラップだったか、時系列を追って細かくどんな網が張られたかなどは、毎日どこかのテレビのワイドショーがいんちきコメンテーター付きで解説した。

これがまったくマイナスに働かず、かえって坂崎浩一という政治家の人気に繋がったようだ。

扱いはどちらかと言えば、今の時代の正義の味方、ご時世的なヒーローだった。

――いいか。正しいことが、正義が勝つなどと青臭いことは言わん。だがな、悪事は、必ず露見するのだ。このことは、肝に銘じておけ。肝に銘じて、明日を生きろ。

浩一のこの言葉は、〈神のお告げ〉としてネットの一部には信者も作ったようだ。

どうにか加工して年末の流行語大賞を狙おうとする向きも、新自党内にはあるらしい。

誰も狙っていなかった分、新海はもちろん、深謀遠慮の浩一も想定外だった分、どう反応していいかは、正解なしの謎というものだろう。

迂闊というか粗忽というか、間が抜けた話になったことは明らかだったが、

「へっ。だからどうしたってんだ。一件落着には変わりねえだろうがよ。区切りつけろや。パーッとやろうぜ」

と、迂闊と粗忽の権化《ごんげ》のような瀬川に引きずられ乗せられて、この日、パーッとやることになった。

金主はもちろん、坂崎親子ということになり、親父が来るわけもなく来ても困るから、倅の方が軍資金を預かってくるということになる。

費用の五倍、は銀座は無理かも知れないが、たいがいどこでも大盤振る舞い出来るのはたしかだったが、場所はなんと、小岩のオドゥフィノだった。

三十一

自分と坂崎と瀬川。

オドゥフィノは、どう考えても三人で呑むには場違いな気もしたが、瀬川が頑として譲

らなかった。

新海は瀬川と二人、店に入ってすぐ右手の、暖簾を潜った奥にいた。

店全体としてはクラブっぽくダークな照明だが、そこだけは明るく、小料理屋のような作りになっていた。

浩一の書簡にあった通りだ。

立派な一枚木のカウンターには、目にも優しげなお飯菜が並び、席はスツールだけの六席だった。

新海と瀬川は、ど真ん中の二席に陣取った。坂崎はまだ到着していない。

いつものことだが、どこかの誰かの応援演説に向かう大臣を、議員会館から空港に送って行ってから来るということで、坂崎は最初から少し遅れる予定だった。

当然、費用の五倍の軍資金は運んでくる予定だが、浩一には場所は内緒だ。

なんといってもオドゥフィノは、関わるなとあれほど言われた風岡美里の勤める店なのだ。

下手をしたら、軍資金の支払いを渋られる可能性もあるだろう。

「えーっと。それにしても、なんでここなんだ」

新海は辺りを見回しながら瀬川に聞いた。

ビールからスコッチに移ったところだった。

二人で呑み始めて、すでに三十分は過ぎていた。

時刻は、夜の九時を回ったところだった。

店のオープンからは一時間が経過していたが、店内は感覚だけだが、割とというか大いに静かだった。

正しく言えば、閑散としていた。

人の気配や話し声といった、こういう店にはなくてはならない、活気自体が乏しい感じがした。

「ああ？　新海、手前ぇ。本当にわからねえってか？」

「ええっと」

新海はもう一度、念のため辺りを見渡した。聞き耳も立ててみた。

「だいぶ静かだな、とか」

「けっ。人の店に来て、言うじゃねえか」

「あ。違ったか？」

「違わねえ。大当たりだ。だから、助けろってなもんだ」

「なんだそれ。偉そうだな」

割烹着姿の女性が、カウンターを挟んでクスリと笑った。

その女性が、風岡美里だった。

細面で、間違いなく美人と言っていい部類だが、それより笑うと愛嬌が前に出て、そちらの方が印象的な顔立ちだった。

年甲斐もなくという形容詞はつくが、まあ浩一が魅《ひ》かれるのも、うなずけるというか、納得は出来る。

どこかで見たことがあるかなという既視感もまた、親しみや近しさを覚えるといった意味で、彼女の魅力のひとつだろうか。

「おっと。風岡さんよぉ。笑っちゃあいけねえや。俺に取っちゃ、大問題なんだぜ」

「あらあら。すいません、つい」

風岡は肩を竦め、舌を出した。

若やいだ仕草もまた、付加されるべき魅力のひとつか。

「いや。いいんだけどよ。すまねえな。別に、あんたに当たるこっちゃねえやな」

瀬川は苦笑いでスコッチを呷った。

この日までに瀬川は、オドゥフィノのキャスト、つまりホステスらを半分程度まで減らしたらしかった。

――身持ちとガラの悪ぃのをよ、つまんで引っこ抜いてポイッ、てな感じでよ。そんなんを何回か繰り返したら、気づいたらまあ、見事に減っちまってよ。

そんなことを苦笑交じりに言っていた。

売春行為などは、店を受け継いだその日に即刻で止めたという。

まあ、ある意味正しく、ある意味、会員制の秘密クラブでそれをやったら、と思う通りの、案の定、という状態ではあった。

かくてオドゥフィノは、小岩の裏通りの姉ちゃんの数も足りない和風のクラブに成り下がり、瀬川がオーナーを宣言してわずか二週間足らずで、すでに店の存在自体が風前の灯火ではあった。

「けどよ。姉ちゃんを半分にしたら、売り上げが十分の一ってなあ、どういう計算だかな」

「あれだろ。半分にしたから単純に十分の五。残りの十分の四、つまり五分の二が売春の上がりってことだろ？」

ふむ、と頷き、瀬川はもっともらしく腕を組んだ。

で、

「――わからねえ」

考えた後にぼそりと言ったが、この辺は長い付き合いだ。

経営学や経済学的にわからないのではないことはわかっている。

これは単純に、算数の話だ。

「瀬川、通分だぞ」

「ほほう」

また風岡がクスリと笑った。

瀬川が睨んだ。

「でも、オーナー。いなくなる私が言うのもなんですけど、私は、今のお店の方が好きですよ。ギスギスもドロドロもしてない方が。――はい、どうぞ」

話しながら肉じゃがを銘々皿に盛り、風岡はカウンター越しに出してきた。

「じゃあ、私は奥で煮物の仕込みをしてますから。何かあったら、遠慮なく声を掛けてくださいね」

そう言って頭を下げ、右手奥の暖簾を分けて調理場に消えた。

瀬川が肉じゃがをつまんだ。

美味ぇなと言った。

新海も肉じゃがに箸をつけた。

「おっ」

たしかに、風岡はなかなか料理上手だ。

新じゃがが煮崩《にくず》れるギリギリの食感と味は絶妙だった。

「なあ、瀬川。風岡さん、今なんて言った？　いなくなるとか言ってなかったか？」

「ああ？　おう。言ってたぜ。彼女はな、来週一杯だ」

「それって、人でなしの首切りか？」

「違《ちげ》えし。なんか、岐阜で工房持ってる先輩ってえのが、一緒に窯《かま》ぁ持たないかって誘ってくれたんだとよ」

「岐阜？」

「ああ。いい土が出んだと。俺にゃあわからねえが」

「というのは口実で、実は彼女が気を使ってくれた結果だったりして」

「んなわけねぇよ。だいたい、彼女は本当なら、前月一杯だったって話だぜ」

「前月一杯？」

「おうよ。なんかよ、向こうの手違いでマンションの契約が一カ月近く遅れんだと。でよ、切るどころじゃねえや。オーナー代わりのどさくさで、その分延長だ。嘘だと思うんなら、本人に聞いてみりゃいいや」

「いや。そこまでは。信じるよ。お前は血も涙もある男だ」

とは言ったが、腑に落ちる言葉が思い出された。

――だいたい彼女はもうすぐ――。あ、いや、それはいい。

赤坂の航空会社系ホテルの庭園で、浩一はそう言い掛けた。

このことか。

何も言わず浩一だけがマスコミの矢面に立ち、じっと耐えていれば、その間に彼女は岐阜に去るはずだったのだ。

一カ月遅れることになったのは、浩一にとっては間違いなく想定外だったろう。

ついでに言えば、その店のオーナーに瀬川藤太という男が収まり、息子の和馬も来ることになっているなどは想定外どころか、慮外に違いない。

「けどよ、新海」

瀬川が空のグラスを掲げ、溜息をついた。

「こんな店よ。もらったからって、俺に何しろってんだ。俺ぁ、テキ屋だぜ」

まあ、その通りだ。新海に言うべき言葉はない。

その前に、こんな店とか言うが、貰うとかくれるとか、そんな豪快な話自体、新海には想像も付かない。

と、

「待たせたな」

ボーイに案内され、坂崎がやってきた。

相変わらずキチンとしたスーツ姿だ。

「おっと。費用の五倍がやっと来たか」

新海は手近な瓶から手近なコップにビールを注いだ。

「駆け付けの三杯だ」

「そうか。まあ、普段なら断るところだが、今回は色々手伝ってもらったしな。そのくらいは、素直に従ってやろうか」

珍しく機嫌よく、坂崎はまず一杯を呑んだ。

呑んで周囲を見回す。

「不思議だな。瀬川がオーナーか」

「今そんな話してた」

新海は二杯目を注いでやった。

「本当らしいな。じゃあ、オーナー。早速客からの提案だが、店の看板を大きくするか、名前を変えろ」

「なんだあ？」

瀬川は手酌のスコッチに口をつけた。

「駅からタクシーで来たが、名前を言っても誰も知らないし、まず言いづらい」

「けっ。変えねえよ。ってえか、変えられっかよ」

「なんでだよ」

坂崎は二杯目のビールを呑んだ。

「オドゥフィノよ。逆さに読んでみろってんだ」

「え。逆さ？　ええっと」

坂崎は、カウンターに水滴で店の名前を書いた。

オドゥフィノ。

「違えし」

瀬川が手で弾き散らす。

「うわっ」

新海の目に入った。

「こうだよ」

今度は瀬川が書いた。

ODUFINO。

覗き込んで、新海も坂崎も小さく唸った。

唸って、ほぼ同時に呟いた。

「センス、ゼロだな」

オドゥフィノはODUFINO。逆読みにすればオニフド、鬼不動だ。

馬鹿馬鹿しい。

が、たしかに瀬川には変えられないか。

「じゃあ、まあ、仕方ないか」

坂崎が一人で納得してビールを呑み干した。

新海は三杯目を注いでやった。

瓶はそれで空になった。

「坂崎。お前がそれ呑み干したら、改めて乾杯だ」

「四杯目でか？　ま、それもいいだろう」

坂崎がコップに口をつけたところで、瀬川が誰もいないのに手を上げた。

居酒屋をよく使う、呑兵衛《のんべえ》の癖だろう。

「風岡さんよ。瓶ビールもう一本だ」

はぁい、と返事が聞こえた。

すぐに風岡が出てきた。

ビールを呑み掛けた姿勢のまま、坂崎が固まった。

見逃さなかったのは、おそらく新海だけだ。

カウンターからビール瓶を置き、風岡はまた調理場に入った。

坂崎はまだ固まったままだった。

オラ、と新しい瓶を差し出し、瀬川も気付いた。

そうして、どうしたと顔を近付けた瞬間、坂崎は口中のビールを盛大に噴き出した。

「うわっ。手前ぇ、坂崎っ」

瀬川が騒ぐが、坂崎は咽せるばかりだった。

咽せて咽せて、椅子に背を預けて呆然とした後、やがて坂崎は笑い始めた。

こんな坂崎は初めてだった。

新海に初めてということは、瀬川にも同様だ。

お絞りで顔をぬぐったまま立ち、瀬川はなにも言わなかった。

「そうか。そういうことか。へえ、あの偏屈親父が、そういうことか」

笑いながら、坂崎は目頭を押さえた。

「馬鹿だな。まったく、馬鹿だ」

声が、少し熱かった。

おそらく坂崎は、笑いながら泣いていた。

顔を見合わせつつ、新海と瀬川は、坂崎を待った。

待って落ち着いたところで聞いた。


なんなんでしょう。


坂崎は天井を振り仰いだ。

その目尻に、涙の跡が隠れもなかった。

「あの風岡さんって人な。そっくりなんだ。俺は一瞬、写真から飛び出してきたのかと思った」

　さらにわからないが、言葉を待つ。

　涙の跡を見ては、急かさないのが礼儀だったろう。

　坂崎は瀬川を見て、新海を見た。

　そして、照れたように朗らかに笑った。

「母さんだ。母さんにそっくりなんだ。たぶん、俺が幼稚園の頃。親子三人一緒で、父さんも一番、幸せだった頃」

　声はなかった。

　そういうことか。

「――呑もうぜ。なあ、坂崎」

　瀬川の言葉が合図だった。

「ああ」

　坂崎が空のコップを瀬川に差し出した。

「そうだな」

　新海も出す。

「呑むか」

　この日、東京に平年より九日も早い、桜の開花宣言があった。

三十二

――し、新海。母さんが出てくる。いや、それはいい。いや、よくない。坂崎からそんなエマージェンシーが掛かってきたのは、さんざっぱら呑んだ土曜から二日後だった。

月曜日の夜だ。

新海はまだ、浅草東署の自分の席にいた。

「ああ？　なんだそれ」

そろそろ帰ろうかと思ったときだった。

実際、腰は椅子から浮いていた。

〈あなたとの約束だったものね。桜が咲くから、東京に行きます。どこかで会いましょう。でもやっぱり、季節の桜が見えるところがいいわ。そうお父さんに伝えて〉

そんな連絡が公子から入ったようだ。

――どうすればいいだろう。

どうすればもなにも、ザックリとただ坂崎がワタワタとしているだけで、内容はまったく会話から伝わってこない。

となると、どうすればと言われてもどうしようもないのがまず普通だ。

言ってやれることも決まっている。

「勝手にしろ。関係ない。好きにしろ」

お前は冷たい、昔はそうじゃなかった、世話好きはどこに行った、と坂崎は文句を羅列《られつ》するが、新海の耳には念仏だ。

馬耳東風に受け、耳の穴かっぽじって聞き流す。

――でも、本当にどうするか。絶対、怒ってる気がする。

少し会話にヒントが生まれた。なので参加してやる。

「怒るって？　あのお母さんがか？」

――あのもこのも、大体お前が知ってるのは大昔だろうが。

「まあ、そりゃそうだけど」

たしかに新海の知る公子は、坂崎と交わり、額に向こう傷を負った頃のことだ。

遠いと言われれば遥かに遠い。

「それにしても、あのお母さんに限って」

――誰々に限っては一番不審だ。

まあ、そりゃそうだ。

「怒るって言うと、あれか？」

──他に何がある。

もっともだ。

あんなことに匹敵するレベルの出来事が頻発しては堪ったものではない。警察官が何人いても足りない。

ましてや浅草東署では、お手上げだ。

飽くまでも〈＊＊＊砲〉では人物は特定されていない態《てい》だったが、伝播《でんぱ》したマスメディアによって面白おかしく、今や坂崎浩一という大臣は時の人に近かった。

公子は、

──ああ、そうだわ。和馬。私はその日のうちに蓼科に戻るつもりだけど、泊まることになっても気にしないで。青山の宿舎はイヤだから行かないけど、日比谷通りにホテルがあるんでしょ。お父さんがリザーブしてるっていう部屋。

と、蓼科で隠遁《いんとん》に近い生活を送る公子にも、さすがにこの情報は伝わったようだ。

──俺が出てくればとか、いや、父さんが何度言っても一度も出てこなかった人だ。約束だから出てくるって、そんなわけはないような気がする。

だから、怒って出てくるのだろうと勘繰り、坂崎はワタワタとしているようだった。

「でも、あれだぞ。大臣は世間的には格好よく、敢然と悪に立ち向かったヒーローだぞ」

──一部に目を瞑ればな。けど新海。会員制の秘密クラブに通って、そこでハニートラップを仕掛けられたって大前提を知った妻ってどんなだ？　そんな旦那の夜遊びが大々的に報道されてるって。しかも単純にこの夜遊びのくだりは、トラップでもなんでもなく、風岡さん目当ての事実と来たもんだ。

「なるほど」

――夫婦の危機は困る。血を見ることは瀬川の一家じゃないからないだろうけど、夫婦の危機は政治家生命の危機にも直結する。だから新海。

一緒に来てくれ、と坂崎は電話の向こうで間違いなく頭を下げた。

「ええっ。なんで俺が」

言い掛けると、例の老舗ホテルの最上階、スカイラウンジのディナー一回、と好条件を突き付けてきた。

――あ、ただし、茜さんも一緒な。

抜け目のない奴だと思いつつ、新海の中の天秤はディナーに傾き、頑として動かなかった。

なので、了解した。

ただ、ふと気になった。

坂崎はまだ一人で、どうするかどこにしようか、桜の見えるいい場所ってどこだ、と喚いていたが、

「坂崎。お前まさか、お母さんに風岡さんのこと話してないよな」

「…………」

いきなり黙る、坂崎の沈黙が深かった。


かくて土曜日の午後になって、公子は蓼科からやってきた。

この日、少し風はあったが、東京は朝から雲一つない快晴だった。開花からは一週間が経ち、桜も満開となった。まさに見頃だ。

場所は臨海副都心にある、潮風公園に決めた。

南北のエリアに分かれた広い海上公園で、中でも船の科学館にほど近い南エリアの、水と緑のプロムナードは桜の名所だった。

現在は北エリアの東京湾沿いが護岸工事中で閉鎖されているが、花見の賑わいにはまったく影響はなかった。

新海達がセッティングしたのは中でも、花見客でごった返す、水と緑のプロムナードのほぼ中央にあるベンチだった。

賑わいのど真ん中ということだ。

〈大臣夫婦の会見〉という、公私の別がややこしいこういう場合の安全と無関心は、満開の桜の真下にあった。

と、場所を決めたのは新海だが、場所取りには瀬川を使った。

瀬川が坂崎の母親と顔を合わせる機会もそう滅多にあるものではないと、表向きはそういうことにしたが、要は見た目だ。

花見くらいなら、万が一場所取りに遅れても瀬川がうろつけばあら不思議。

たいがい希望の場所が、埋まっていても空いた。

蓼科から出てくる公子の出迎えには、新海の妹の茜が向かった。スカイラウンジでのディナー一回でこの日の都合をつけさせた。

もっとも、本人も公子を知らないわけではない。下世話な興味もまあ、なくはないようだった。

ちなみに浩一の方は息子と、公子が来るまで近くのグランドニッコー東京台場で待機させた。

「まあ、大きいのね。あなたが瀬川君？　和馬から聞いてはいたけど、凄いわぁ。鍛えてらっしゃるのね」

茜がエスコートしてきた公子は、カーキ色のツバ広ハットを上げ、いきなり親近感全開で楽しげだった。

「や、どうも」

うすらデカイ男が照れるという光景は、滅多に見られない分、面白い。

「新海君も、お久し振り」

どちらかと言えば、公子の口調は新海に対する方が改まって聞こえた。

向こう傷のせいか。

思い出が重い場合もある。

新海は無言で頭を下げた。

「あなた達のインカム、面白いわね。いい色だわ。どこで売ってるの？　Ｓｏｆ＊Ｂａｎ＊とか、ａ＊のショップ？」

新海と瀬川は、いつものＩＰインカムを装着していた。

坂崎も同様で、すでにインカムを通して公子の声は聞こえているはずだった。

言わなくともだから、坂崎も浩一とこちらへ移動を始めているだろう。

「おば様」

茜が公子をベンチに座らせた。

茜の耳にもインカムがつけられているが、それだけは別注の地味な黒だ。

「すいません。そこで買った缶ですけど」

新海は、公子にホット烏龍茶を手渡した。

三月の海辺は風が出るとまだ冷える。

「ありがとう」

すぐにひと口飲み、公子は辺りを見回した。

満開の桜も青空も、東京湾の煌めきも見えた。

「いいところね」

「そうっすね」

なぜか瀬川が照れ続けた。

インカムで場所を指定する。

やがて、坂崎父子が水と緑のプロムナードをやってきた。

先に立つ坂崎には当然のように、多少の緊張が見られた。

背後の浩一はと言えば――。

恐らく極限の緊張さえ通り越したようで、下手が操るマリオネットのようにギクシャクしていた。ときおり手足が一緒に出た。

坂崎が小走りになって新海達に合流し、茜も含めた四人は出来るだけ静かにその場を離れた。

二人だけの時間、は申し合わせの通りだった。

それでも待機するのは、邪魔にはならないが、何かあったら戻れるギリギリのところだ。

十メートル。

本当は左右のベンチと背後にしたいところだが、公務でもないのにそこまで花見のピークに接収するのは、さすがに新海でも気が引けた。

それで背後の植え込み、臨時駐車場の手前に、四人固まってうずくまることにした。

それはそれで間抜けだが、他に場所がなかった。

浩一は妻の斜め前に、立ったままだった。

——座ったら？

インカムに公子の声が聞こえた。

聞こえるようにベンチに盗聴器を仕掛けたのだから、まあ、聞こえて当たり前だった。

盗聴器及び茜の耳にある受信機は、安藤達に〈＊＊＊砲〉を仕掛けた夜、本来なら浩一を送り込む部屋に仕込み、リリカの嘘を暴くつもりで発注したものだ。

費用の五倍を払ってくれる金主がいたから優れ物を奮発した。

それがそもそも部屋自体に、もっとしっかりした防犯システムが働いていると知り、使い道はすぐに雲散霧消《うんさんむしょう》した。

使い道はなくなったが使ってみたかったところへ、お誂《あつら》え向きの機会が訪れたからこれ幸いに受信機をカスタムした。それでインカムの会話が受信機でも受けとれるようになったのは副産物というかオマケだが、とにかく、インカムでも盗聴器からの音声の傍受が可能になった。

まあ、盗み聞きが四人同時に可能になった、と言ってしまえば身も蓋もないが、金主、つまり買ってくれた人間に使用するのだから問題はない、という強引な理屈で、半ば〈下世話な興味〉を正当化する。

――ん？　ああ。

奮発した盗聴器の音声は明瞭だった。

浩一は公子の隣に腰を下ろした。

二人は並んで、しばらく近況報告を繰り返した。

「なんかよ。本当に久し振りなんだな。あんなのお前ぇ、普通に聞いてたって面白くもなんともねえやな」

瀬川の文句に新海は知らず頷いたが、坂崎は取り合わず、真剣な顔だった。

話が動いたのは、公子が烏龍茶を飲み干した後だった。

――馬鹿ね。

公子はポソリと言った。

――えっ。

――昔の私は、思い出の中にしかいないのに。

――あ、いや。その。

――なに？

――昔の君に会いたかったわけではないのだ。今の君が、その。

――なぁに？

――いや。でも、君は蓼科に籠ったまま出てきてくれないし。私は、嫌われたのかと思っていた。そうしたら、いきなり昔の君が現れたんだ。せめてと、その。

――あなた。

十メートル先で、公子は緩やかに首を振った。

――私は、あの蓼科の別荘が好きなの。だって、あなたが一生懸命、自分で建ててくれた家じゃない。

――えっ。

――県政に出たばかりで忙しいのに、私と和馬のためにって、自分で図面も引いて、現地に何度も足を運んで。鎌ケ谷の実家にも、青山の宿舎にもあなたはいない。でも、あの家にはあなたがいつもいるの。

――き、公子。

――私はいつも、あなたと一緒にいたんですよ。

公子は立ち上がり、振り返り、右手を拳にして振り上げた。

――えい。

拳は振り下ろされた。

浩一の頭に。

ポコリ。

そよ風が流れるようだった。

――もう、おいたはいけません。和馬が悲しみます。

――ええと。いや、あの。私もね、いずれ落ち着いたら、お義母さんにも君にも、あれもしてあげたい、これもしてあげたいと思ったんだ。それが、その、結局は何もしてあげられなかった。お義母さんが亡くなってからはもっとだ。反省したんだ。君にあれもこれもって。でもね。

――あなた。

公子がやんわりと話を止めた。

――長いわ。あなたらしいけど。

――えっ。あ、そうか。そうだね。

浩一も、意を決したように立ち上がった。

公子の前に回った。

――ごめんなさい。

ただ、頭を下げた。

そのとき、海から一陣の風が吹いた。

桜の木が騒めき、花びらを飛ばした。

桜吹雪が、一組の夫婦を優しく包んだ。

一枚の絵画のようだった。

が——。

光景としては美しいが、新海の胸には響かなかった。

なぜならすぐ隣で、絵の中の坂崎夫婦の息子がエグエグと、エグエグと泣いていた。

茜がなぜか、その背を撫でていた。母性というやつだろうか。

「阿呆臭《あほくさ》」

瀬川の言葉が新海の思いも代弁した。

瀬川は立って、ベンチに背を向けた。

新海も茜を促し、瀬川に続いた。

なんで、と茜が口を尖《とが》らせたが、新海が言うより先に、瀬川がインカムに声を投げた。

「坂崎。泣きたいだけ泣いたら、あとで俺んとこの店に集合だ。とことん呑むぞ。土曜日だからな。ボトルも入れろ。これぁ、親父さんだけじゃねえ。坂崎一家の奢りだぞ」

そうだそうだと新海も同調した。

しばらくインカムには、坂崎の啜り泣きだけが聞こえた。
耳障り、ではない。
心が聞こえるリズムだ。
「うん。優しさも、悪くないかな」
新海に並んで、茜も桜色の笑顔を見せた。
やがてインカムに、坂崎の深呼吸が聞こえた。
――みんな、ありがとう。
新海と瀬川は顔を見合わせた。
見合わせて笑った。
「じゃあな」
笑って二人して、ＩＰインカムのスイッチを切った。

三十三

この日の真夜中だった。時間は定かでなかった。
茜には早めの夕食を奢って先に帰した。約束のディナーは、取り敢えず後日だ。
それからオドゥフィノに向かった新海と瀬川が到着したのは、ほぼオープンと同時だった。

例のカウンターで二人で呑み始めた。

遅れて坂崎がやってきたのは、十二時に近かった。

あの後、親子三人で夕食を摂ったという。

「お台場の辺りをうろうろしてさ。ずいぶん、久し振りだったよ」

浩一夫婦は、そのまま件の老舗ホテルの部屋に入ったようだ。

そんな話をしみじみと坂崎が始める頃、すでに新海はだいぶいい感じだった。

健全になったオドゥフィノは、きっちり十二時で閉店となる。

だいたい、こっそり開けていても、客がいなければ従業員の時給だけが発生して大いに無駄だ。

一人二人の客なら客とも思わず、瀬川は尻を叩くようにして追い出した。

だから三人がそろって呑み始めたのは、営業を終えたオドゥフィノということになる。

実に静かなものだった。

新海がご機嫌さんになったからというだけではない。

まったく静かなこういう店は、ただ不可思議な空間と化し、時間の観念を喪失させるものかもしれない。

呑んだのは例のカウンターだったが、温かいお飯菜はなにもなかった。

聞けばこの前日で風岡美里は勤めを辞め、岐阜へと向かったらしい。

作り置きの冷菜だけが、カウンターを淡く彩っていた。

そんなこんなをつまみながら、三人は呑んだ。

時間はだから淀んだままだったが、おそらく二時間近く経ったころだった。

「ん？　なんだ。こんな時間に」

坂崎の携帯が振動した。

「うわ。大臣からだ」

坂崎は酔眼を擦った。

「はい。――え、はい。いますが」

耳に当てて何度か頷き、携帯をスピーカーにして箸置きに立て掛ける。

「大臣がそうしろってさ。繋いだままだ」

それから坂崎は、自分のバッグを取りにスツールから立った。

それも大臣の指示に従ったもののようだ。

――新海君。瀬川君。聞こえるかな。

二人がそれぞれに鷹揚な返事をすると、

――今日はありがとう。政治家の言葉にしか聞こえないかもしれないが、だが、これだけはキチンと言わないとな。

浩一はまず、そんなことを言った。

坂崎がバッグから持ち出してきたのは、十四インチのモバイルPCだった。軽量でワイド画面の、最新型のヤツだ。

新海もちょうど欲しいと思っていた——。

いや、それは今はどうでもいい。

坂崎はモバイルPCを起動した。

バッテリー残量を確認し、ポケットWi-Fiに接続する。

手慣れたものだった。というか、少し急いでいるようだ。

「なんだ？」

新海はスコッチを舐めながら聞いた。

「いや、大臣が」

坂崎は腕時計を気にした。

「五分以内に繋げって。『週刊＊＊＊』のサイトに」

「なんだぁ？」

素っ惚けた声を出したのは瀬川だった。

瓶ビール三本、スコッチのボトルで二本、そのあとバーボンを一本までは数えてやったが、後は知らない。

とにかく限界は超えているというか、現在進行形で瀬川は新境地に挑戦中だった。

──ちょっとした仕掛けをした。この間の夜、次田君には名刺をもらっていたのでね。その結果の連絡がさっき入った。君達にも面白いものを見せてあげようと思ってね。色々動いてもらった礼というか、余禄のようなものだが。

ちょうど、サイトに繋がったようだ。

よし、見られるぞ、と坂崎は手を打った。

三人で覗き込んだ。

メニューがいくつも並んでいた。

──動画配信を開けと言っていたな。〈＊＊＊砲〉というのかな。よくは知らんが。さらにはその中の、ＬＩＶＥだそうだ。

言われるままに坂崎がクリックを続けた。

すると、いきなり画面が暗くなった。

ダウンしたのかと一瞬思ったがそうではない。

ビル越しの夜空のようだった。

月は見えない。

現在の夜空だ。

「ん？　これって」

新海にはビルに見覚えがあった。

新宿副都心にある、外資系のホテルで間違いなかった。

モバイルの脆弱《ぜいじゃく》なスピーカーに、かすかなノイズが聞こえた。

坂崎がスピーカー音量を上げたが、ノイズはノイズのままだった。

どうやら、風のようだ。

「えっとよぉ。大臣よぉ。これってなぁ、なんだなぁ？」

酔っ払いはなかなか我慢が利かなくなっているようだ。

もう少しだ、と主に浩一は瀬川に向けて言った、のだろう。

――連絡があった段階で、降りてきてチェックアウトだから、後十分くらいでしょうかと言われた。次田君の言った通りなら、あと一分もないが。

実際には、それから三分が過ぎた頃だった。

〈おっ。よし。始めるぞ〉

誰かの声がした。

取材班のディレクターだろうか。

画面が夜空から地上に降り、作業の何人かが一斉に動き出したようだ。

そんな連中が何度か画面をかすめるが、最終的にカメラの前に立っていたのは、副都心のホテルを背景に、マイクを手にした次田だった。

〈じゃ、やるよ〉

ちょうど二週間前に生で聞いた声が、スピーカーから聞こえた。

〈えー、緊急配信となります。えー、今、こちらのホテルからとある方が出ていらっしゃるようです〉

前回より緊張しているように聞こえた。

生とデジタルの違いだからではない。

表情も硬い。

〈我々は今から、直撃取材を敢行してみたいと思います。繰り返しますが、これは緊急配信、ＬＩＶＥです〉

次田はカメラに背を向け、走り出した。

そのままの姿をカメラは追った。

次第に募る緊迫感が、画面から滲み出てくるようだった。

坂崎が食い入るようにＬＩＶＥ配信に見入っていた。

瀬川でさえ、斜に構えてはいるがひと言も発さなかった。

喉が渇いてきて、新海は適当なコップに水を注いだ。

その後、ホテルのエントランスから一組の男女が姿を現した。

車寄せのタクシーを呼ぼうとして、男の方は駆け寄ってくる次田達に気付いたようだ。

明らかに狼狽していた。

その口が何事かを呟くと、女性はすぐに男の後ろに身を隠した。

最初からサングラスをして顔はよくわからなかったが、ロングヘアで派手なワンピースを着ていた。

男の方はと言えば、四十絡みで、狐のような顔にフレームレスの眼鏡を掛けていた。

身長体型にはどうという特徴はない中肉中背だが、武装するかのような衣服やバッグはどう見てもブランド品で、ブランドの中でも特上品に見えて際立った。

髪型にわずかに違和感があるのは、普段は分けているか上げているからだろう。

ホテルの部屋でシャワーでも浴びたか。

下ろし髪は坊ちゃんの印象で、似合ってはいなかった。

〈なんだね。君達は〉

男の威嚇《いかく》するような低い声が、さらに坊ちゃんの印象とは掛け離れる。

逆に間が抜けて聞こえた。

「はい。『週刊＊＊＊』ＬＩＶＥです」

次田は頭を下げ、上げながらマイクを差し出した。

〈失礼ですが、警察庁キャリアの、宇賀神義明警視正でいらっしゃいますよね〉

思わず新海は含んだ水を噴き出した。

瀬川は斜に構えたまま仰け反った。

坂崎は、驚きが過ぎたようでその場で固まっていた。

「だ、大臣っ。これは」

新海は咽せながら聞いた。

――まあ、目には目を、歯には歯をということだな。同じ手を使わせてもらった。

なんとまあ、使われた手を、すでに取り込んだということか。

新海の開いた口は、しばらく塞がらなかった。

その間にもLIVE配信は続いていた。

〈知らない。誰だね。宇賀神？　知らない〉

〈いえ。そんなはずはないでしょう。チェックインシート、確認させてもらってもいいですか？〉

〈知らない。わからない。わからない〉

宇賀神は次田のマイクを手で払ってタクシー乗り場へ急ごうとした。

〈退きたまえ〉

さりげなくカメラマンが行く手を塞ぐ。チームのコンビネーションというやつか。

〈そちらの女性とは、ダブル不倫、ということでよろしいですか？　赤江京子《あかえきょうこ》さん。旧姓松川《まつかわ》京子さん。大学の後輩でいらっしゃいますよね？　テレビにも出てらっしゃる、人権

派弁護士の〉

女性はなにも言わなかった。宇賀神だけが喚いていた。

〈お部屋に入られたところも、出ていらっしゃるところも押さえてありますが。少し無防備ですよね。特に宇賀神さんは、警察庁警備局警備企画課で理事官をされているわりには〉

知らないわからない、知らないわからないを繰り返し、ダブル不倫カップルはタクシーに乗り込んだ。

〈以上、LIVE配信を終わります。取材した諸々は記事として来週号の『週刊＊＊＊』に掲載予定です。お楽しみに〉

そこで、映像は本当にブラックアウトした。

見終わって後、しばらく誰もなにも言わなかった。

――どうだったかな。余禄は楽しんでもらえたかな。

浩一が聞いてきた。

「そうですね。正直、驚きました。ここまでされるとは」

代表して新海が答えた。

――こう見えて、やられっ放しは性に合わんのだ。

「でも、裏理事官を貶めて、HUはどうすんです？」

——決まっている。再編だ。ああいうトップを頂き、有無も是非も口にできない組織は危険だ。

「抵抗、きっとありますよ」

——望むところ、と言っておこうか。君は忘れていないかね？　私は、国家公安委員会委員長だ。彼らを掌握する義務がある。

呑み過ぎないように、と変なところに留意して浩一は電話を切った。

「我が親父ながら、あれは狸だな」

坂崎がまず、空のグラスにビールを注いだ。

「対照的に宇賀神って、狐っぽかったな」

新海も新しいグラスを取り、ビールを注いだ。

「あれか。やっぱりこういうのってなあよ」

瀬川が呑み掛けのスコッチグラスを手に取った。

「狐は狸に勝てねえって、初めっからよ、相場は決まってんだろうな」

特に新海も坂崎も答えなかったが、答えないことが答えというものだったろう。

誰からともなくグラスが掲げられた。

「じゃ、ま」

音頭は坂崎が取った。

「狸の無事に、乾杯」

かんぱーい、とグラスが合わされ、坂崎ファミリーの問題は、これで一応の解決を見たようだった。

この作品は徳間文庫のために書下されました。
なお本作品はフィクションであり実在の個人・団体などとは一切関係がありません。

徳間文庫

警視庁浅草東署Strio《エストリオ》
トイル

2019年11月15日　初刷

著者　鈴《すず》峯《みね》紅《こう》也《や》

発行者　平野健一

発行所　株式会社徳間書店
東京都品川区上大崎三－一－一
目黒セントラルスクエア　〒141－8202
電話　編集〇三（五四〇三）四三四九
　　　販売〇四九（二九三）五五二一
振替　〇〇一四〇－〇－四四三九二

印刷
製本　大日本印刷株式会社

ISBN978-4-19-894514-5　（乱丁、落丁本はお取りかえいたします）